知の遺産シリーズ

7

紫式部日記・集の新世界

横井 孝
福家俊幸
久下裕利 編

武蔵野書院

緒　言

◇新しい世紀をむかえながら、国文学界の停滞は目に余るものがあります。大学の改編や経済不況の煽りで時代の影響を受けたこともありますが、若い人たちに対して学問研究に関心を寄せてもらえるような話題性を提供する努力の乏しかったことが、最も大きな原因ではないかと思われます。

学界の閉塞的な状況を乗り越え、個々の研究者の良心を鼓舞し、新たな飛躍を期すために、変革の礎となるべく私たちは本書を編集しました。

◇『知の遺産』と銘打つのは、過去の研究業績に敬意を表す意であります。そこから新たな展望を拓くために、従来の知見を見据え、疑問を提示し、解決の糸口を探る方向を示唆することによって、新たな作品世界へと踏み入れるよう配慮しました。

前へ向かって一歩進むのは、本書を手に取った読者諸賢であることを切に願います。

編　者

目次

文学史上の『紫式部日記』『紫式部集』

横井　孝

一　はじめに

『紫式部日記』と『紫式部集』は、掛け値なしに文学史上において格別の扱いがされている。なにせともに『源氏物語』作者による作品だからである。もとより文学史を形成するためには、その基盤としての受容史・研究史が堅牢なものでなければならないはずだが、他の日記・私家集は比肩すべくもないはずである。

廣田收・久保田孝夫とともに『紫式部集』（以下『集』と略称することもある）の資料集・論文集の計二冊を編んだ際、ともに巻末の付録として「紫式部・紫式部集研究年表」を掲載した。『紫式部日記』（以下『日記』）『集』関連の論考は、第二次世界大戦以降にしぼっても、また単著を一と数えるにしても、それぞれ七〇七編と一二三編、計八三〇編にのぼる。[注(1)]『集』の注釈書に限定しても一〇冊。『源氏物語』がその冒頭「いづれの御時にか」の表現を借りた『伊勢集』にして、わずか二冊（関根ほか『伊勢集全釈』、秋山ほか『伊勢集全注釈』）[注(2)]であるのに比べれば、質量の差は歴然としている。

『日記』と『集』は、『源氏物語』作者の作品という要素が強く作用し、『源氏』を解釈するために『日記』『集』が援用されたり、『日記』『集』を論ずるにも『源氏』が常に存在感をもって背後に君臨していたりする。いわば『源氏』の光輝の反照として両作品が意識されているということなのである。これは、文学史上当然の問題であり、批判されるべきことがらではない。『源氏』『日記』『集』の三者の論は今後とも密接に関連し合うであろうし、そうであらねばならないだろう。

しかし、たとえば『集』をめぐって、

作品それ自体が研究対象であるというよりも、『源氏物語』作者の伝記資料として便利使いされつづけてきたこともこの作品を不幸にしてきた一因であったかもしれない。[注(3)]

と、それまでの研究史を総括したのが二〇〇八年五月だった。『紫式部集大成』の刊行によって、研究者たちがその基礎資料にふれやすくなり、『集』も次のステージに乗るべき段階に至ったと判断した編者たちによって、さらに、

『紫式部集』は、かつては伝記研究の資料としてあつかわれるところに研究の端緒があった。本集をその束縛から解き放ち、ひとつの「作品」として対象化したいというのが、かねてから著者三人に共通する願いであった。[注(4)]

と書かれたのが二〇一四年五月。右からわずかながら時日を経過して、大勢は変わりないものの、「伝記資料として便利使い」するという状況からはやや脱しつつあるかにも見える。

また『日記』は『日記』で、紫式部の思弁（たとえば「身」と「心」の問題）などで説かれたり、紫式部その人を論ずることに集中しがちではあったが、歴史学者の参入あるいは歴史的視点の導入によって、「記録」としての位相が明らかにされつつある。くり返しになるが、堅牢な研究史がその作品の文学史上の位置づけをより確固たらしめるもののはずである。近年の研究動向を中心に『日記』と『集』の現状の問題点を検討したい。

二　『紫式部日記』成立論のさきにあるもの

『紫式部日記』は、いわゆる黒川本（宮内庁書陵部蔵（黒―二七））の発見、諸注釈の底本への採用が定着して以来、テキストの問題は発生していない。国宝『紫式部日記絵巻』の詞書、[注(5)]古代学協会蔵『絵巻』断簡などが鎌倉時代の本文を伝えるのみで、他の諸本は近世の写本でしかない。黒川本も、印記によれば、稲廼舎（日下田足穂、一八一四～一八九〇）から黒川文庫（黒川真頼、一八二九～一九〇六）に伝えられたもので、江戸後期も幕末にちかいころの写本でしかなかろう。最善本とされているが、誤写も多量にあり、諸本のなかでの相対的位置づけに過ぎない。

平安期から鎌倉期の「日記」の多くは古写本に恵まれず、古筆切も名物切として知られるもの以外はほとんどその存在を聞かないし、江戸期の中後期の写本に依拠せざるを得ないのが通例である。これは和歌・物語などに比べてみると歴然なのだが、写本の総量は格段に少なく、江戸時代を遡る写本に遭遇することはまず考えられない。古筆切も、和歌切にくらべて少ないといわれる物語切ですら、二〇〇、三〇〇のデータを収集することは可能だが、日記類の断簡は稀少といってもいい。これは「日記」作品の伝流あるいは受容を考えるうえで問題になるはずであるが、個々の「日記」作品について論じられることはあっても、総体としての議論はほぼ手つかずの状況であり、今後の大きな課題としなければならない。

その一方で、『栄花物語』はつはなの巻に援用されている紫式部の「日記」と現存している『日記』との関係の問題、そしてそれに付随して、現在われわれが見ている『日記』の始発部分を「(本来存在した)紫式部日記」の冒頭部の欠落によって生じたとする「首欠説」、さらにこれらを包括する「成立論」は、古くは『源氏物語』の成立論と並行して議論されてきたが、『源氏』のそれが決着のつかぬまま放棄されて現在に至っているのとはやや異なり、その後も燻りつづけている。

『日記』冒頭を見てみよう。

秋のけはひ入たつまゝに、土御門殿の有さま、いはむ方なくをかし。池のわたりの木ずゑども、遣水のほとりの草むら、をのがじゝ色づきわたりつゝ、おほかたも艶なるにもてはやされて、不断の御読経の声〴〵、あはれまさりけり。やう〳〵涼しき風のけはひに、例の絶えせぬ水のをとなひ、夜もすがら聞きまがはさる。（二五四頁）[注(6)]

成立論は、すでにここから始まる。

現存日記——あえてこう呼んでおく——の冒頭の年時を寛弘五年（一〇〇八）の七月か八月かとする議論はあるが、いまこれを描くとして、古本系『紫式部集』の末尾に付載される「日記哥」に、これに先立つ五月五日の法華三十講の記事があることとの関連が問題とされているのである。

三十講の五巻五月五日なりけふしもあた
りつらむ提婆品をおもふにあした山よりもこの殿
のさためにや木のみもひろひをかせけむと
おもひやられて

一二五 たえなりやけふはさ月の五日とていつゝのまきにあへるみのりも（陽明文庫本）注(7)

「日記哥」とは、常識的に考えるならば、古本系『集』に欠ける歌を紫式部の「日記」から抽出したものが、いつの日か増補されたのであろう。「伝本としての私家集は全集をめざす注(8)」という原理にもとづく歌群なのである。古本系『集』末尾の「日記哥」の冒頭に置かれる詞書と歌は、当然ながら現存日記には存しない。

『栄花物語』はつはなの巻で『日記』の援用が明らかな「秋のけしきにいり立つままに、土御門殿の有様いはん方なくいとをかし注(9)」から始まる一段よりも時系列では遡る時点に「日記哥」に対応する一節がある、ということは早くから指摘されており、「日記哥」なるものの位置づけとともに、現存形態とは異なる「紫式部日記」の存否が論じられてきたのである。その議論――成立論については、早くは日本文学研究資料叢書『源氏物語Ⅱ』（有精堂、一九七〇年五月刊。以下『資料叢書』）に主要論考六編が収められて一覧できるし、萩谷朴『紫式部日記全注釈・下巻』（角川書店、一九七三年三月刊）に自説を交えての詳述がある。

かつては現存日記を「抄録・脱漏」と認めるか「非『抄録・脱漏』」とするかの立場にわかれ、その後は冒頭に照準をあわせて「首欠説」「非首欠説」に二大別されてきたこの議論、『源氏物語』ほどの高まりはなかったものの、相互の意見の反りがあわないまま時日が経過したのは同様で、現在では――前述のように膨大な論考が産み出されながらも――ほとんどの論者は言及しない。そうした沈黙の多数は静観するか無視するかのいずれかであり、『源氏』の成立論とやはりよく似ている。ただ『源氏』と異なるのは、その後も「首欠説」あるいは首欠の可能性を担保しつつ、合理的に止揚しようとする見解の論者のみが活発な意見を展開して際立っているように見受けられるところである。注(10)

『源氏物語』の場合、議論の果てに徒労感のような反動があった。しかしそれでもなお、源氏物語は、完璧な作品でないといふこと、傷痕の多い作品であることは認めなければならない。注(11)という観点が生まれたこと、そしてそのような視点をもとにして、物語には「破綻」とか「傷痕」とか呼びうるものがあり、成立の論議のなかでさんざん論じられてきたごとくに整序させて本文を読むようには、物語そのものができていない――という古代物語自体への視野を拡げてくれたはずなのである。注(12)

では『紫式部日記』の成立論の場合はどうか。

首欠なのか非首欠なのかは、実は表面的な問題に過ぎない。「成立」の情況・条件が意味する経緯――つまり、どのような享受形態を予測して『日記』が書かれたか、という問題に連結するからである。『日記』末尾に近い、年時不明の記事「十一日のあか月……」(三一七頁)、「源氏の物語、御前にあるを……」(三一八頁)、「渡殿に寝たる夜……」(同)の三節を、『日記』とは別物の「前紫式部日記」の逸文が挿入されたものと見るか、日記自体がそもそも異質な要素を包括するものと見るか、献上本・私家本のはざまに位置づけするか、注(13)いずれの論も単なる成立論と見るのであれば、『源氏』のそれと同じ経緯をたどることになるだろう。

しかし、いまここに紹介したばかりの「日記自体がそもそも異質な要素を包括するもの」とは、右に『集』末尾が「伝本としての私家集は全集をめざす」（必ずしも作者以外の他者の所為とは限らない）の箴言に倣うならば、「日記もまた『全集』をめざ」して増補される、という事実を仮想させないだろうか。しかも、献上日記（献上本）を想定することは、紫式部の日記が明確に他者の享受を前提にして書かれていることを明らかにするものであって、その意味で重要な指摘であった。

そもそも、この時代の述作すべてに享受する対象としての特定少数のための「他目的」があり、物語ですら例外ではなかった。注(14) ましてや『日記』という記録においてをや。だからこそ、成立論は『日記』の成立過程に泥んでいるわけではなく、すぐれて作品を凝視するための、ひとつの方法であったと見るべきである。

三　『紫式部日記』における記録とは

『紫式部日記』は、思弁に満ちた自己言及が諸家によって特筆されるところである。本文・語釈をこととする諸注釈は申すまでもなく、論稿にも無作為で抽出しても、次のようなありさまである。

式部にとって、日記の執筆とは内発的なおのれの意思を基底とするきわめて私的な、自由な営為であったとおぼしく、もとより、主家の要請というような外発的な契機における公的な、自己を統制した試みではなかったはずだ。注(15)

行幸記事では若宮の親王宣下が行われ、道長が外戚として揺ぎない地位を確立せしめたものであった……だが、そこでは憂愁の叙述で語られたような心境から脱却することはなかった。それは作者の回帰した現実が主家賛美すべき世界とは隔たっていたからであろう。注(16)

さらに、前節にふれたように、日記の成立過程に献上日記の存在を仮設した南波浩が、改訂草稿を経て「現形日記」が制作された経緯を次のように評する。

その変貌は、主家からの要請という他律的制約からの脱皮であり、自立的な内発性にもとづく自己対象化による、花やかな宮廷生活の中に埋没してしまいそうであった自己の、奪還であった。それは実生活の中では望みえなかった、他律からの自己存在の防衛と確認とを目ざす文学的営為であった。

この日記が、今日のわれわれの心を衝くものは、もちろん道長家の栄光の記録ではなく、壮絶なまでの自照、悲壮真摯な自己凝視である。注(17)

力説というのはこういう評言をいうのであろう。しかし、献上日記ほかの形態を推理する前段の手がたい考証過程の文体とは、なんと異なることか。「自己の奪還」「自己存在の防衛」「壮絶なまでの自照」「悲壮真摯な自己凝視」――こういう、いわば大仰な表情の用語がむきつけに用いられていて、何の検証もないまま積み重ねられてゆく。作品や本文の緻密な検証のうえでなければ簡単に指摘できることではないはずだ。ただ、こうした物言いに稿者は既視感を覚える。必ずしも『日記』についての論述ではないけれども、次のような評論の数々。注(18)

わが身の上になめたみじめな体験から、それが荒唐無稽なことであり、女性の現実に反したそらごとにすぎぬことに不満をおぼえ、真実ありのままの自分をかたろうとしたのである。それはありのままの自分にたえ、自分を現実のなかでじっと凝視しようとする写実的精神の自覚であった。……

男性にかわって女性によって物語文学が創作されるようになったとき……、物語のそのような性質は過去のものとなって、創作が人間いかに生くべきかの問題にもっとも深く相結ぶものとなり、かつこの社会の本質と運命をも深いところで認識することのできるものになった……

みずから物語の創作に赴いた理由は、……根本的には式部の生命力《ヴァイタリティ》が、夫の死を機として凍結の危機にさらされることによって、猛然とそれを拒み、彼女をして積極的にみずから生きようと決意し、それを実行させたところにこそ在るのではなかろうか。……

その歎きを代償として生きてきたなどとは、とても言いがたい痛恨の思いを、「みづからの祈りなりける」と言い表したのであろう……尽きぬ不幸を嘆いていると、いつかその歎きは祈りのようなものになって内攻しつづける。祈るように歎きに身を寄せ、絶望を抱きしめるしかないのである。まさに救いようのない絶望感の極致を意味している。……

かつて、これらの論述にふれたことがあって、特に最後の例に対して「論理の説明もないままの舞文」と評したことがあった。注(19) 他の三者も似たような観念論というべきである。前二者については、その発表された時期の、戦争という大きな「区切り」を経て間もなくの、いかにも「時代」を感じさせる言述ではあり、やむを得ない事情があるという言い訳が成り立つかもしれない。しかし、そうした事情を勘案したとしても、諸家の『日記』論は観念的に過ぎはしまいか。
福家俊幸が引く伊藤博「表現の論理」（『別冊国文学／王朝女流日記必携』學燈社、一九八六年一月）の一節もまた右の諸例に列せらるべきかも知れない。
……この極盛の栄花の世界にみずからが能動的にかかわりえない無念さと地つづきのものであった。
福家はこれに対し、「栄華の世界から疎外されている嘆きをその基底に看取することは可能であろう」といったんは解釈するが、続けて後文では、
しかし、……行幸直前の憂愁の叙述が作者の憂愁を描くことのみに目的があるのではなく、輝かしい土御門第との対比にこそ主眼があるとするならば、別の位置づけがなされる。
輝かしい栄華の世界と、そこに関われない身の程（女房）である内的苦悩を暗に対比することで、己を謙退し、反対に主家を高めている、と見なすべきではないか、と思われる。このような枠組みが設定された上での自己の憂いの表出なのだと見ておきたい。先に見た、道長に対して謙退することによって賛美する論理が、ここに拡大深化した形であらわれているように思われる。注(20)
と批判する。「痛恨の思い」とか「能動的にかかわりえない無念さ」などという大仰な舞文に比べて、至極まともな論理の展開に読める一節である。と同時に、紫式部が内面を『日記』にさらけ出しているというこ とにやたらと比重をかけたがる諸論への、肩肘張らぬ、それでいてまっとうな批判になりおおせている、と稿者は思うのである。前節の末尾に述べたばかりのことをくり返すことになるが、――「日記」といっても、近代人現代人のような、他者の読むアテのない文章が、わざわざ貴重な紙を費やして書き記されることがあった時代ではないのだ。作品として文学史に残っている述作は、すべてに他者への目的意識

があって書き記されるのだ、と心得たほうがよい。

とすれば、『紫式部日記』に課せられたものは「記録」としての存在意義である。

歴史資料との対照は萩谷朴の『全注釈』が全二巻一一〇〇頁余り二段組の大著（いまだにこれを超える論述がない）において展開しているが、さらにその欠を浜口俊裕が『権記』『小右記』『御産部類記』『外記』などの諸資料を表示・対比して検証している。敦成親王御産養の記録に範囲が限られるとはいえ、丹念な作業である。ただ、七夜の記録において、「『紫日記』№1～№11の全文を保有する文献はほかにない」[注(21)]として自らもうけた段落別に解説があるが、「記録」としての存在意義についての論述は明瞭でない。

古瀬奈津子は浜口に先立って、男性官人の記した『御産部類記』所載「不知記」と女房紫式部のなすところの『日記』を比較してみせる。[注(22)]

皇子誕生までの経過をふたつの日記でみていくと、「不知記」では御産の場にまきちらす散米が中宮庁によって準備され、種々の御祈がなされたことが記されている。一方、『紫式部日記』の記載は詳細で、一〇日は中宮彰子の不安そうな様子、物の怪を調伏するために修験者や陰陽師が限りなく集められ、御誦経の使が寺々へ派遣されたこと、御帳台の周囲には東側に内裏の女房、西側に物の怪の憑人と修験者、南側に僧正・僧都、北側に女房たち四〇人が伺候している様子が描かれている。

つづいて「不知記」では「午刻皇子平安に降誕したまう」と、もう皇子が生まれてしまっている。しかし、『紫式部日記』では、一一日になると中宮彰子は北庇にさらに移動したこと、北庇二間のうち中宮彰子のいる間には母倫子、乳母となる宰相の君（中宮女房）、産婆役の内蔵命婦、仁和寺の僧都、三井寺の内供（天皇の安穏を祈る僧）が伺候し、もうひとつの間に紫式部を含めた中宮の主だった女房たちが侍していたこと、几帳の外に中宮の姉妹の乳母たちや頼通・教通ら中宮の兄弟、親しい貴族たちなどがいて、几帳の上からのぞいていたことなどが記されている。……

と『日記』の記述を追いかけて、皇子の誕生部分を紹介し、筆を継いで、

皇子誕生後の行事についても、「不知記」と『紫式部日記』の記述では違いが認められる。「不知記」では、皇子が生まれると一条天皇乳母である橘徳子が哺乳の儀を行い、その後、天皇から御剣勅使（守り刀をもたらす勅使）が遣わされて来る。そして皇子を産湯につかわす御湯殿の儀と読書・鳴弦が行われる。『紫式部日記』では、皇子誕生後、中宮の母倫子が臍の緒を切ったことがみえること、女房奉仕の御湯殿の儀の記述が詳しく、御剣勅使と読書・鳴弦の記述はごく簡単である。

以上のように、「不知記」と『紫式部日記』の記述の違いは明らかであろう。『紫式部日記』は中宮彰子の近くに侍していた女房だからこそ書けた内容であり、記主の立場の違いによる記載内容の違いがある。

と敷衍する。ただしかし、古瀬の指摘の最も重要なのはこのあとに直接続く一節なのである。

しかし、記録性という点からみると、「不知記」と『紫式部日記』には共通点もあると考えられる。『御堂関白記』『小右記』『権記』など貴族の日記にも中宮彰子の御産についての記事はあるが、それらがそれぞれの貴族の立場から書かれたものであるのに対して、「不知記」と『紫式部日記』は中宮職官人と女房という中宮彰子を支える関係者によって書かれた公式記録という性格を備えている。このふたつの日記は、その記録内容が違うことによって相補って中宮彰子の御産全体を記録しているのである。文章力に優れた紫式部が一大慶事である中宮の御産に関する記録をするよう、道長から要請

されたと考えられる。

中宮御産という同じ場に居合わせたにしても、男性官人と中宮女房とでは記録する内容が異なるのは、立場だけでなく、見聞の物理的空間の差異があるからには当然のことであろう。それよりもさらに重要で問題なのは、古瀬のいう「共通点」である。いま仮に傍線を施した部分、立場が異なることを前提として、御産の場の内と外からの記録が残されていること、言い換えれば「ふたつの日記」は「相補って中宮彰子の御産全体を記録している」という事実。この指摘は、さらに言い換えれば、『紫式部日記』における記録とは、男性官人と比しても実体あるものだった、ということを証明したことになる。

男性官人の記録が職掌としてなされたものであるのと「共通」であるとするならば、『紫式部日記』もまた職務によってなされた、という見立ては成り立つはずである。それが、道長からであろうが、中宮彰子の母倫子からであろうが、注(23)「職務」という「他目的」であることは、この時代の述作がすべて「他目的」によってなされるという命題にぴったりと適合することを忘れてはならない。

四　『紫式部集』編集の経緯とは

『紫式部集』は自撰であろう、とする見解がほぼ定説化している。異論を聞かない。日記や物語のような散文の場合、作品として形象化する過程はそのまま作者に直結させて理解しやすいが、私家集の場合はどうか。

あたりまえのことながら、一首一首は作者による創造ではあるのだが、それを編集するための契機はさまざまで一概にはとらえきれない。

紫式部は、たぶん源氏物語の執筆が相当進んだか終ったころ、自分の生涯の点検を試みた。歌集の編纂をしたのである。紫式部集と、のちの人から呼ばれている。

清水好子の紫式部評伝の第一章はこうしてはじまる。注(24) 清水一流の、潔い、明確な意思表示であって、言いよどみのない、こうした物言いに説得されてしまう向きも多かったと思われる。しかし、『集』の編集が「自分の生涯の点検を試み」という自閉的な事由に限定しうるものなのか、今にして思えば、不安不審な点はなきにしもあらずなのだ。清水の言い切りの評伝、解釈は胸のすくような快感とともに、立ち止まるべきところで通り過ぎてしまうような危機感もともなうもので、その批判も緒についたばかりである。注(25)

紫式部は、『建礼門院右京大夫集』のように、

老いののち、民部卿定家の歌を集むることありとて、書き置きたるものやと尋ねられたるだにも、人数に思ひ出でて言はれたるなさけ、ありがたくおぼゆるに、「いづれの名とか思ふ」と問はれたる思ひやりの、いみじうおぼえて、なほただ、隔てはてにし昔のことの忘られがたければ、

「その世のままに」など申すとて、

言の葉のもし世に散らば偲ばしき昔の名こそとめまほしけれ注(25)

などと書き残しておいてくれたらよかったのだが、こういうことに彼女は寡黙である。『日記』の場合と同様、研究者たちは、作者の内面を優先したがる傾向にある。

ただし、清水好子の、右の一節に直接つづく後文、

同時代の、おなじような役割を果たすことによって名を残した女性―清少納言、和泉式部、赤染衛門、

伊勢大輔たちにも、自纂かどうかの違いはあるが、それぞれ歌集があって、それを「家集」、古くは「いえのしゅう」と言い、紫式部集は現在わかっているのは一二八首ある。これを他と比較すると…和泉式部集は重複は多いにしても正続あわせて約一三七〇首、赤染衛門集が約六一〇首、伊勢大輔集が約一七〇首あるのにくらべて、歌数の点ではけっして多いほうではない。

しかし、際立った特色は、紫式部集において、娘時代がある意味を持った、他とは明らかに区切るべき一時期として意識されていたことである。彼女はそれを結婚前期の恋愛時代として捉えていなかった。たしかに自分の身の上が決らぬ時期ではあるけれども、和泉式部や赤染衛門が恋人との贈答歌をその時代の記念にしたのにたいし、紫式部はそれよりもはるかに多感で多事な青春時代として位置づけている。これは彼女の同時代人はもちろんのこと、前にもなかったことであるし、後にも数少ないことであった。

――これは卓抜な指摘であった。冒頭歌の「はやうよりわらはともだちなりし人」も対する式部も、この歌の時点では既に「わらは」ではないが、父親の越前赴任に同行する旅の前後を含めて、長々と独身時代が続けられるというのは、たしかに私家集に類例を見ない構成である。幼少時の記憶と回想の冒頭歌から始まり、父親の越前赴任と旅程、帰京後の短い新婚生活、寡婦時代、宮仕えとつづく歌序を見るかぎり、『集』がおおむね時系列で繋がっているとする見方は否定しようもない。『源氏物語』の作者の私家集としての位置づけは、『紫式部集』の場合、抜きがたく残る属性ではあるが、それと併せてこうした稀少な方法を採用しただけでも、文学史上に特筆すべきものがある。

『紫式部集』のテキストの問題も、実践女子大学本に代表される定家本と陽明文庫本に代表される古本の二系統に絞られ、古本系の末尾に付載される「日記哥」を本体に合流させ編集したのが定家本の形であろう、とするのがおおかたの研究の現状である。ただし、『集』本来の歌が時系列で配列されているとする仮説に拠るならば、陽明文庫本は歌序に大きな「乱れ」があり、本文に損傷を受けた形跡があることになる。一方の実践女子大学本にも「乱れ」はなくもないが、全体として時系列の秩序が見て取れるのである。しかも、「伝本としての私家集は全集をめざす」という観点からすれば、実践女子大学本は、まさに「日記哥」を包含吸収して「紫式部全歌集」により近い位置にあるために、いまだにテキストの底本として扱われるのである。そのいずれかを自らの底本として選択するかによって、この作品に対峙する方向性を研究者は問われることになるはずである。

というのは、前述の、『集』がどのような事由によって編まれたか、という問題とどう向き合うか、なのである。「日記哥」が付載される以前の形態を「紫式部集」本来の姿と仮設するならば、古本系の時系列の「乱れ」は乱れと理解するのが正しいのか否か。廣田收が疑問を呈するごとく[注(27)]、時系列という現代人に理解しやすい配列が作者の編纂意図であるという保証があるのか否か。これは古代の作品を把握するうえで重要な視点となるはずである。

一方、定家本系が「紫式部全集」を企図し、時系列化を試みたとするならば、他の私家集で同様に藤原定家は試行したことがあるのか否か。これについても、定家の撰集による『新勅撰集』中の配列が『紫式部集』の歌序と一致することを廣田が指摘するところなのである。[注(28)]定家が撰集に際して、「歌を集むること」あり、作家たちに「書き置きたるものや」と要請していたことは、さきの『建礼門院右京大夫集』の証言があった。紫式部の歌も資料として彼の机辺にあった。しかも、それればかりでなく、一部か全部か装飾料紙を用いた、定家筆本『紫式部集』も有していた。注(29)現存する古筆切は、表記こそ揺れはあるものの、本文としては実践女子大学本と一致するのである。もし類推が許されるならば、現存の定家本をもって鎌倉初中期の「定家筆本『紫式部集』」を遠望することができることになる（もとより現在のところ遺される古筆切は七葉であり、そこで判断せられるのは限定されているが）。

陽明文庫本は、定家本が編集されたものとして忌避する立場によって支持されているが、その形態が何に由来するか、どのような伝承経路を経たものか、不明な点が少なくない。陽明文庫本の書写は、近衛信尹の指示により家士・進藤長治の筆に成ること、注(30)その書本は禁裏文庫本（焼失）であることは明らかであり、近世初期の後陽成・後水尾・後西・霊元の歴代天皇の旺盛な禁裏文庫充実の時期に冷泉家の歌書が大量に書写されており、『紫式部集』もその書目に含まれていた可能性の高いことが推測できる。注(31)冷泉家の書庫内の写本となれば、その淵源はやはり鎌倉時代にまで遡る可能性があろう。ただし、それ以前が不明なこと、定家本とほとんど変わりはない。とすると、陽明文庫本の淵源がどのような形態であったか、いまひとつ確証をえられない段階なのである。注(32)

『紫式部集』が自撰だとしても、定家本・陽明文庫本のいずれに拠ったとしても、そのまま作者・紫式部にたどり着くわけではない。現存形態から、なぜ紫式部が家集を編むことになったのかを推測しなければならないことを肝に銘ずべきであろう。清水好子のいうがごとく「自分の生涯の点検を試み」たという「自目的」だった、という見解は現代人たるわれわれに理解しやすいだけに、ひとまず保留すべきではなかろうか。紫式部の前半生に『拾遺集』が撰集されたが、後半生にそのような沙汰があったとは聞かない。あるいは、そのような将来に「歌を集むること」があり、作家たちに「書き置きたるものや」という要請があることを期待しての所為であったか。白河天皇が勅撰集を思い立ったのが承保二年（一〇七五）九月ころ、『後拾遺集』が撰進されたのは応徳三年（一〇八六）九月一六日のことである。

五　『集』と『日記』と『物語』と

紫式部の生前、おおかたに「文学」――もとよりそのような概念は当時にはなかったが――と認識されていたのは、「漢文学」のみではなかったか。しかし、勅撰集の権威を背景に、貴族社会の生活に活用されていた「和歌」が台頭し、娯楽としての「物語」に対して紫式部が意識改革を進めていた。廣田收が指摘するように、中宮彰子の教育書「中宮学」として『源氏物語』が企画されていたのだとしたら、注(33)物語の格上げ乃至は活用が図られたものなのかも知れない。その後に続くべき「日記」は、貴族社会の記録であり実務書でもあったが、歌合日記のごときも含んで「文学」の隣接分野に位置させられていたであろう。こうした四つの分野のうち、紫式部が手がけたのは『紫式部集』であり、『源氏物語』であり、そして『紫式部日記』であった。『集』が私家集のなかでも文学史上特異な前半部を持っていたことは、すでに前節に述べた。『日記』も、『蜻蛉日記』『和泉式部日記（物語）』『更級日記』とは一線を画して、男性官人の日記と比肩する「記録」の性格を強く意識していたこと、これも前々節に述べた。『源氏物語』については、いまさらここで喋々するまでもあるまい。

――つまり、紫式部は「漢文学」以外の三分野を制覇し、しかもそのいちいちの分野に格別な斬新さを盛り込んだのである。しかも、さらに言えば、残りの「漢文学」については作品を遺していないが、清少納言こそ、したり顔にいみじう侍りける人。さばかりさかしらだち、真名書きちらして侍ほども、よく見れば、まだいと足らぬこと多かり（三〇九頁）

片つかたに書ども、わざと置きかさねし人も侍らずなりにし後、手ふる丶人もことになし。それらを、つれ〴〵せめてあまりぬるとき、一つ二つひき出でて見侍るを、女房あつまりて、「御前はかくおはすれば、御幸はすくなきなり。なでふ女か真名書は読む。むかしは経読むをだに人は制しき」と、しりうごちいふを聞き侍にも……（三一一頁）

この式部の丞といふ人の、童にて書読も侍し時、聞きならひつ丶、かの人はをそう読みとり、忘る丶所をも、あやしきまでぞさとく侍しかば、書に心入たる親は、「口惜しう。男子にて持たらぬこそ幸なかりけれ」とぞ、つねに嘆かれ侍し。（三一四頁）

という、いずれも名高い一節は、「真名」「真名書」が日常身近にあったというだけでなく、またその素養があったなどという生半可なものでもなく、紫式部みずからが「漢文学」を含む全領域をカバーできたことへの強烈な自己言及、個の表出ではなかったか。

『日記』中の、「内裏の上の、源氏の物語、人に読ませ給つ丶聞こしめしけるに」（三一四頁）、「源氏の物語、御前にあるを、殿の御覧じて」（三一九頁）とある箇所、また、「局に、物語の本どもとりにやりて隠しをきたるを」、紫式部の留守中に漁って「みな内侍の督の殿にたてまつり給てけり」（二八五頁）、はたまた敦成親王生誕五〇日の祝いの席上、左衛門督公任が「あなかしこ、このわたりに、若紫やさぶらふ」と問うたという有名すぎるほど有名な一節も、すべて自著へのあからさまな言及であり、露骨なコマーシャル・メッセージ (commercial message) ではないのかと思えるほどなのだ。「漢文学」をめぐる自己表出と、なんと軌を一にすることか。

作者本人のこれらの所為から帰納せられることは、紫式部にあっては、これらの作品は彼女のなかで一体のものだったということではないだろうか。『集』に「日記哥」が付載され、やがて藤原定家によって家集本体に組み込まれたのは紫式部には関わりのない事件ではあったが、両作品相互に見えざる紐帯があることを定家が結果として看破したことになったと見立てることも許されるかも知れない。また、笹川博司『紫式部集全釈』(風間書房、二〇一四年一〇月刊)が、『集』中歌の用語例を『源氏物語』から引いているのも、類例のないことではないが、全歌にその方法を徹底したことこそ個性の発露であり、なおかつ両作品の距離感を示す実演として評価したい。本稿冒頭には、『集』を「伝記資料として便利使い」することの不可についてふれた。『集』あるいは『日記』を『源氏物語』解釈のために「便利使い」することも同様に不可というべきだろう。しかし、その三者を一体として、あるいは一体のものの一部として論ずることは、むしろ今後必要不可欠であろう。

『集』と『日記』と『物語』と、いずれも文学史の結節点に紫式部はその作品を作り上げた。それぞれがそれ以前の同一領域の作品とは異なる様相を呈しているということは、紫式部はいずれにも工夫を凝らさずにはおかなかったということであろう。とすれば、「工夫を凝らす」ように仕向けたのは彼女自身なのか、他者なのか。――このように問うてみれば、個別の作品についてもまだ論じ尽くされたとは言えない現況であることが分かろう。

注

（1）久保田孝夫・廣田收・横井孝編著『紫式部集大成』（笠間書院、二〇〇八年五月刊）ならびに廣田收・横井孝・久保田孝夫編著『紫式部集からの挑発』（笠間書院、二〇一四年五月刊）所収「紫式部・紫式部集研究年表」。後者にも注記したように、「取捨・掲出の基準に特別なものはなく、編者が実際に確認できたものに限定しているので、やや偏頗があり、必ずしも完璧に網羅できているわけではない」。したがって、実際の数値は、これをはるかに凌ぐものであろう。

（2）関根慶子・山下道代『伊勢集全釈』（風間書房、一九九六年二月刊）。秋山虔・小町谷照彦・倉田実『伊勢集全注釈』（角川書店、二〇一六年一一月刊）。岩波古典旧大系『平安私家集』、和歌文学大系『小町集／業平集・遍昭集／伊勢集／猿丸集』の類は数えていない。

（3）『紫式部集大成』（注（1）前掲書）「序」、i頁。

（4）『紫式部集からの挑発』（注（1）前掲書）「まえがき」、ii頁。

（5）『特別展「紫式部日記絵巻と王朝の美」』（五島美術館展覧会図録№一〇五、五島美術館、一九八五年一〇月）、『開館65周年記念／源氏物語一〇〇〇年／特別展国宝紫式部日記絵巻と雅の世界』（徳川美術館、二〇〇〇年一一月）。

（6）『紫式部日記』本文の引用は、岩波書店・新日本古典文学大系により、その所在を示す。

（7）『紫式部集』本文の引用は、定家本（実践女子大学本）・古本（陽明文庫本）ともに『紫式部集大成』（注（1）前掲書）による。

（8）横井「『紫式部集』の末尾―作品の終局とは何か―」（前掲注（1）著『紫式部集からの挑発』所収）に引いた工藤重矩の箴言による。

（9）『栄花物語』本文の引用は、小学館・新編日本古典文学全集、第一巻三二七頁。傍点は引用者の私意。
（10）萩谷朴は「十一日の暁―『前紫式部日記』の存在」（『中古文学』第一〇号、一九七二年一一月）、『紫式部日記全注釈・下巻』（角川書店、一九七三年三月刊）などを通して、作者によって「前紫式部日記」という別日記が作成されたとし、原田敦子は「中宮土御門殿滞在記の想定―紫式部日記の形成過程」（『紫式部日記　紫式部集論考』笠間書院、二〇〇六年一二月刊、所収）において仮称「中宮土御門殿滞在記」が後に合綴されたとする。また南波浩は「紫式部日記成立考」（初出一九三五年、前掲『資料叢書』所収）で非首欠説を展開したが、のち「紫式部日記の変貌」（紫式部学会編『源氏物語と女流日記　研究と資料―古代文学論叢・第五輯』武蔵野書院、一九七六年一一月刊、所収）において現存日記とは別に献上日記（献上本）を仮設し、久下裕利「末摘花巻の成立とその波紋」（昭和女子大学『学苑』第九三九号、二〇二〇年一月）は独自の視点から、献上本日記の存在に逢着する。山本淳子もまた『紫式部日記と王朝貴族社会』（和泉書院、二〇一六年八月刊）において献上本・私家本の二種が作成され、前者が流布しなかったのに対して、後者は流布して諸資料に引かれたとする。
（11）阿部秋生「結語」（『源氏物語研究序説　下』東京大学出版会、一九五九年四月刊、所収）、一〇三〇頁。
（12）横井孝「物語の本義（一）」（『実践国文学』第九五号、二〇一九年三月）。
（13）首欠説を止揚して「前紫式部日記」の存在を仮設する萩谷朴『全注釈・下巻』（注（10）前掲書）、これを批判する河内山清彦『紫式部集・紫式部日記の研究』（桜楓社、一九八〇年二月刊）、現存日記とは別に献上日記（献上本）を仮設する南波浩「紫式部日記の変貌」（注（10）前掲稿）、山本淳子『紫式部日記と王朝貴族社会』（注（10）前掲書）がある。
（14）横井孝「物語の本義（二）」（『実践国文学』第九六号、二〇一九年一〇月）。
（15）小谷野純一『平安日記の表象』（笠間書院、二〇〇三年九月刊）、一頁。

(16) 永谷聡「『紫式部日記』における記録と憂愁の叙述―小少将の君・大納言の君との贈答前後の記事をめぐって」（石原昭平編『日記文学新論』勉誠出版、二〇〇四年三月刊、所収）、二四一頁。

(17) 注（10）前掲稿「紫式部日記の変貌」六八頁。

(18) 前掲の注（14）の横井稿で言及したものであり、いまはこれらを批判する場ではないので、ここでは出典をいちいち明示しない。「時代」という流行や熱のうえにあって、熱が冷めてみれば、気恥ずかしさだけが残るものだ。だからこそ、時代を隔てた現在のなかで批判するのは的外れというべきかも知れない。しかし、研究史として、批判すべきものは批判しておかねばならない。前二者の読みなし、読み過ぎについては既に『源氏物語の風景』（武蔵野書院、二〇一三年）第四篇のなかで論じた。

(19) 横井孝「源氏物語 本文と表現の展望―あとがきにかえて」（久下裕利・横井編『源氏物語の新研究―本文と表現を考える』新典社、二〇〇八年一一月刊、所収）。

(20) 福家俊幸「『紫式部日記』寛弘五年十月十七日の記の方法」（初出二〇〇四年、『紫式部日記の表現世界と方法』武蔵野書院、二〇〇六年九月刊）、二九頁。

(21) 浜口俊裕「『紫式部日記』敦成親王御産養七夜について」（大東文化大『日本文学研究』第五五号、二〇一六年二月）、一七頁。関連稿として「『紫式部日記』敦成親王御産養三夜について」（『日本文学研究』第五三号、二〇一四年二月）、『紫式部日記』敦成親王御産養五夜について―文章構成と展開の方法」（『日本文学研究』第五四号、二〇一五年二月）がある。

(22) 古瀬奈津子『摂関政治（シリーズ日本古代史⑥）』（岩波新書・岩波書店、二〇一一年一二月刊）第三章「「殿上人」の世界」、一〇一～一〇三頁。引用に際し、小見出しを省略した。

(23) 久下裕利『源氏物語の記憶―時代との交差』（武蔵野書院、二〇一七年五月刊）Ⅲ第四章「大納言道綱女豊子について―『紫式部日記』成立裏面史」。

（24）清水好子『紫式部』（岩波新書・岩波書店、一九七三年四月刊）、四頁。

（25）工藤重矩『源氏物語の婚姻と和歌解釈』（風間書房、二〇〇九年一〇月刊）Ⅲ「紫式部集注解」、「紫式部集解釈の難しさ」（『中古文学』第八五号、二〇一〇年六月）など一連の稿。

（26）久保田淳校訂『建礼門院右京大夫集　とはずがたり』（新編日本古典文学全集・小学館）、一六二～一六三頁。

（27）廣田收「『紫式部集』日記歌の意義―照らし返される家集本体とは何か」（注（1）前掲書、『紫式部集からの挑発』所収）。

（28）廣田收・久保田孝夫・横井「鼎談『紫式部集』研究の現状と課題Ⅱ」（注（1）前掲書、『紫式部集からの挑発』所収）、一九六～一九七頁の廣田の発言。

（29）横井孝「定家本『紫式部集』と定家筆断簡―実践女子大学本の現状報告・二」（実践女子大学文芸資料研究所『年報』第三一号、二〇一二年三月）。

（30）蔵中さやか「陽明文庫蔵宋雅百首に関する考察」（『国語国文』第八二巻第一一号、二〇一三年一一月）。

（31）久保木秀夫「万治四年禁裏焼失本復元の可能性―書陵部御所本私家集に基づく」（吉岡真之・小川剛生編『禁裏本と古典学』塙書房、二〇〇九年三月刊）、同「陽明文庫本紫式部集の素性」（『特別展示／近衛家陽明文庫　王朝和歌文化一千年の伝承』図録、国文学研究資料館、二〇一一年一〇月刊）など一連の稿。酒井茂幸『禁裏本歌書の蔵書史的研究』（思文閣出版、二〇〇九年一一月刊）。

（32）横井孝「『紫式部集』の中世」（注（1）前掲書、『紫式部集からの挑発』所収）。

（33）廣田收『古代物語としての源氏物語』（武蔵野書院、二〇一八年八月刊）、第一章「『源氏物語』は誰のために書かれたか―中宮学に向けて」。

紫式部の生涯

――『紫式部日記』『紫式部集』との関わりにおいて――

上原作和

一　はじめに

清少納言は、定子後宮新出仕の直後、自身が、定子から「葛城の神」とからかわれたことを記して、容色にも自信のない女であったことを告白している（「宮にはじめてまゐりたるころ」）[注(1)]。いっぽう、紫式部は自身の認めた日記の中で、清少納言や和泉式部の人物批評を記した後、そんな荒んだ心が依然として消えないのか、物思いがます秋の夜、かぐや姫を念頭に縁近くに出て空を眺めていると、故人はどのように月を賞でていたのだろう、月に照らし出されたわたくしは、人から月を眺めるのを止めるようにと諭されるからには、衰えるほどの容色があるのだろう、だから切りもなく物思いが続くのだ、と自身の物思いが美貌の人ゆえであると書き留めていて、それぞれの個性はここにも際立つ。

本稿では、『宇治十帖の新世界』に執筆した前稿を受けつつ、『紫式部日記』『紫式部集』に描かれた紫

式部の女房人生について、考えることとしたい。[注(2)]

二　紫式部の幼名は「もも」、晩春三月三日の生まれである

かつて、わたしくは『紫式部集』を軸に「紫式部伝」を草した。[注(3)]娘時代の女友達との贈答詠に続き、姉との「なまおぼおぼしき」体験（四、五番歌、以下倣之）や交際した男性との生々しいやりとりを記して、父の任国越前に下向（二〇～二七）と続く自伝的歌集である。越前の唐人詠（二八）、さらに藤原宣孝と思しき夫との夫婦仲のぎくしゃくした関係の一連の歌群のあと、一瞬の平安とも言うべき歌群が見られる（三六～三八）。直後に宣孝諒闇の歌群（去年より薄鈍なる人に、女院《藤原詮子》崩れさせたまへる春／四〇／長保四年（一〇〇二））となるのだから、この歌群こそ結婚生活解明の重要な役割を果たしているように思われるのである。

桜を瓶に立て《挿し》て見るに、取りもあへず散りければ、桃花《の》を見やりて

三六　**折りて見ば　近まさりせよ　桃の花**　思ひくまなき　桜惜しまじ

返し《人》

三七　**ももといふ　名もあるものを**　時の間に　散る桜には　思ひおとさじ

花の散る頃、梨の花といふも、桜も、夕暮の風の騒ぎにいづれと見えぬ色なるを

三八　花といはば　いづれか匂ひ　なしと見む　散りかふ色の　ことならなくに

陽明文庫本『紫式部集』[注(4)]

三六番歌は紫式部自身の詠であるが、桜は、夫と思しき男性と関係のある他の女の寓意であり、桃に自身を喩えたことは動かない。桜に対して、瓶に挿して進ぜたわたくしの気持ちを考えもせず、散ってしまった桜などなんの未練もありはしないだろう、と言う強気の面を覗かせた歌である。それに対して、「人」と記される宣孝と思しき一連の男の返歌は、「あなたは桃という名でもあるわけだから、すぐ散ってしまう桜よりも、やはり桃であるあなたをこそ大切にしましょう」の意であろう。桃は百《もも》に通じ、古代中国で花と言えば「桃」であることも有効な傍証であり、六節で後述する、紫式部死後に詠まれた逸名歌集挽歌群と照応する。三八番歌は「梨」の女もいたものの「人」の許から去ったことの寓意であり、「桜」同様、「匂」ひの「無」い「梨」がともにもはやいないのだから、自身を見立てた「桃」の魅力には優るまいという矜持を歌う。わたくしはこの贈答歌群から、歌集の主たる詠者が自身を「もも」と喩え、夫もまた「ももという名もある」ことを前提として詠んでいることから、彼女の通称（幼名）が、「もも」であり、かつ、夫の妻妾への通称ではないかと考えている。したがって、この「もも」なる女性は晩春三月三日生であったろうという仮説を提示したのであった。

その紫式部の誕生年には以下の諸説がある。注(5)

九七〇年（天禄元年）（今井源衛・稲賀敬二・後藤祥子）
九七三年（天延元年）（岡一男説・中野幸一）初出仕は寛弘二年（一〇〇二）
九七四年（天延二年）（萩谷朴説）　初出仕は寛弘三年（一〇〇三）
九七五年（天延三年）（南波浩説）
九七八年（天元元年）（安藤為章（紫家七論）・与謝野晶子・島津久基）

先行諸説は父・為時の閲歴と近親の年齢からの類推である。菅原文時に師事し文章生、蔵人所雑色・播磨権少掾を経て、貞元二年（九七七）東宮・師貞親王（後の花山天皇）御読書始の副侍読となっているから、任播磨権少掾以前、藤原為信娘との結婚、そしてその次女であることが前提である。このうち、今井説は、寛弘八年（一〇一〇）の『日記』に「はた目暗うてよう読まず」とあることから、これを老眼症状と見て、当時の今井氏の勤務先である九州大学医学部による老眼発症調査の平均値から四十歳を基準として生年を逆算したものである。しかし、二〇一九年現在の日本人の老眼発症は平均四三歳であり、わたしくが症状を自覚したのは、五十代半ばであるから、個人差が大きく、根拠としては薄弱である。これに対し、萩谷『全注釈』が同じく寛弘八年（一〇一〇）の「出家願望」の叙述は、女の厄年三七歳を意識したものであるとした点、絶対的な論拠ではないが、合理性はある。世に散見される岡・中野説に比して、一年の誤差ではあるものの、当時の信仰心を起点とした萩谷説は、重要な構成要件をなすものであることは確かであろう。

また、紫式部伝の絶対的に揺るがぬ構成要件と言えば、父藤原為時の任越前守を追って下向することになる長徳二年（九九六）正月二五日の除目があり、もうひとつの構成要件である宣孝突然の卒去は長保三年（一〇〇一）四月二五日（『尊卑分脈 第二篇』「世のはかなきことを嘆く頃…／見し人の 煙となりし 夕べより 名ぞ睦ましき 塩釜の浦」『紫式部集』四〇）。さらに寛弘五年（一〇〇八）から綴られる『日記』が結節点となることのことから、『集』によって宣孝との結婚は紫式部の越前からの帰洛以降と知られるし、一女賢子の生年は宣孝卒去前後、その養育期間を経て、『源氏物語』の執筆と時系列が構成される。以後、道長室・源倫子家女房を経て彰子中宮に出仕したであろうことは、前稿を参照願いたい。

三　紫式部と「命婦」「掌侍」

近時、諸井彩子氏が、「掌侍藤原香子と紫式部は全くの別人なのである」とする新説を提示された。角田文衛の「紫式部の本名・藤原香子」説への本格的な批判論文である。

女官制度は、後宮職員令の規定には見えないものの、宇多朝以降大幅に制度改革がなされ、村上朝に至って後の清少納言や紫式部らを輩出する環境が整備されたという。具体的には内侍司以外の十一司が停廃され、内侍司の下に女官たちの職掌が再編成されたのであり、内侍司は、尚侍、典侍、掌侍、命婦、女房、女蔵人、女孺で構成され、これに天皇の乳母が加わったのである。注(6)諸井氏は以下のように述べている。

『紫式部日記』には繰り返し「うへ人」（内裏女房）については よく知らない、と記している。紫式部自身は内裏女房でも中宮兼任の内裏女房でもない。彰子に仕える中宮三役の内侍は「宮の内侍」と呼称されており（定員一名だからこそ、この呼称で他の女房と区別できる）、掌侍藤原香子と紫式部は全くの別人なのである。（三九頁）注(7)

諸井氏に「彰子に仕える中宮三役の内侍」の「宮の内侍」は「定員一名」とある。しかしながら、内侍司の定員と寛弘五年（一〇〇八）九月当時、『紫式部日記』に登場する女官の職階は以下の通りである。したがって、当時の制度、日記本文との乖離には決定的な証左を要する説述であると言える。

（内侍一覧・萩谷『全注釈』等を参照して作成—『日記』の内裏女房をゴチック）

尚侍（内侍督）　定員二名－藤原妍子　△欠員

典侍　定員四名＋**橘徳子**（**橘三位**）　**藤原繁子**（**藤三位**）
　藤原豊子（宰相の君）　源陟子（宮の宣旨）
　源廉子（大納言の君）
掌侍　定員四名＋源時通娘（小少将の君）　橘良藝子（宮の内侍）
　藤原淑子（馬の中将？）　藤原香子（紫式部？）
　出自未詳（侍従の君）　藤原義子（弁内侍）
　橘隆子（**左衛門内侍**）　？・橘良藝子妹（宣旨式部）
女孺　定員百名　命婦、女藏人…

諸井氏の規定する「中宮三役（宣旨・御匣殿（別当）・内侍（典侍））の根拠は、以下の記事によるようである。

天元五年（九八二）**三月十一日条『小右記』**注(8)

十一日、發卯。参殿。次参内。今日以二女御従四位遵子一立二皇后一。…鶏鳴公卿退出、今夜奉二令旨一、以二藤詮子一為二宣旨〈是皇〔太〕后大夫《（源重信）》妻、中宮姉〉一以二藤原淑子一為二御匣殿別当〈参議《（藤原）》佐理妻〉一、以二藤原近子一為二内侍〈信濃《（藤原）》守陳忠妻〉一、以下官及右中弁懐遠、為二侍所別当一、大進輔成朝臣奉二令旨一、男女房簡今夜始レ書。宣旨・内侍着レ簡依レ無二先例一不レ着、御匣殿別当、少将乳母〈良峯美子〉同着レ簡。

ただし、この記事は、『紫式部日記』当時から二六年も前の円融天皇の女官体制である上、藤原尊子や中宮定子の二人の中関白家出身の御匣殿（ともに母は高階貴子）であるから、『枕草子』『栄華物語』『大鏡』には登場するものの、『紫式部日記』には見えない。つまり、彰子後宮では御匣殿が不在だったということになる。以下、当時の御匣殿である。

○**花山天皇**　**在位・永観二年**（九八四）**―寛和二年**（九八六）
平祐之娘　乳母・御匣殿別当：平氏 中務乳母、御匣殿 平祐忠妻

○**一条天皇**　**在位・寛和二年**（九八六）**―寛弘八**（一〇一一）
藤原尊子（道兼娘）御匣殿別当→女御（九八四年生〜一〇二二年薨）
藤原道隆四君、御匣殿 敦康親王の母代（九八五年頃生〜一〇〇二年薨）

○**三条天皇**　**在位・寛弘八年**（一〇一一）**―長和五年**（一〇一六）
藤原原子（道隆娘）東宮妃：中姫君・小姫君内御匣殿・東宮女御・淑景舎女御

○**後一条天皇**　**在位・長和五年**（一〇一六）**―長元九年**（一〇三六）
藤原威子（道長娘）尚侍→御匣殿別当兼任→女御→中宮

それゆえ、彰子後宮においては、尚侍（藤原妍子）、宣旨（源陟子）は存在するものの、御匣殿（別当）不在であり、「中宮三役」の構成要件を満たしていない。くわえて、寛弘五年（一〇〇八）当時、「宮の内侍」なる中宮付き女房は「掌侍」であるから、諸井氏の言う、「定員一名の「（中）宮の内侍」の規定そのものが、誤りなのである。それを決定的に証するのが、彰子立后の日の東三条院七七忌御読経の記事である。

『**権記**』**長保二年**（一〇〇〇）**二月二十五日条**

　此日立后……、以二女御従三位藤原朝臣彰子一、為二皇后一之由可レ仰。左大臣（藤原道長）被レ仰曰『**以二橘朝臣良藝子**院弁命婦一　**為二宮内侍一**』奏聞了。[注(9)]

これは諸井氏の説述の論拠と重なるところの橘良藝子が、女院・東三条院詮子の命婦から、彰子の内侍にひとり任じられた記事ではある。しかし、この任命は「内侍司」の女官（内裏女房）としての「内侍＝典侍」ではなく、中宮の私的な「内侍」の任命を一条天皇に奏上したのである。なぜなら、この記事からさらに八年後の寛弘五年（一〇〇八）当時も橘良藝子は「掌侍」であるから、寛弘四年（一〇〇七）正月二十九日、「掌侍」に任じられた藤原香子と同様の「女官除目」だったことになる。

『御堂関白記』寛弘四年（一〇〇七）正月二十九日条

廿九日、丁卯。源中納言（俊賢）来云、『按察可レ兼二右大将（実資）一、大間落、奉二聞可レ被レ入者一也。有二掌侍召一、以二藤香子一可レ被レ任』者《といへり》。参二東宮（居貞親王）一、啓二権大夫（頼通）慶由一。此日雨下。

『権記』寛弘四年（一〇〇七）二月五日条

五日、壬申。参内、源中納言（俊賢）召二中務少輔孝明一、**給二女官除目一**、去廿九日任二掌侍・藤原香子一。

「掌侍除目」は前年にもあり、「頭書」は「内侍除目」。「女官」の総称なのである。

『御堂関白記』寛弘三年（一〇〇六）十月九日条

右頭中将（実成）仰云、「可レ有二掌侍除目一、源平子辞退、替可レ補二藤原淑子一云、可レ仰二他上卿一」者《いへり》。可レ仰上卿者、権中納言（隆家）仰也。

「藤原淑子」を角田文衛は「馬の中将」とし、萩谷『全注釈』はこれを左馬頭藤原相尹の娘とする。源平子（藤原済成妻）は、長保二年（一〇〇〇）七月七日時点では「命婦」、彼女の昇任辞退であった（『権記』）。寛弘五年（一〇〇八）も「香子」「淑子」は現役のはずである。

もう一点、諸井氏が根拠とする「繰り返し「うへ人」（内裏女房）について、紫式部はよく知らない、と記している」と言う「うへ人」についてであるが、管見によれば、以下の二例である。しかも、内裏女房のことを「よく知らない」とするのは一例のみで、「繰り返し」というのは、いささか勇み足の説述ということになる。くわえて、中宮の私的上臈女房である紫式部が「**上人どもぞ十七人**」と記した内裏女房ならびに、九月十日の出産直前の「北の御障子と御帳とのはさま」の「いと狭きほどに」中宮女房たちも「**四十余人ぞ、後に数ふればゐたりける**」とあるように、ほぼ全員が『紫式部日記』に女房名が記されていることから、その言説とは裏腹に、「内裏女房」「中宮女房」の存在を、紫式部が強く意識していたことが知られるのである。

○寛弘五年（一〇〇八）**九月十六日夜、若い女房たちの舟遊び**

北の陣に車あまたありといふは、**上人《うへびと》どもなりけり。藤三位をはじめにて、侍従の命婦、藤少将の命婦、馬の命婦、左近の命婦、筑前の命婦、少輔の命婦、近江の命婦などぞ聞こえはべりし。詳しく見知らぬ人びとなれば、ひがごともはべらむかし。**（一四八頁）

○寛弘七年（一〇一〇）**正月十五日　敦良親王御五十日の祝い**

上人ども十七人ぞ、宮の御方に参りたる。いと宮の御まかなひは橘三位。取り次ぐ人、端には小大輔、源式部、内には小少将。

中務の乳母、宮抱きたてまつりて、御帳のはざまより南ざまに率てたてまつる。（略）

餅まゐらせたまふことども果てて、御台などまかでて、廂の御簾上ぐるきはに、**上の女房は御帳の西面の昼の御座に、おし重ねたるやうにて並みゐたり。三位《（橘徳子）》をはじめて典侍《ないしのすけ》たちもあまた参れり。**

宮の人びとは、若人は長押の下、東の廂の南の障子放ちて、御簾かけたるに、上臈はゐたり。**御帳**

の東のはざま、ただすこしあるに、大納言の君、小少将の君ゐたまへる所に、たづねゆきて見る。

（二二六～二二八頁）

確かに、彰子中宮には女房の上臈と下臈とがあり、紫式部は、下臈の女房達のいる「御帳の東のはざま、ただすこしある」ところに、「大納言の君、小少将の君」を尋ねているのだから、紫式部自身は下臈女房ではない。ただし、内裏還啓記事の乗車序列から大納言の君は典侍、小少将の君も紫式部よりは上席であるから注意を要するところではある。また、「宮の人々（中宮女房）」で、この二人より格上なのは、典侍の藤原豊子（宰相の君）と源陟子（宮の宣旨）のふたりだから、『日記』本文に描かれた序列に矛盾はない。

いずれにせよ、紫式部は、こうした行事に際しても他の女房たちのように役割分担が記されず、彰子の教養掛と日々の記録を本務とする私的上臈女房と考えてよいように思われる（萩谷『全注釈』下巻、四九六頁）。このあたり、諸井氏は参照していないようであるが、いずれも萩谷『全注釈』（下巻、四四八頁）で明示されている。前述したように「**上人ども十七人**」中宮女房「**四十余人**」と記したほぼ全員が、もれなくこの日記中に登場するから、実際の紫式部は内裏女房については「よく知らない」と書きながら、実は彼女たちの役割や仕事ぶりを知悉し、書き残している。しかも、女房として皇子の生誕儀礼を記録しながら、私的な感慨を潜り込ませており、消息体評論編も含めて、これら女房が総覧できる構成となっているから、現行『紫式部日記』の編纂者も、女房達の記録としての本日記の性格を理解していたことになるだろう。

さらに注意すべきは、現行『紫式部日記』には「ないしのせう」なる表記が見出せず、「典侍《ないしのすけ》」については、一例が、右の敦良親王五十日の祝（寛弘七年〈一〇一〇〉正月十五日）に見えることである。具体的には、内裏女房の橘の三位に藤三位もこれに加えられよう。
また、寛弘五年（一〇〇八）以前の「女官除目」は先の古記録類からは二例が知られるが、藤原淑子を「馬の中将」とすると、掌侍・香子だけが唯一不明の存在となる。それは自身のことだから記さなかったとすれば、その女房名は「藤式部／紫式部」ということになる。

四　内裏女房と中宮女房は、適宜、入れ替わり可能である

諸井氏は、『紫式部日記』の女房を内裏女房と中宮女房とに弁別し、紫式部は中宮女房であるから、内裏女房の掌侍ではない。したがって、『御堂関白記』（寛弘四年（一〇〇七）正月廿九日条）、『権記』（同年二月五日条）に見える「掌侍藤原香子」と、紫式部は別人であるとする論理を以てこれを否定した。その根拠となるのは、以下の本文である。

① **寛弘五年（一〇〇八）九月十一日の暁、加持祈祷の様子**

〈人げ多く混みては、いとど御心地も苦しうおはしますらむ〉とて、南、東面に出ださせたまうて、**さるべきかぎり、この二間のもとにはさぶらふ。殿の上**（源倫子）**、讃岐の宰相の君**（藤原豊子）**、内蔵の命婦、**御几帳の内に、仁和寺の僧都の君、三井寺の内供の君も召し入れたり。殿のよろづにののしらせたまふ御声に、僧も消たれて音せぬやうなり。

いま一間にゐたる人びと、大納言の君、小少将の君、宮の内侍、弁の内侍、中務の君、大輔の命婦、大式部のおもと、殿の宣旨よ。（一三二頁）

先にも触れたように、諸井氏が、女房呼称の前提として、内裏女房の「内侍」を「掌侍」にも援用したことじたいが、すでに史実や先行諸注釈との整合性を欠いている。右の彰子出産の折の紫式部達の人物配置においても、中宮女房の紫式部は「いま一間（北廂東三の間）」にいたとあるが、この時点でも、紫式部と同僚の中宮女房として「内侍（掌侍）」と呼ばれる「宮の内侍、弁の内侍」の二人がいたのである。前述の通り、この場面に登場する「弁の内侍」は内裏女房兼務説もあるものの、この時点では、諸注ほぼ中宮女房認定であるから、前述したように、女房名の「内侍」呼称から内裏と私的女房を差別化できないことは確かなのである。

② **寛弘五年**（一〇〇八）**十月十六日　土御門殿邸行幸の日**

かねてより、**主上《うへ》の女房、宮にかけてさぶらふ五人は、参り集ひてさぶらふ。内侍二人、命婦二人、御まかなひの人一人。**御膳まゐるとて、筑前、左京、一もとの髪上げて、内侍の出で入る隅の柱もとより出づ。これはよろしき天女なり。左京は青色に柳の無紋の唐衣、筑前は菊の五重の唐衣、裳は例の摺裳なり。御まかなひ**橘三位**。青色の唐衣、唐綾の黄なる菊の袿ぞ、上着なむめる。一もと上げたり。柱隠れにて、まほにも見えず。（一五八〜一五九頁）

くわえて、諸井氏は、前述したように、「彰子に仕える中宮三役の内侍は「宮の内侍」「定員一名」と述べている。しかし、萩谷『全注釈』は、この「宮にかけてさぶらふ五人」の内裏女房を、**左衛門内侍・弁の内侍**・筑前命婦・左京命婦・橘の三位とし、二人の内侍は左衛門内侍と弁の内侍と規定している。したがって、この時点では宮の内侍を内裏女房とすることは出来ず、諸井氏は反証を確言できる論拠を示さねばならない。

諸井氏が「宮の内侍」を内裏女房と認定する説は、この半世紀前後の注釈書に限れば、秋山虔『岩波文庫』（一九六四年、補注二六、弁の内侍も内裏女房とする（補注二七））のみであり、萩谷『全注釈』（一九七一年、一九一〜一九四頁）、山本利達『集成』（一九八〇年、二〇頁、「中宮の内侍という役の女房。もと東三条院の女房、橘良芸子」）、伊藤博『新大系』（一九八九年、二六〇頁、ただし、「弁の内侍」を「内裏女房で中宮兼務」とする）、中野『新編全集』（一九九四年、一三三頁）、山本『文庫』（二〇〇九年）[注10]等、いずれも中宮女房認定であり、根拠薄弱な前提であると言わざるを得ない。ただし、宮崎荘平『学術文庫』（二〇〇二年）は「中宮女房」であるとしながら、「『内侍』は内侍所の女官で、掌侍のこと、もとこの職にあったか（七一〜七二頁）」とする推定があるにはあるものの、萩谷『全注釈』の「宮の内侍」に関する詳細な検討に、後の諸注も挙って従っていることの意味は重い。かつ、宮崎氏もこの時点では中宮女房認定であるから、史上初の二后迭立時の流動的な女房人事は内裏（帝）と中宮兼任女房の差別化、截然たる職掌区分は難しく、確言は出来ないはずである。ただし、「弁の内侍」については、職掌から、掌侍・藤原義子の内裏女房と、もうひとり、中宮女房（出自未詳『枕草子』定子第一皇女脩子内親王の弁乳母）のふたりがいたと想定する萩谷『全注釈』A説（一九二〜一九四頁）もある（ただし、『日記』内に重複した登場場面がないことから、同一人で内裏、中宮兼務とするB説（上巻、三三九頁）もあり、注意を要する。

いっぽう、しばしば『小右記』に登場する実資との応接担当の「皇太后宮（彰子）女房」は、同書の長和二年（一〇一三）五月廿五日条「去夕相二逢女房一、越後守為時女〈以二此女一前々令レ啓二雑事一而已〉」。とあることから、紫式部その人だが、『小右記』内での長和三年（一〇一四）から寛仁三年（一〇一九）の五年に亙る記事登場ブランクを経て、この年の正月からは弘徽殿在勤であるから、紫式部はこの時、内裏女房待遇ということになる。

ちなみに『小右記』内での動静が一切窺えない期間については、前稿で言及したように、久下裕利説の、紫式部が具平親王家、倫子家、彰子家、敦康親王家、四つの宮仕えをしたことにより、五年の間、具平親王娘・隆姫妹付の女房として、敦康親王家に出向していたからであるとする説に従いたい。[注(11)]とすれば、内裏と中宮付き、このあたりの境界、職掌区分は垣根が低かったということに尽きるのである。

したがって、先の文献資料から諸井氏の説述、「紫式部」と「掌侍・藤原香子」は「別人」説は確言できないことになる。紫式部が内裏女房ではないから、掌侍ではなかったとする諸井氏の論拠そのものが成立しないからである。

そこで、角田氏が以下のように述べた時点に再び立ち戻ることになる。[注(12)]この角田「紫式部・掌侍」説は、女房の乗車順位から、紫式部の女房内序列を「掌侍」相当と規定したのであるが、乗車順位は流動的であるとする山中裕や、当該文献の掌侍の認定に疑義を呈した今井源衛論文もあった。[注(13)]ただし、『うつほ物語』「国譲」下巻の東宮内裏初還啓の記事や、『枕草子』「積善寺供養」の段には、行列を司る「次第司《しだいし》」の存在が記され、前者は乗車順位を指示しているし、後者では、中宮内裏から二条北宮行啓に際して、新参の清少納言が車寄せで乗車順を人に譲って大変遅れてしまい、定子にたしなめられたので、「次第司」の不手際を具申したところ、当日は、次第司に乗車名簿「書き立て」が用意され、行き届いた指示のあったことが知られるから、乗車順位には、正式な決まり事が存在したのである。

以下、『紫式部日記』内裏還啓（十一月十七日）の際の次第司による乗車配置である（内裏女房ゴチック、数字は角田説の女房序列順位）。

御輿　中宮彰子　　**宮の宣旨（源陟子・典侍①）**
糸毛車　殿の上（倫子）若宮（敦成親王）　**少輔の乳母（出自未詳、順位ナシ）**
黄金車　大納言の君（源扶義娘・典侍②）　宰相の君（藤原豊子、道綱娘・典侍③）
牛車　小少将の君（源時通娘・掌侍④）　宮の内侍（橘良藝子、源経房妻・掌侍⑤）
牛車　馬の中将（藤原相尹娘・掌侍⑥）　紫式部（藤原為時娘・?掌侍⑦）
牛車　侍従の君（出自未詳・掌侍婦⑧）　弁の内侍（藤原義子・掌侍⑨）
牛車　**左衛門内侍（橘隆子・掌侍⑩）**　宣旨式部（宮内侍妹、道長家女房・?掌侍）

参考――『御堂関白記』寛弘五年（一〇〇八）十一月十七日条

十七日、甲戌。中宮参二大内一給。御輿若宮金造御車。別当以下四位・五位挙燭。奉レ抱候二御車一。母々并御乳母。織司下々従レ車。着内事如レ常。

「糸毛」と「黄金造」の御車の認識違いがあるものの、道長が若宮を抱き入れた乗車「着内の事常の如」き規範を、角田氏は左衛門の内侍以上の乗車者が典侍、掌侍であるとする。内裏女房の左衛門内侍が晴れの場を中宮女房に譲って六番目の車などの配慮があったとしても、紫式部の職階は掌侍なのである。

したがって、角田文衛のいうように、紫式部は「正六位上より上の位」、すなわち従五位下であり、[注(14)]位禄は『令』の規定により、位田・職田計、九、六田の基本給があった。規定の如く女の食封を半額としても、[注(15)]約一二〇〇万円の年俸となる。[注(16)]いっぽう、服藤早苗のように、「典侍や掌侍の年給は最下位の規定だったから、すでに実行されていなかったのではないか」という説述もあるが、豪奢な法成寺阿弥陀堂建立など、潤沢な財力を誇った彰子後宮には該当しないように思われる。[注(17)]

五　死に向かう人生史としての『紫式部集』

小（△新）少将の君の書きたまへりしうちとけ文の、物の中なるを見つけて、

加賀の少納言のもとに、

六四（実一二四）　暮れぬまで（まの）身をば思はで人の世の　哀れを知るぞかつは悲しき

六五（実一二五）　誰れか世に永らへて見む書き留めし　跡は消えせぬ形見なれども

返し、

六六（実一二六）　亡き人を偲ぶることもいつまでぞ　今日のあはれは明日のわが身を

右の歌群は、実践女子大学本の場合、巻末の詠歌であり、陽明文庫本の「新少将」は実践女子大学本では「小少将」とある。実践女子大学本のほうが自分史的な物語構成力が高いように思われる。

亡くなった小少将（源時通の娘）とは北渡殿にあった局の隔てを緩くしてルームシェアするほどの仲であり、日記でも宰相中将（十六度）、大納言の君（十四度）に次いで十度登場する親友・小少将が、「暮れぬまで」の「我が身」を考える余裕もなく亡くなったと思しき内容である。その遺品を見つけた紫式部が、「加賀少納言」なる、日記には登場しない唯一の同僚女房と思しき女性と、その死を悲しむ詠歌を送り、加賀の少納言からは、紫式部の「暮れぬ」「身」の歌語を受けて、互いに「明日は我が身」だと人生の終焉を嘆く返歌がなされ、これが実践女子大学本の最末尾の詠ということになる。加賀の少納言を藤原為盛娘とする南波浩『紫式部集全注釈』と「虚構の人物」とする三谷邦明は、ここに『源氏物語』の創作契機

としての「死」を読んでいる。いずれにせよ、紫式部と同世代の友人の死が『集』に記された詠作年次の最後にあることの意味を重視したい。注(18)

『紫式部集』においては、陽明文庫本の「日記歌」群を除き、実践女子大学本で、同僚女房たちを検すると、宰相の君、大納言の君は各一例の詠歌が認められるが、小少将の君とは四例、うち二例が小少将の詠歌であり、最後の一例がここで検討した六四番歌である。それぞれの同僚たちとの心の親近性が窺われる数字である。

なお、小少将の消息について、萩谷『全注釈』は、『栄華物語』巻十三「ゆふしで」の記事を検討して「兄雅通が推定三十七歳で卒した寛仁元年七月(十日)当時に、推定三十四歳で生存していたことになる」(上巻・一六二頁)注(19)と述べている。したがって、寛仁三年(一〇一九)九月十一日に最後の生存が確認される紫式部の没年時との照応から、小少将の没したのは、この二年数ヶ月の間ということになる。紫式部よりひとまわりも若い同僚の急逝であったから、右のような詠歌が生まれたのは、必然性が高いように思われる。

六　紫式部の没年月を絞り込む

広橋本『東宮御元服部類記』巻十五所引『行成卿記』注(20)

正四位下　①**藤原豊子**　**御乳母**　**典侍**　**(宰相の君)**

正五位下　②藤原媞子　宣旨

従五位上　③**源陟子**　**御乳母**　**大宮宣旨**　**（源伊陟《これただ》娘）**
　　　　　④**源隆子**　**御乳母**　**中務**
　　　　　⑤**藤原能子**　**御乳母**　**式部**　**（藤少将の命婦／少将の君）**
　　　　　⑥**源香子**　**御乳母**　**式部**　**（源式部／源重文娘）**
従五位下　⑦藤原明子　御乳母　弁　（弁の乳母／藤原説孝／母・藤原兼正娘、政兼母）

　右の文献は、寛仁三年（一〇一九）八月二十八日、敦良親王（後の後朱雀天皇、当時十一歳）の元服に際して、蔵人頭左中弁藤原経通を以て、右大臣・藤原実資より、後一条天皇に奉呈された、七名の「乳母名簿」である。これを以て七名は叙位を得ている。この文献を始めて紹介したのは、益田勝実であった。[注(21)] ただし、テクストの問題があって、益田氏は、源香子を「藤（同）香子」と認定したために、混乱が生じたのである。橋本義彦はこれを宮内庁書陵部写本『行成卿記』によって翻刻し、「源香子」とした。橋本に言及はないが、この女房は、『紫式部日記』に登場する紫式部の同僚「源式部」、すなわち、加賀守・源重文の娘であり、本名も特定できる。『殿上記』において命婦香子は、以下のようにある。

　未一剋出御、次命婦香子執二御冠一、進二置太子加冠座右机上一、退入。頃之太子参上着座。

つまり、敦良親王の冠を事前に座右に置く役割の命婦であったことが判明する。

　時に寛仁三年（一〇一九）、『紫式部日記』に筆録された敦良生誕記（寛弘六年〈一〇〇九〉十一月）から約十年を閲しても、五人の女房が現役であり、栄えある乳母に任命されていたのである（ゴチックで示した）。『小右記』の《東宮御元服事》が、この日の儀式次第を詳細に記し、『権記』にもこの日だけの残欠本文が東宮御覧の拝舞や禄を下したことを記している。この間、三月には道長は病気などの理由により剃髪・出家しているから、実資はその動向が気になるところであった。八月の記事は、刀を持った法師たちが弘徽殿南瀧口付近に乱入して捕捉されたことから、女房（紫式部）に依頼して摂政・頼通の宿所に彰子を待避させた記事であり、寛仁四年（一〇二〇）九月の記事は、後一条天皇瘧病発病の混乱の中、道長に叱責された公任が、弘徽殿退下途中の女房（紫式部）から源頼光周辺の道綱薨去の誤報を伝聞し、実資が人を遣わしたという挿話である（道綱は十月十五日薨）。いずれも、先に指摘しておいたように、この女房が弘徽殿の内裏女房であるということに注意したい。

寛仁三年（一〇一九）正月五日条

参二弘徽殿一、**相二逢女房一**〈先以二宰相《（資平）》一令レ取二案内一〉、『令レ啓二御給爵之恐一之時、屡参入之事、于レ今不二忘坐一之由有二仰事一也』。女房云、『彼時参入当時不参、不レ似二世人一、所二恥思一也』云々。

寛仁三年（一〇一九）五月十九日条

十九日参内〈宰相《（資平）》乗二車尻一〉。諸卿不参。参二母后《（彰子）》御方一、**相二逢女房一**、有二仰事等一、是入道殿《（道長）》御出家間事等也。小時参二入道殿一、講演始間也。

寛仁三年（一〇一九）八月十一日条

《抜刀者入二宮中一事》入レ夜宰相《（資平）》来云『抜刀者入二宮中一、於二弘徽殿邊一搦得云々、母后《（彰子）》御坐之殿也。驚差二随身一令二案内一。帰来云『事已有レ実』者《といへり》。仍宰相同車参入〈着直衣〉先参二太后御方一、**以二宰相《（資平）》一令レ触二女房一**、小時有可二参入一之由、仍候二簾下一、**女房伝二令旨一**、『暫候レ参二摂政宿所一』。即奉レ謁、命云『昨今堅固物忌』。而依二藏人一來告、『過二午時一参入、已終許也。件事発者、於二西京博奕者一争論、法師抜刀突二敵男一、其男弟追二法師一、法師逃二走朔平門一、到二弘徽殿南瀧口邊之間一、佐渡守有孝候二宮侍所一、捕二留抜刀法師一、奪二取刀一、追二法師一之男同搦捕、皆給二検非違使一、令レ候二獄所一』者《といへり》。

寛仁四年（一〇二〇）九月十一日条

十一日、已未。早旦。前帥《隆家》示送云『昨日主上瘧病発レ給。上達部多不参事、入道《道長》被レ咎之間、四条大納言《公任》参入、罵辱御詞不レ可レ敢云『已無レ謂』』云々。帥乍レ驚子夜参入。**相二遇太后宮《彰子》女房罷出**一、四条大納言示送云『皇太后宮大夫道綱、今暁逝去之由、従二頼光《源》邊所一聞レ之』。遣二了人一。

今まで紫式部の存命が確認されるのは、右の五月の記事が最後とされてきたが、以上のように、八月、翌年九月条にも実資に情報提供する弘徽殿の「女房」が確認出来る。

以後、万寿三年（一〇二六）一月十九日に彰子が出家した際、共に出家した六人の女房（中納言君《左京の君》、弁内侍《藤原義子》、大輔命婦《大江景理妻》、大弁《源陟子》、土御門《藤原道雅娘》、筑前命婦―『左経記』）にも紫式部は入っていない（『小右記』『権記』『栄華物語』巻二七）[注22]。この六年間、『小右記』に皇太后宮・彰子の「女房」は二度確認できるものの、いずれも紫式部と特定できる記事ではない（治安元年（一〇二一）八月二九日条「太皇太后宮、宮司不候、以二長家一令レ通二女房一、拝舞了」―**除目奏慶**、万寿二年（一〇二五）八月七日条「宰相参二法興院一、衝黒帰来云『女房哭泣声無二間隙一、上達部会合、禅閤《道長》悲歎無レ極、近代不レ聞事也』」―**嬉子薨去**）。すでに紫式部の後宮不在は明らかである。

くわえて、以下の『平兼盛集』に混入附載された逸名歌集十二首のうちの四首は重要である[注23]。この歌群に関しては久下氏の鋭利な背景の推定もあるものの[注24]、詳細は前稿に譲るとして、平野由紀子が、「寛仁三年五月には存命だった紫式部を、この歌群のように三月三日に娘賢子がしのんでいる」詠歌であり、翌年春以降の作であるとして、「紫式部の没年の上限は、寛仁四年と考えたい。下限は万寿二（一〇二五）年

とみる」と論じていたことと、『小右記』寛仁四年（一〇二〇）九月以降の紫式部不在の符合にわたくしは注目したい。注(25)

同じ宮の藤式部、親の田舎なりけるに、「いかに」など書きたりける文を、式部の君亡くなりて、そのむすめ見侍りて、物思ひ侍りける頃、見て書きつ

一〇七　憂きことの　まさるこの世を　見じとてや　空の雲とも　人のなりけむ

○

又、三月三日、桃の花遅く侍りける年

一一〇　わが宿に　今日をも知らぬ　桃の花　花もすかむは《は（×は）》ゆるさざ《（×ら）》りけり《本ま、》

前述したように、紫式部の消息が確認できるのは、寛仁四年（一〇二〇）九月十一日。少なくともその日まで、弘徽殿という内裏の女房であった紫式部は、あくまで彰子側近の教養掛兼記録掛が職務であって、乳母にはならなかったことを意味する。万寿二年（一〇二五）八月五日、親仁親王（後冷泉天皇、母・嬉子）の誕生に伴い、娘・賢子が乳母となる。平野氏はこの時の「大宮の御方《（彰子）》の紫式部が女の越後の弁」（『栄華物語』巻二六）を以て、紫式部卒去の下限と見る。

あたかも、命婦として同じ職務を担っていた清少納言が、杳としてその晩年が知られないのと比べて、注(26)紫式部の人生の軌跡はこのようにある程度辿ることが出来る。紫式部の生年を前述したように萩谷『全注釈』の天延三年（九七四）、誕生日を二節で述べたように紫式部の幼名・「もも」に通じる三月三日とすると、寛仁四年（一〇二〇）冬以降卒去したとすれば、最短で数え年四七歳（満四六歳）、最長五二歳の生涯ということになる。

翌春の治安元年（一〇二一）三月三日は、母の誕生日に娘の賢子と宰相の君・藤原豊子が、この年遅く咲いた桃の花を酒に浮かべる故事にちなんで、「散る」の連想からこれを控えつつ、紫式部を偲んでいたことになる。

以上、紫式部の没年月日を、寛仁四年（一〇二〇）九月十一日から、上限を寛仁四年（一〇二〇）三月三日、下限を彰子出家の万寿三年（一〇二六）一月十九日を以て、この間に限定する仮説を提示して、本稿の結びとしたい。

注

（1）一言主とも。役行者の命を受け、葛城山と金峰山との間に岩橋を架けなければならないのに、自身の容色を気にして夜しか働かなかったので、橋は完成しなかったという伝説を踏まえた定子の発言。『新潮日本古典集成　枕草子』（新装版、新潮社、二〇一七年、一七六段）。

（2）上原作和「宇治十帖と作者・紫式部―「出家作法」揺籃期の精神史」（『知の遺産シリーズ　宇治十帖の新世界』武蔵野書院、二〇一七年）参照（以下、前稿倣之）。

（3）上原作和「紫式部伝」『人物で読む源氏物語』勉誠出版、二〇〇五～二〇〇六年、全二〇巻。第四回「生い立ちⅠ　幼名・通称「もも」説の提唱」参照。

（4）本文は上原作和・廣田收共編『紫式部と和歌の世界　一冊で読む紫式部家集　訳注付　新訂版』（武蔵野書院、二〇一二年）。『集』は陽明文庫本、傍記は実践女子大学本。『日記』は黒川本。以下倣之。

（5）今井源衛「紫式部の出生年度」（『今井源衛著作集　紫式部の生涯』第三巻、笠間書院、二〇〇三年、初出一九六六年）。稲賀敬二「天禄元年ころの誕生か」（『日本の作家 源氏の作者 紫式部』新典社、一九八二年）。後藤祥子「紫式部事典」（秋山虔編『源氏物語事典』學燈社、一九八九年）。岡一男「紫式部の生涯」（『源氏物語講座』第二巻・作者と時代、有精堂、一九七一年）。中野幸一「解説」（『新編日本古典文学全集　紫式部日記』小学館、一九九四年）、萩谷朴「解説・作者について」（『紫式部日記全注釈』下巻、角川書店、一九七三年（上巻、一九七一年。以下、萩谷『全注釈』倣之）。南波浩『紫式部集全評釈』（笠間書院、一九八三年）。島津久基『日本文学者評伝全書　紫式部』（青梧堂、一九四三年）。以上、堀内秀晃「紫式部諸説一覧」阿部秋生編『諸説一覧源氏物語』（明治書院、一九七〇年）、久保朝孝「紫式部伝記研究の現在」（『古典文学の愉悦』世界思想社、二〇一一年）を参照した。

（6）角田文衛「紫式部と女官の組織」（『紫式部の世界』法蔵館、一九八四年、二八一頁）

（7）諸井彩子「第一章 摂関期女房の実態（女房集団の構成／女房呼称の原則）」『摂関期女房と文学』（青簡舎、二〇一八年）。本論文は、角田文衛「紫式部の本名」（『角田文衛の古代学　一　後宮と女性』法蔵館、二〇一八年、初出一九六九年）の本格的な批判論文である。また増田繁夫「平安中期の女官・女房の制度」（『評伝紫式部』和泉書院、二〇一四年）、加納重文「後宮」（『平安文学の環境―後宮・俗信・地理』和泉書店、二〇〇八年）、東海林亜矢子「摂関最盛期における王権構成員居住法の考察」（『平安時代の后と王権』吉川弘文館、二〇一八年）参照のこと。

（8）『小右記』本文は、『大日本古記録　小右記』巻五（岩波書店、一九六九年）、『御堂関白記』本文は『大日本古記録　御堂関白記』上巻（岩波書店、一九五二年）によった。

（9）『権記』本文は『増補　史料大成　権記』第一巻（臨川書店、一九六五年）。

（10）参照した注釈書は以下の通り。秋山虔『岩波文庫』（岩波書店、一九六四年）、萩谷朴『紫式部日記全注釈』上巻、（角川書店、一九七一年）、山本利達『集成』（新潮社、一九八〇年）、伊藤博『新大系』（岩波書店、一九八九年）、中野幸一『新編日本古典文学全集』（小学館、一九九四年）、宮崎荘平『学術文庫』（講談社、二〇

〇二年、）山本淳子『角川文庫ソフィア』（KADOKAWA、二〇〇九年）。

（11）久下裕利「大納言道綱女豊子について─『紫式部日記』成立裏面史」「頼宗の居る風景─『小右記』の一場面」（『源氏物語の記憶─時代との交差』武蔵野書院、二〇一七年、初出二〇一七、二〇一四年）。

（12）角田文衛注（6）「紫式部と女官の組織」「命婦は、正六位上より上の位をもち、掌侍と女蔵人の中間に位する官女の名となっていた。これには特別の定員がないので、運用上は甚だ便利なポストであった。紫式部が少くとも命婦であったことは確かである。しかし中宮付きの掌侍であった可能性も否定できない。一条朝の頃は、女蔵人↓命婦、命婦↓掌侍↓典侍といった昇進も珍しくはなかった。とすれば、初め命婦に補され、後に掌侍に昇進したことも考えられる。中宮の行啓に随った中宮女房たちの車に乗る順番（『紫式部日記』）から見ると、彼女の地位は掌侍であったように思われる。（二八三～二八四頁）」。

（13）山中裕「紫式部伝記考─香子説検討」（『日本文学研究資料叢書源氏物語Ⅱ』有精堂、一九七〇年、初出一九六五年）、今井源衛註⑤所収「紫式部本名香子説を疑う」（二〇七～二一〇頁）。

（14）角田文衛注（6）参照「一条朝時代になると、命婦は、正六位上より上の位をもち、掌侍と女蔵人の中間に位する官女の名となっていた。…紫式部自身、当然無給ではなく、今日の社会常識に照らしても五位相当、破格の俸給を得ていた」と述べている。

（15）『令』巻五、禄令第十五、（日本思想大系『律令』岩波書店、一九七七年）による。『令』巻五、禄令第十五／正五位に、絁六疋。綿六屯、布卅六端、庸布二百卌常。／従五位に、絁四疋。綿四屯、布廿九端、庸布一百八十常。女は減半せよ。其れ故無くして二年までに上《つか》へせずは、給ふことを停めよ。

（16）山口博『日本人の給与明細─古典で読み解く物価事情』（角川ソフィア文庫、二〇一五年）。

（17）蒲田和宏『教科書に出てくる歴史人物・文化遺産』三巻（学研教育出版二〇一二年）には、藤原道長十五歳・従五位下で年収二、八〇一万円、五二歳従一位・太政大臣で三億七、四五五万円とする。服藤早苗

『「源氏物語」の時代を生きた女性たち―紫式部も商いの女も平安女性は働きもの』（日本放送出版協会、二〇〇〇年、一一三頁

（18）南波浩（『紫式部集全注釈』笠間書院、一九八三年、六二六～六二八頁）。三谷邦明「『源氏物語』の創作契機」（『物語文学の方法Ⅱ』有精堂、一九八九年、七九頁）。

（19）萩谷注（5）前掲書参照。

（20）橋本義彦「外記日記と殿上日記」（『平安貴族社会の研究』吉川弘文館、一九八六年）。本文は宮内庁書陵部図書寮文庫画像公開システム「十五／野口菊雄昭和影写」によって確認した。

（21）益田勝実「紫式部日記の女房達」（『紫式部日記の新展望』日本文学史研究会、一九五一年）

（22）服藤早苗（『人物叢書　藤原彰子』吉川弘文館、二〇一九年）は、諸文献を検討し、「中納言の君」ではなく「少将内侍―出自未詳」とする。一四二頁。

（23）本文は、古典ライブラリー『新編私家集大成』の翻刻によった。一〇七、一〇八番歌は注（4）『紫式部と和歌の世界　新訂版』に廣田收氏の注解と現代語訳がある。

（24）久下裕利「後期物語創作の基盤―紫式部のメッセージ」、「大納言道綱女豊子について―『紫式部日記』成立裏面史」注（11）前掲書、（初出二〇一二、二〇一七年）。

（25）平野由紀子「逸名家集考―紫式部没年に及ぶ」（『平安和歌研究』風間書房、二〇〇八年、初出二〇〇二年）。万寿二年説は、『栄花物語』「楚王の夢」において、娘の大弐三位・賢子が後の後冷泉天皇の乳母となった時点で紫式部も生存していたとする安藤為章『紫家七論』による。

（26）萩谷朴「清少納言の晩年と『月の輪』」（「日本文学研究」二十号 大東文化大学日本文学会、一九八一年）参照。

『紫式部日記』『紫式部集』の成立

――古本系集に増補された「日記哥」から考える――

笹川博司

一　はじめに

我々は、日本文学史のなかに『源氏物語』という世界に誇れる古典文学作品をもっている。『紫式部日記』によれば、その物語の作者が紫式部という一条天皇の中宮である藤原道長の娘彰子に仕える女房であったこと、彼女が女房生活のなかで憂愁を抱き、出家を願っていたことなどが知られ、また『紫式部集』によれば、彼女が藤原為時という受領の娘で、父の任国である越前国まで下向した経験をもつことなどがわかる。日記と家集を通して、平安中期の受領層に生まれた紫式部という女性の生涯の断片や女房生活のなかで抱いた折々の感慨にも直に触れることができるのである。

そうした意味で、『紫式部日記』や『紫式部集』が極めて貴重な情報を我々に伝えてくれる資料であることは間違いがない。しかし、『紫式部日記』や『紫式部集』を読んでいると、確かに『源氏物語』の作者らしい文学性は節々に感じられるけれども、全体として統一性のある完成度の高い文学作品というべきものではないという印象もまた強い。

『紫式部日記』の場合、①寛弘五年の中宮彰子の皇子出産前後の記録、②翌年正月の記事に続く消息体の文章、③「十一日の暁」以下の年月不明の断簡的部分、④寛弘七年正月の日記的部分、という四つの部分があり、統一感を欠く印象があって、①から②へは筆の逸れと見ることができても、②と③の間、③と④の間には明らかな断絶があり、そのまま続けて読み進めるには抵抗がある。

一方、『紫式部集』の場合も、陽明文庫本と実践女子大学本という有力な写本が二本あり、それぞれ古本系と定家本系という名称で呼ばれるが、二系統の伝本の歌の配列が五二番歌以降大きく異なり、いずれの伝本で読むべきか迷ってしまう。二系統がどういう関係にあり、それぞれがどのように形成されたのかを明らかにするのは、配列も複雑で、なかなかの難問である。拙著『紫式部集全釈』（風間書房、二〇一四年）を刊行した際は、せめて定家まで遡れればと考え、実践女子大学本を底本とし、解説「紫式部集について」は二本の実態報告に留めた。

『紫式部日記』『紫式部集』の現存伝本のもつ、こうした形態がいかに形成されていったのか、そして『紫式部日記』『紫式部集』という作品が、いつ、どのように成立したのか、を追究するのが本稿の目的である。とはいえ、『紫式部日記』の成立と『紫式部集』の成立という二つの難問は、限られた現存資料のもとでは、ともに完全に実証することが難しく、仮説にならざるを得ない。しかし、二つの難問を総合して考えてみることで、少しは解決の糸口が見えてくるかもしれない。二つの作品の成立に関わる徴証をあらためて若干の整理をして考えられる私見を述べ、最近刊行された専門書や一般書の説を紹介しつつ、その妥当性を検討してみたい。

二　外部徴証の優位性

『紫式部日記』『紫式部集』の成立を総合的に解明しようとする時、まず問題となるのは、陽明文庫本『紫式部集』の末尾に増補されている「日記哥」である。その本文と、黒川本『紫日記』本文を上下に対照し、両本文の異同箇所に傍線を付すと次の通りである。注(1)

陽明文庫本『紫式部集』「日記哥」　　　　黒川本『紫日記』

三十講の五巻、五月五日なり。けふしもあたりつ
らむ提婆品をおもふに、あした（「た」ミセケチ）　　　　当該本文なし
山（阿私仙）よりも、この殿のさだめにや、木のみ
もひろひをかせけむ、とおもひやられて
たえなりやけふはさ月の五日とて
いつゝのまきにあへるみのりも（一一五）　」17オ
いけの水の、たゞこのしたに、かゞり火にみあか
しのひかりあひて、ひるよりもさやかなるを見、
おもふことすくなくは、をかしうもありぬべきお

りかな、とかたはし、うち思めぐらすにも、まづ
ぞ涙ぐまれける。
かゞり火のかげもさはがぬ池水に
いく千代すまむのりのひかりぞ（一一六）
　おほやけごとにいひまぎらはすを、大納言君
すめる池のそこまでゝらすかゞり火に
まばゆきまでも憂わが身かな（一一七）
　五月五日、もろともに、ながめあかして、あかう
なれば、いりぬ。いとながきねをつゝみて、さし
いでたまへり。小少将君　」17ウ
なべて世のうきになかるゝあやめ草
けふまでかゝるねはいかゞみる（一一八）
　返し
なにごとゝあやめはわかでけふも猶
たもとにあまるねこそたえせね（一一九）
　九月九日、きくのわたを、これ、とのゝうへ、い
とよう、おい、のごひすてたまへと、のたまはせ
つる、とあれば

九日、きくのわたを、兵部のをもとの、もてきて、こ
れ、とのゝうへの、とりわきて、いとよう、おひ、の
ごひすてたまへと、のたまはせつる、とあれば

菊の露わかゆばかりに袖ふれて
花のあるじに千よはゆづらん（一二〇）
水どりどものおもふことなげにあそびあへる
を
水どりをみづのうへとやよそにみむ
われもうきたる世をすぐしつゝ（一二一）
小少将君の、文をこせたまへる返事かくに、
しぐれのさとかきくらせば、つかひもいそぐ。
空の」18オ　気色も心地さはぎてなむ、とて、
こしおれたることや、かきまぜたりけむ、
たちかへり、いたうかすめたるに
せんしに
雲まなくながむる空もかきくらし
いかにしのぶる時雨なるらん（一二二）
返し
ことはりのしぐれの空は雲まあれど
ながむる袖ぞかはくよもなき（一二三）
大納言君の、よる〳〵、おまへにいとちかう

きくの露わかゆばかりにそでふれて
花のあるじに千代はゆづらむ（四）（」上11）
水鳥どものおもふことなげにあそびあへるをみる。
水どりをみづのうへとやよそにみむ
われもうきたる世をすぐしつゝ（六）
かれも、さこそ心をやりてあそぶとみゆれど…
小少将のきみの、ふみをこせたまへる返ごとかく
に、時雨のさとかきくらせば、つかひもいそぐ。（」
上51）又、空の気色も、うちさはぎてなむ、とて、
こしをれたることや、かきまぜたりけむ、くらう
なりにたるに、たちかへり、いたうかすめたるこ
ぜんしに
雲間なくながむるそらもかきくらし
いかにしのぶるしぐれなるらむ（七）
かきつらむこともおぼえず
ことはりのしぐれの空は雲まあれど
ながむる袖ぞかはくまもなき（八）（」上52）
大納言の君の、よる〳〵は、御まへにいとちかう

ふしたまひつゝ、物がたりし給しけはひの、
こひしきも、なを世にしたがひぬる心か。
うきねせし水のうへのみ恋しくて
かものうはげにさへぞおとらぬ（一二四） 」18ウ
返
うちはらふともなきころのねざめには
つがひしをしぞよはに恋しき（一二五）
しはすの廿九日にまいり、はじめてまいりし
もこよひぞかし、
とおもひいづれば、こよなうたちなれ
にけるも、うとましの身の程や、とおもふ。
夜いたうふけにけり。
まへなる人々、「うちわたりは、猶
いとけはひことなり」「さとにては、いまねな
まし」「さも、いまときくつのしげさかな」と、
色めかしくいふをきく。
としくれてわがよふけゆく風の音に

ふしたまひつゝ、物がたりし給しけはひの、こひ
しきも、なを世にしたがひぬる心か。
うきねせし水のうへのみ恋しくて
かものうはげにさえぞをとらぬ（一一）
返し
うちはらふともなきころのねざめには（」上
85）つがひしをしぞ夜半に恋しき（一二）
しはすの廿九日にまいる。はじめてまいりしも今
宵の事ぞかし、いみじくも、ゆめぢにまどはれし
かな、と思ひ（」下18）いづれば、こよなくたち
なれにけるも、うとましの身のほどや、と覚ゆ。
夜いたうふけにけり。おほんものいみにおはしま
しければ、おまへにもまいらず、心ぼそくてうち
ふしたるに、まへなる人〲の、「内わたりは、猶
いとけはひことなりけり」「さとにては、今はねな
ましものを」「さも、かざときくつのしげさかな」
と、色めかしくいひゐたるをきく。
年くれてわが代ふけ行かぜのをとに

心のうちのすさまじき哉（一二六）」19オ

源氏物がたり、おまへにあるを、殿、御覧じて、れいの、すゞろごとども、いできたるついでに、梅のしたにしかれたるかみに、かゝせ給へる

すき物となにしたてればみる人の
おらですぐるはあらじとぞおもふ（一二七）

とて、たまはせたれば

人にまたおられぬ物をたれかこの
すき物ぞとはくちならしけん（一二八）

わたどのにねたる夜、戸をたゝく人あり、ときけど、おそろしさに、をともせで、あかしたるつとめて

よもすがらくひなよりけになく〳〵と
まきのとぐちをたゝきわびつる（一二九）

返し」19ウ

たゞならじとばかりたゝくくひなゆへ
あけてはいかにくやしからまし（一三〇）

こゝろの中のすさまじきかな（一四）（」下19）

源氏の物がたり、おまへにあるを、とのゝ、御らんじて、れいの、すゞろごとども、いできたるついでに、むめのしたにしかれたるかみに、かゝせたまへる

すき物と名にしたてればみる人の（」下72）
おらですぐるはあらじとぞおもふ（一五）

たまはせたれば

人にまだおられぬものをたれにこの
すきものぞとはくちならしけむ（一六）

めざましう、ときこゆ。わた殿にねたる夜、とをたゝく人あり、ときけど、おそろしさに、をともせで、あかしたるつとめて

よもすがらくひなよりけになく〳〵ぞ
まきの戸ぐちにたたきわびつる（一七）

返し（」下73）

たゞならじとばかりたゝくくゐなゆへ
あけてはいかにくやしからまし（一八）

こうしてみると、「日記哥」の詞書は、『紫式部日記』本文に基づき、一部必要最小限の補充と多少の簡略化は施されてはいるけれども、ほとんど現存日記本文そのままの形で抜き出されていることが知られる[注(2)]。

この点から、現存『紫式部日記』には本文のない「日記哥」の最初五首（陽明文庫本一一五〜一一九番歌）とその詞書についても、他の記事と同様、それらの基になった日記本文がかつては存在したと考えるのが自然な推論である。古本系『紫式部集』の祖本に「日記哥」を増補した者が見ていた『紫式部日記』には、五月五日に行われた法華三十講の記事があったと想定されるのである。

『権記』寛弘五年（一〇〇八）四月廿三日条に「左相府ニ詣ヅ。卅講始マル也」、五月廿二日条に「左府ニ詣ヅ。卅講結願也」とあり、『御堂関白記』寛弘五年（一〇〇八）五月五日条には「講二座ヲ行フ。是レ今日捧物ヲ為ス也。上達部多ク来ル」と見えるので、この法華経三十講は、四月廿三日開経、無量寿経一巻、廿四日『法華経』巻一序品第一、廿五日巻一方便品第二、廿六日巻二譬喩品第三、廿七日巻二信解品第四、廿八日巻三薬草喩品第五、廿九日巻三授記品第六、五月一日巻三化城喩品第七、二日巻四五百弟子受記品第八、三日巻四授学無学人記品第九、四日巻四法師品第十と続き、五月五日には、巻四見宝塔品第十一と巻五提婆達多品第十二の二座が行われ、その後、六日巻五勧持品第十三、七日巻五安楽行品第十四、八日巻五従地湧出品第十五、九日巻六如来寿量品第十六、十日巻六分別功徳品第十七、十一日巻六随喜功徳品第十八、十二日巻六法師功徳品第十九、十三日巻七常不軽菩薩品第廿、十四日巻七如来神力品第廿一、十五日第七嘱累品第廿二、十六日巻七薬王菩薩本事品第廿三、十七日巻七妙音菩薩品第廿四、十八日巻八観世音菩薩普門品第廿五、十九日巻八陀羅尼品第廿六、廿日巻八妙荘厳王本事品第廿七、廿一日巻八普賢菩

薩勧発品第廿八、廿二日結経、観普賢菩薩行法経一巻と続き、結願したとみて間違いない。南波浩『紫式部集全評釈』（笠間書院、一九八三年）によれば、式部が「たへなりや」と詠んだのは「五月の五日に五巻が当たっているという、語呂合わせのような事象を讃唱したのでもなく、その背後に、長保元年（九九九）彰子入内以来、道長家を挙げて、一日も早くと待ち望んだ、彰子懐妊の慶兆が（中略）ようやくかなえられ、その無事安産を祈る三十講であったという現実がふまえられ、しかも五巻の提婆品が女人の五障を説きながら、なおその成仏の可能性を教えるものであり、中宮のための、法華経受持の功徳を説くものであったからであり、まさに道長家の権勢の栄光を祈念する仏事であること」（三七七頁）によるという。『権記』寛弘五年（一〇〇八）四月十三日条に「中宮、土御門院ニ出デ給フ。御懐妊五ヶ月也」とあり、中宮彰子の御産を記録することが『紫式部日記』の主要な執筆目的とすれば、土御門殿における法華三十講の、特に『法華経』巻五の提婆達多品を講ずる五月五日の記事は、日記に収められていて然るべきものであろう。

現存『紫式部日記』は寛弘五年（一〇〇八）秋から始まっている。現存『紫式部日記』冒頭部がいかにも日記冒頭にふさわしいという理由で、非首欠説の主張があることは周知の通りである。しかし、最近刊行された「日記で読む日本史」シリーズの一冊、池田節子『紫式部日記を読み解く』（臨川書店、二〇一七年）の一節「現存「紫式部日記」の冒頭がそれ以外にはありえない冒頭だということは明らかであり、現在では首欠説を唱える研究者は存在しない」（五七頁）を読んで驚いた。何かの誤解であろう。中野幸一「『紫式部日記』の欠落部分」（『日記文学新論』勉誠社、二〇〇四年）は、十一日暁前後の欠落に加え、冒頭も首欠であり、現在の冒頭部が起筆にふさわしいとするのは印象批評の域を出ないと論じているし、小谷野純一『紫式部日記』（笠間文庫、二〇〇七年）解説には「私見からすれば、こうした証左になる外部資料がある以上、本来的には、少なくとも寛弘五（一〇〇八）年五月記事は存在していたもので、何らかの原因で、夙に欠落したと理解すべきだろうと判断される。（中略）現行本冒頭が、まさに冒頭にふさわしい表現だとする、内部徴証としての意味合いを主張する見地さえ存在するけれども、もとより、恣意的な印象論にすぎず、この場合、とうてい徴証として依拠できはしない」（二一一頁）という小気味よい論断も見える。私も両氏がいうように、現存『紫式部日記』冒頭部がいかにも日記冒頭にふさわしいというのは印象批評の域を出るものではなく、それが非首欠ということに直接的に結びつく論拠とはならない、と考えている。注(3)

陽明文庫本『紫式部集』に増補された「日記哥」を見る限り、「日記哥」を増補した者が見ていた『紫式部日記』には寛弘五年（一〇〇八）夏の記事が存在したことは否定できないのである。注(4)

現存『紫式部日記』にない五月の記事が、かつての日記には存在していたことを窺わせる外部徴証は、実は「日記哥」以外にもある。それは、藤原定家の日記『明月記』貞永二年（一二三三）三月廿日（四月十五日天福に改元）条に見える、定家の長女である因子が幼少の折に故式子内親王から賜った月次絵を、このたび中宮竴子に進上したという記事である。当時、定家は七十二歳。

典侍（定家女因子）往年幼少ノ時ニ故斎院（式子内親王）ニ参ラシムルノ時、賜ル所ノ月次絵二巻〈年来ノ所持也〉、今度、宮（中宮竴子）ニ進入ス。詞ハ同ジク彼ノ御筆也。垂露ハ殊勝ニシテ珍重ノ由、上皇仰セ事有リト云々。件ノ絵ニハ十二人ノ歌ヲ書カル〈月々ヲ宛テラル〉。正月〈敏行云々注(5)〉、二月〈清少納言、斉信卿ノ梅壺ニ参ルノ所、但シ歌無シ注(6)〉、

三月〈天暦、藤壺ノ御製[注7]〉、四月〈実方ノ朝臣、祭使トシテ神館ノ歌[注8]〉、
五月〈紫式部、日記ノ暁ノ景気〉、六月〈業平ノ朝臣、秋風吹キテ雁ニ告ゲコセ[注9]〉、
七月〈後冷泉院、御製[注10]〉、八月〈道信ノ朝臣、虫ノ声[注11]〉、
九月〈和泉式部、帥ノ宮、門ヲ叩ク[注12]〉、十月〈馬ノ内侍、時雨[注13]〉、
十一月〈宗貞ノ少将、未通女ノ姿[注14]〉、十二月〈四条大納言、北山ノ景気[注15]〉、
二巻ノ絵也。表紙〈青紗鏄、絵有リ〉、軸〈水精〉。

各月の月次絵を説明する割注には、題材となった人物と場面が記されている。月と人物だけで容易に場面が想像される場合は、場面の説明は省略されている。五月は「紫式部」が詠んだ歌あるいは関係する記事から選ばれたが、「日記」とあるので『源氏物語』や『紫式部集』ではなく、『紫式部日記』に記された「暁ノ景気」の場面が選ばれたらしい。ところが、現存『紫式部日記』には「五月」の「暁」の記事が見えないのである。「日記」は『紫式部日記』ではなく、別の日記を想定する説[注16]もあるが、よく知られた有名な場面が月次絵の題材になっているはずで、その想定は考えにくい。やはり、定家のころには、現存『紫式部日記』には失われてしまった「五月」の「暁」の場面があったと考えるのが自然な見方であろう。

三 「日記」成立に関するいくつかの仮説について

それでは、古本系と呼ばれる『紫式部集』に「日記哥」を増補した者が見ていた『紫式部日記』あるいは定家のころの『紫式部日記』とはどのようなものだったのか。それがどのような事情で現存『紫式部日

記』の形態になったのか。最近出版された書籍に見える仮説を二つ紹介しておきたい。

まず、山本淳子『紫式部日記』（角川ソフィア文庫、二〇一〇年）の解説ならびに『紫式部日記と王朝貴族社会』（和泉書院、二〇一六年）所収「『紫式部日記』の成立―献上本・私家本二段階成立の可能性―」である。論旨は変わらないので分かりやすい前者から引用する。「献上本」は「主家から命ぜられて、主家を主役に彰子の敦成親王出産という晴事を綴る女房日記」とし、「現行の冒頭を冒頭としていた。献上本は完成すると道長あるいは中宮に献上され、世に流布しなかった」とする。「私家本」は「献上本の写しに紫式部が大幅に手を加えて作成した、私的な書き物」とし、「紫式部の個人的な憂いが描かれる「憂愁叙述」部分」や消息体部分・年次不明部分・後半記録体部分が「この際に付加された。寛弘五年五月法華三十講の場面も「憂愁叙述」の典型的な一つであり、この際に書き加えられて、現行冒頭以前の位置に置かれた」「「私家本はやがて流布し、『栄華物語』「日記歌」『明月記』は私家本に拠っている」とする。「私家本の首部は、転写が繰り返される中で脱落し、いかにも冒頭にふさわしい献上本冒頭が冒頭とされた。これが現行の『紫式部日記』である」（三四一頁）という。

次に、増田繁夫『評伝　紫式部―世俗執着と出家願望―』（和泉書院、二〇一四年）である。「成立事情を実証的に推定することはほとんど不可能」としながらも、「式部は中宮の女房として出仕して以来、宮仕日記あるいは備忘録のようなものをつけていた。そして道長など主家の命により、中宮彰子の初めての御産の経過を客観的に記した女房日記といったものを作成して提出した。これが「原紫式部日記」とでもいうべきものである。そこには現存日記には見えない土御門殿の法華三十講の記事などもふくまれていたかも知れない。これは主家に献上されたものであったから一般には流布しなかったが、源倫子の女房であった赤染衛門などには見ることができたので、それを赤染も書写してもっていたことも考えられる。栄花物語の資料になったのは、この「原紫式部日記」であろう。その後の寛弘七年ごろになって、式部の親しくしていた知人の娘などが宮仕することになり、中宮彰子の御産のときの様子や式部の女房生活などについての日記を求めてきた。それに応えて記したのが現存日記の祖本であったか」とし、「式部はこれに中宮御産の経過を記していた「原紫式部日記」の記事だけではなく、自身の経験した中宮での女房生活におけるさまざまな私的な感慨などをも書き込んで、記録的日記とも消息文ともつかぬ形のものを書き上げて送った。現存日記には記録的な部分にも「侍り」の用いられているのはそのためであろう。これが後世に流布してゆく過程で本文の脱落などの損傷をうけ、その結果として残ったものが現存の紫式部日記である」（二八八頁）と想定している。注(17)

二段階の成立を想定するのは、両説同じである。しかし、土御門殿の法華三十講の記事の扱いが、山本説と増田説では異なる。山本説は、「献上本」にはなかった法華三十講の記事が「私家本」作成の際に書き加えて冒頭部に置かれ、それがまた私家本の転写過程で欠落したとする。「献上本」は主家賛美、「私家本」は憂愁叙述と考えた結果の推論だが、複雑な過程の想定となってしまっていて、やや考えにくいように思われる。「献上本」は主家賛美、「私家本」は憂愁叙述と図式的に考えるのではなく「作者は一般に、中宮御産記というような叙事的な文章をかきながらも、その中にどこか叙情的な部分をつけ加えずにはおれないような、自己の主体的な判断立場を示さずにはおれないような資質の人であるらしく、それが源氏物語のような質の文学を生んだのでもあろう注(18)」とする増田説のように、本来あった土御門殿の法華三十講の記事が、流布過程での脱落などの損傷を受けた、と単純な過程を想定する方が受け入れられやすいであろう。

また、現存日記に「年次不明部分」が付加されている点についても、山本説が「私家本」作成の際に式部自身が付加したとするのは違和感がある。早くに南波浩「紫式部日記の変貌」（『源氏物語と女流日記　研究と資料』武蔵野書院、一九七六年）が指摘するように「式部自身の配置ではなく、式部以外の他者による、あとからの追補であろう」と考えるのが穏当かと思われる。

四　「集」成立をめぐって

一方、『紫式部集』の成立をめぐっては、和歌文学大系20（明治書院、二〇〇〇年）所収、中周子「紫式部集」解説が詞書に「詠者本人の主観的な心情表白」や「出来事や贈答相手に対する当事者ならではと思われる感慨」が含まれ、「このような内部徴候によって、『紫式部集』は元来、紫式部が自らの人生を歌によって綴るべく編んだ自撰歌集であったと考えられている」といい、『新訂版　紫式部と和歌の世界　一冊で読む紫式部家集』（武蔵野書院、二〇一二年）所収、廣田收『紫式部集』解説が「『紫式部集』はもとより自撰歌集であり、編纂時期は紫式部晩年の長和年間ごろかと推測される」というように、南波浩の研究業績『紫式部集の研究』（笠間書院、一九七二年）『紫式部集全評釈』（笠間書院、一九八三年）を受けて式部晩年の自撰歌集という見方が通説化している。

これに対して、徳原茂実「『紫式部集』自撰説を疑う」（『紫式部集の新解釈』和泉書院、二〇〇八年）は「式部が遺した自筆の詠草を資料として、第三者が家集を編纂したと考える余地も十分にある」（一三一頁）とし、むしろ現存『紫式部集』に見られる配列の矛盾の原因を「編纂者による誤読や誤った先入観」に帰した方がよいのではないかと自撰説に疑義を呈する。

自撰・他撰の問題は、徳原氏のいうように、家集を編纂する資料に「式部が遺した自筆の詠草」を想定すると、自撰か他撰かの判断はほとんど不可能になる。配列の乱れも、錯簡によるのか編集者の誤解によるのか、なかなか判断が難しい。そのような時に判断の決め手になるは、やはり外部徴証なのである。『紫式部集』が現存の姿に至る過程を推定するための一つの有力な外部徴証は、勅撰和歌集に入集する紫式部詠であろう。その分析によって様々な有益な推論を展開したのは、河内山清彦『紫式部集・紫式部日記の研究』（桜楓社、一九八〇年）であった。同書で展開されている推論の妥当性を丁寧に検証することが、『紫式部集』の成立を考える際の一つの確かな方法であろう。

紫式部詠の勅撰和歌集への入集状況は次の通りである。

『後拾遺和歌集』四首　『金葉和歌集』ナシ　『詞花和歌集』ナシ

『千載和歌集』九首　『新古今和歌集』十四首　『新勅撰和歌集』五首

『後拾遺和歌集』の四首は、河内山によると「紫式部集は後拾遺集に全く利用されていない」（二一六頁）ということであり、その四首を除くと、平安末期の俊成・定家が活躍する時代に至って漸く、『紫式部集』が発見され、世に流布しはじめるという享受の様相が見えてくる。

しかも『千載和歌集』入集九首のうち四首が「題知らず」で、それらがすべて『紫式部集』後半部の五二番歌以降に配列されている歌という点も示唆的である。この現象は、俊成の入手した『紫式部集』が五二番歌以降の欠脱した五一番までのものであったことを物語っていると、河内山は分析する（五一頁）。

それは、陽明文庫本「集」の五一番歌の後に、

さしあはせて物思はしげなりときく人をひとにつたへてとぶらひける　本ニやれてかたなしと

と、その次の歌の詞書だけが記された後、写された親本にあった書き込み「破れて歌（「かた」は「うた」の誤写かと思われる）なし」が見え、次に失われた歌の存在を示す一行分の空白があることとも符合する。

また『新古今和歌集』夏には、第二節冒頭に挙げた陽明文庫本『紫式部集』の「日記哥」に見える「なべて世の」（一一八）「なにごと丶」（一一九）の贈答が、

つぼねならびにすみ侍りけるころ、五月六日、もろともに、ながめあかして、あしたに、ながきねをつつみて、紫式部につかはしける　上東門院小少将

なべてよのうきになかるるあやめ草けふまでかかるねはいかがみる（二二三）

返し　紫式部

なにごととあやめはわかでけふもなほたもとにあまるねこそたえせね（二二四）

として入集している。

『新古今和歌集』の詞書の由来を考えると、「つぼねならびにすみ侍りけるころ」という「勅撰集の撰者が拠り所なしに付け加えたとはおもわれない語句[注(19)]」を持っていて、「もろともに、ながめあかして」が「日記哥」すなわち現存『紫式部日記』では欠脱してしまった文章と共通することから、『新古今和歌集』の撰者とりわけ定家の手元には、現存『紫式部日記』にない五月の記事をも含んだ『紫式部日記』があって、『新古今和歌集』の詞書はそれに基づいて作成されたと考えられる。それはまた、第二節末尾に示した定家の日記『明月記』の記事とも符合するのである。

定家の自筆本の転写本という奥書[注(20)]をもつ定家本系の最善本である実践女子大学本『紫式部集』に見える、

つちみかどどのにて、三十講の五巻、五」15オ　月五日にあたれりしに

たへなりやけふはさ月のいつかとていつゝのまきのあへる御のりも（六五）

その夜、いけのかゞり火にみあかしのひかりあひて、ひるまよりもそこまでさやかなるに、さうぶのか、いまめかしうにほひくれば

かゞり火のかげもさはがぬいけ水にいくちよすまむのりのひかりぞ（六六）

おほやけごとにいひまぎらはすを、む」15ウ　かひたまへる人は、さしもおもふことものしたまふまじきかたちありさま、よはひのほどを、いたうこゝろふかげにおもひみだれて

すめるいけのそこまでゝらすかゞりびのまばゆきまでもうきわが身かな（六七）

やう〱あけゆくほどに、わたどのにきて、つぼねのしたよりいづる水を、かうらんをゝさへて、しばし見ゐたれば、そらのけしき、はる秋の、かすみにも、」16オ　きりにも、おとらぬころほひなり。こせうしやうのすみのかうしをうちたゝきたれば、ゝなちて、をしおろしたまへり。もろともにおりゐて、ながめゐたり。

かげ見てもうきわがなみだおちそひてかごとがましきたきのをとかな（六八）

返し

ひとりゐてなみだぐみける水のおもにうきそはるらんかげやいづれぞ（六九）」16ウ

あかうなれば、いりぬ。長きねをつゝみて

なべて世のうきになかるゝあやめぐさけふまでかゝるねはいかゞみる（七〇）

かへし

なにごと、あやめはわかでけふもなをたもとにあまるねこそたえせね（七一）

という歌群について、河内山は「小少将のすみの格子をうちたたきたれば、放ちておし下ろしたまへり。もろともに下り居て、ながめゐたり」とある詳細さは、日記にはあり得る叙述であっても、家集にあるべき表現ではない」と指摘し、「この詞書が「紫式部日記」の一節をほとんどそのまま移植したものであることは、ほぼ間違いないであろう」（九二頁）という。「ほとんどそのまま」は言い過ぎかもしれないが、山本利達も「実践女子大学本の65～71は、「日記歌」の関係資料から補入されたもので、補入に当っては、68と同じ歌である陽明文庫本の六一の歌の前後に配した」（新潮日本古典集成、一九二頁）とする。

また、「かがり火の」の歌に特に必要の無い「菖蒲の香、今めかしう匂ひくれば」という表現が詞書に記されているのも、『紫式部日記』を資料として執筆されたと考えられる『栄花物語』初花巻に、「四月のまつりとまりつるとしなれば、廿よ日のほどより、れいの卅講をこなはせ給。五月五日にぞ五巻の日にあたりたりけれれば（中略）よるになりて…いけのかゞり火に、みあかしのひかりども、ゆきかひ、てりまさり、ごらんぜらるゝに、さうぶのかも、いまめかしう、おかしう、かほりたり」などと見え、『紫式部日記』に基づいて作成されたことの痕跡としか考えられないのである。

このように細かな徴証からではあるが、『新古今和歌集』の詞書や『栄花物語』の本文という外部徴証によって、定家本系の『紫式部集』は、定家が手元にあった五月の記事も含まれていた『紫式部日記』を参考にして、五二番歌以降の破損の激しかった古本系の『紫式部集』を、一部別途伝わっていた紫式部詠なども加え、再構成して編集したものという見通しがとりあえずは立つであろう。俊成の頃にようやく発見されたらしい五二番歌以降の破損の激しかった古本系の『紫式部集』も、自撰家集だったのか、他撰家集だったのか。少なくとも自撰と言い切ることはできないだろう。

五　おわりに

二〇一四年に廣田收・横井孝・久保田孝夫『紫式部集からの挑発―私家集研究の方法を模索して』（笠間書院）が刊行された。『紫式部集』研究の基礎資料を整備して公刊するという大きな恩恵をもたらした『紫式部集大成』（笠間書院、二〇〇八年）に続く、『紫式部集』研究の現在を語るもので、長年『紫式部集』について研究してきた三氏の鼎談は貴重で面白い。『紫式部集』の成立を解明するための模索は今後も続くことだろう。

一方、『紫式部日記』については、二〇一八年に中野幸一『正訳　紫式部日記　本文対照』（勉誠出版）が刊行された。しかし、附録されている解説は新編日本古典文学全集（一九九四年）の解説をそのまま利用したもので、二〇〇〇年以降の『紫式部日記』研究の成果は残念ながら全く盛り込まれていない。刊行年の新しさに騙されてはならない。

はじめに述べたように、『紫式部日記』『紫式部集』の成立解明は難問である。我々は難問にぶつかった際に、その道の権威の見解を紹介し、「によると」「によれば」という言い方でそれ以上の追究を避けることも多い。しかし安易に権威に寄りかからず、自身の眼で、これまでの各主張の根拠を再確認し、その妥当性を検証して「真に徴証たり得るか」を問い直す作業を重ねる必要がある。若い研究者の清新な眼に期待し、擱筆する。

注

（1）引用については、『紫式部集』は、久保田孝夫・廣田收・横井孝編著『紫式部集大成』（笠間書院、二〇〇八年）所収の陽明文庫本と実践女子大学本の『紫式部集』影印により、丁付と歌の通し番号を記す。『紫式部日記』は、秋山虔編『黒川本 紫日記 宮内庁書陵部本蔵』（笠間書院、一九九五年、三版）の影印により、頁と歌の通し番号を記す。なお、小松茂美編『紫式部日記絵詞』日本絵巻大成9（中央公論社、一九七八年）の本文によって必要な補訂を加えた。『権記』は史料纂集本、『御堂関白記』は大日本古記録本、『明月記』は冷泉家時雨亭文庫本により、それぞれ訓読して示す。『栄花物語』は梅沢本（旧三条西家本）による。和歌は、特に断らない限り、新編国歌大観による。

（2）異同を確認する。一二〇番歌は、「九月」を補充（日記では八月廿六日の次の記事で「九日」だけでも九月九日と分かるが、歌集では五月五日の次の配列で「九日」だけでは誤読の可能性があるため）、特に重要でない情報の「兵部のおもとのもてきて」、簡略化のため「の、とりわきて」を省略。一二一番歌は、簡略化のため「みる」を省略。一二二番歌は、簡略化のため「又」「くらうなりたるに」を省略。「うちさはぎて」の「う」を「こゝ」と誤写して「こゝちさはぎて」、「こぜんし」（濃染紙）の「こ（己）」を「に（二）」と誤写。一二三番歌は、「かきつらんこともおぼえず」を「返し」と簡略化。一二四番歌は、係助詞「は」を省略。一二六番歌は、「る」を「り」と誤写。簡略化のため「の事」「いみじくもゆめぢにまどはれしかな」「おほんものいみにおはしましければ、おまへにもまいらず、心ぼそくてうちふしたるに」「けり」「は」「ものを」を省略。「いざとき」の「ざ（左）」を「ま（万）」と誤写する一方、「い（伊）」を底本では「か（何）」と誤写。「いひゐたる」を「いふ」に簡略化。一二七番歌は、格助詞「の」を省略。一二八番歌は、

「とて」を省略。和歌の後の詞「めざましう、ときこゆ」を省略。この省略は、日記と歌集という作品の形式によるもので、同様に、一二一番歌の後に「かれも、さこそ心をやりてあそぶとみゆれど、身はいとくるしかんなりと、おもひよそへらる」が省略されている。一二九番歌の本文「ぞ」を「と」、「に」を「を」に変更。総じて、一部必要最小限の補充と多少の簡略化は施されてはいるけれども、日記本文からの誤写も含め、ほとんど現存日記本文そのままの形で抜き出されている、とまとめてよいだろう。

（3）首欠・非首欠を論じて日記の成立を考える場合、秋山虔の解説「外証からすれば首欠説に、内証からすればその反対説に、それぞれ加担しなければならないという矛盾、これを素直に認めた上で、両者をいかに統一するか」（岩波書店、日本古典文学大系「解説」四一八頁）を引用し、ここを出発点として自身の「統一」案を提案する論が多い。しかし、「矛盾」する結論が導かれる場合、一般的な検証方法としては、それぞれの根拠がほんとうに「徴証」たり得るのかが問い直されなければならなかったはずである。しかし残念なことに、秋山は、おそらく益田勝実「紫式部日記の新展望」（一九五一年）などへの配慮から厳密な問い直しを行わずに「素直に認め」てしまったのであろう。秋山の「素直に」という言説から氏一流の配慮が斟酌できるように思われるが、後続の研究者の問い直しが弱かったことで、秋山の解説は一人歩きする結果となった。

（4）このことは、夙に池田亀鑑『紫式部日記』（至文堂、一九六一年）に「この五首を抄記した人の見た紫式部日記は、現存の日記諸本とは異なる古本で、少なくとも右五首を含む記事、即ち土御門殿法華三十講の記事を有したものと云わざるをえない」（六六頁）と指摘があり、また最新の成果である加藤静子・曾和由記子「『栄花物語』と『紫式部日記』のあいだ」（『藤原彰子の文化圏と文学世界』武蔵野書院、二〇一八年十月）にも「陽明文庫本巻末に見える「日記哥」を抽出する作業時点では、現存日記に相当する記事の前に法華三十講記事があったという事実は揺るがないと思われる」（二六八頁）という指摘がある。「道長の法華経信仰により男皇子が誕生したような文脈が見えて」今はなき『紫式部日記』と「初花」巻は「連結していた」(二八五頁)とも。

(5)『後撰和歌集』に「正月一日、二条のきさいの宮にてしろきおほうちきをたまはりて」という詞書で巻一の巻頭に入集する「藤原敏行朝臣」の歌「ふる雪のみのしろ衣うちきつつ春きにけりとおどろかれぬる」(春上・一)に基づく絵が描かれていたか。

(6)『枕草子』の「返る年の二月廿よ日」と始まる段に「むめつぼの、ひんがしおもて、はじとみ(半蔀)あげて、こゝにといへば、めでたくてぞ、あゆみ出たまへる。さくらのあやのなをし(直衣)の、いみじう花〴〵と、うらのつやなど、えもいはず、きよらなるに、ゑびぞめの、いとこきさしぬき(指貫)、藤のおれえだ、おどろ〳〵しく、をりみだれて、紅の色、うちめなど、かゞやくばかりぞ見ゆる。しろき、うす色など、したにあまたかさなりたり。せばき、えん(縁)に、かたつかたは、しもながら、すこし、すのもとちかう、よりゐ給へるぞ、まことに、ゑにかき、物がたりの、めでたき事にいひたる、これにこそは、とぞ見えたる。御前の梅は、にしはしろく、ひんがしは紅梅にて、すこしおちがたになりたれど、猶おかしきに、うら〳〵と、日のけしきのどかにて、人に見せまほし」(陽明文庫蔵「清少納言枕双紙」五ウ・六オ)と見える頭中将斉信が直衣指貫姿で梅壺の縁に片方の足を下ろして座る場面が描かれていたのだろう。「まことに、絵に描き、物語の、めでたき事に言ひたる、これにこそは、とぞ見えたる」(ほんとうに、絵に描かれたり、物語が素晴らしいこととして説きたてたりしている貴公子は、まさにこの斉信の姿であろう、と思われた)といい、梅の美しさを加えたこの場面を「人に見せまほし」(できることなら人に見せたい)という。

(7)『新古今和歌集』に「天暦四年三月十四日、ふぢつぼにわたらせ給ひて、花をしませたまひけるに」という詞書で入集する「天暦御歌」(村上天皇御歌)「まとゐして見れどもあかぬ藤浪のたたまくをしきけふにも有るかな」(春下・一六四)にふさわしい、内裏の飛香舎(藤壺)に咲く美しい藤の花とそれを眺める人々が描かれていたのであろう。

（8）『千載和歌集』に「まつりのつかひにて、神だちの宿所より斎院の女房につかはしける」という詞書で入集する「藤原実方朝臣」の歌「ちはやぶるいつきの宮のたびねにはあふひぞ草の枕なりけり」（雑上・九七〇）に基づく絵柄で、賀茂祭と葵が描かれていたのであろう。

（9）『伊勢物語』第四十五段の「（前略）時は六月のつごもり、いと暑きころほひに、宵は遊びをりて、夜ふけて、やゝ涼しき風吹きけり。蛍たかく飛びあがる。このをとこ、見臥せりて／ゆく蛍雲のうへまでいぬべくは秋風吹くと雁につげこせ」による。嵯峨本の挿絵のように、水辺から雲に向かって蛍が高く飛び上がる様子が描かれていたのであろう。

（10）『後拾遺和歌集』に「七月七日、二条院の御かたにたてまつらせ給ける」という詞書で巻十二の巻末歌として入集する「後冷泉院御製」「あふことはたなばたつめにかしつれどわたらまほしきかささぎのはし」（恋二・七一四）による。『栄花物語』巻卅四（暮まつほし）にも「春宮御方より一品宮に」と見え、長暦四年（一〇四〇）の七月七日（十一月十日、長久に改元）の詠歌と知られる。当時皇太子であった親仁親王（後冷泉天皇）が、長暦元年皇太子妃となっていた後一条天皇皇女章子内親王に、七夕伝説に因んで鵲の橋（宮中の橋）を渡って逢いに行きたい、と詠む。天の川や鵲が描かれていたのであろう。

（11）『道信集』に「一条どののぶくなる秋ごろ／このあきはむしよりほかのこゑならでまたとふ人もなくてこそふれ」（一〇）や「かくて、寺よりかへりて、よの中心ぼそくながめらる、むしのねもさまざまきこゆるゆふぐれに、権少将のもとへ／こゑそふるむしよりほかにこのあきは又とふ人もなくてこそふれ」（四一）などと、正暦三年（九九二）六月十六日の父為光薨去して四十九日の法要が八月五日に法住寺で行われ、それから余り隔たらない服喪期間の秋に詠まれた歌が見える。虫より他に訪う人もない秋の夕暮れ、もの悲しく孤独に過ごす二十歳過ぎの若者が描かれていたのであろう。

（12）冷泉家時雨亭文庫本『明月記』の本文は「叮」。『和泉式部日記』に「九月廿日あまりばかりのありあけの月に御めさまして、いみじうひさしうもなりにけるかな、あはれ、この月はみるらんかし、人やあるらん、とおぼせど、れいのわらはばかりを御ともにて、おはしまして、かどをたゝかせ給に、女、めをさまして、よろづ思ひつゞけ、ふしたる程なりけり。すべて、このごろは、おりからにや、もの心ぼそく、つねよりも、あはれにもぼえて、ながめてぞありける。あやし、たれならん、と思ひて、まへなる人をおこして、とはせんとすれど、とみにもおきず。からうじて、おこしても、こゝかしこのものにあたり、さはぐほどに、たゝきやみぬ。かへりぬるにやあらん、いぎたなし、とおぼされぬるにこそ、物おもはぬさまなれ、おなじ心に、まだねざりける人かな、たれならん、と思。からうじて、おきて、人もなかりけり、そらみゝをこそ、きゝおはさう、とて、よのほどろに、まどはかさるゝ、さはがしのとのゝおもとたちや、とて、またねぬ。女は、ねで、やがてあかしつ。いみじう、きりたるそらを、ながめつゝ、あかくなりぬれば、この、あかつきおきのほどのことゞもを、ものにかきつくるほどにぞ、れいの御ふみある。たゞかくぞ。／秋の夜のありあけの月のいるまでにやすらひかねてかへりにしかな／いでや、げに、いかにくちおしきものにおぼしつらん、と思よりも、猶おりふしは、すぐしたまはずかし、げに、あはれなりつるそらのけしきを、み給ひける、と思に、をかしうて、この、てならひのやうに、かきゐたるを、やがてひきむすびて、たてまつる」（宮内庁書陵部本〈旧三条西家本〉『和泉式部日記』二三ウ〜二五オ）とある場面で、この後、帥宮敦道親王が「御覧ずれば」という形で、和泉式部が「暁起き」して手習のように書いていた文章と和歌が明らかになるが、そこに示された晩秋の季節の風情やそれを眺める女の姿が描かれていたのであろう。

（13）『千載和歌集』に入集する馬内侍詠「ねざめしてたれかきくらん此ごろのこのはにかかる夜半のしぐれを」（冬・四〇二）に基づく絵が描かれていたのであろう。『馬内侍集』には「十月ばかり、思へること詠みて、と宮より仰せられしかば」と詞書にある。

（14）『古今和歌集』に「五節のまひひめを見てよめる」という詞書で入集する「よしみねのむねさだ」詠「あまつかぜ雲のかよひぢ吹きとぢよをとめのすがたしばしとどめむ」（雑上・八七二）に基づく絵が描かれていたのであろう。五節の舞は、十一月中の辰の日に演じられた。

（15）『栄花物語』巻廿七（ころものたま）には出家するため公任が「しはすの十九日にぞ、ながたにへ」入ったことが見え、『千載和歌集』には「前大納言公任、ながたににすみ侍りけるころ、風はげしかりける夜のあしたに、つかはしける中納言定頼／ふるさとのいたまのかぜにねざめしてたにのあらしをおもひこそやれ／返し　前大納言公任／たにかぜの身にしむごとに古郷のこのもとをこそおもひやりつれ」（雑中・一〇九八、一〇九九）という父子の贈答が入集する。『続詞花和歌集』の詞書は「前大納言公任ながたににすみける比、十二月ばかりいひつかはしける」とあり、この贈答が公任が長谷に籠居した十二月中のことと認識されていたことが知られる。なお、平安時代の「北山」は、現在の北区大北山周辺を指すことが多いが、『小右記』万寿二年（一〇二五）八月九日条に「北山辺ニ隠居スベシ、長谷、石蔵、普門寺ノ間カ」などと見え、長谷を含む左京区岩倉一帯も「北山」と称されていたことが知られる。長谷に籠居した公任の著書も『北山抄』と呼ばれている。

（16）萩谷朴『紫式部日記全注釈』下巻（角川書店、一九七三年）四〇四頁。

（17）同著は、一般書という体裁をとるが、増田繁夫氏のこれまでの研究成果がわかりやすく盛り込まれていて、深い見識に基づく新見も随所に含まれる『紫式部日記』の解説書で、研究者にとっても必読書である。なお、氏の『紫式部日記』成立に関わる論としては夙に「紫式部日記の形態―成立と消息文の問題―」（『言語と文芸』第六八号・一九七〇年一月）がある。

（18）注（17）四六頁。

（19）小沢正夫「紫式部日記考―日記歌による日記の原形推定は不可能なるか―」（『国語と国文学』一九三六年十一月）。
（20）実践女子大学本『紫式部集』廿八丁裏には「本云、京極黄門〈定家卿〉筆跡本ヲ以テ、一字違ハズ、行賦字賦・雙紙勢分ニ至ルマデ本ノ如ク、之ヲ書写セシム。時ニ延徳二年（一四九〇）十一月十日之ヲ記ス。癩老比丘判」という本奥書と「天文廿五年（一五五六）夾鐘上澣（二月上旬）之ヲ書写ス」という書写奥書がある。

現行『紫式部日記』の形態
——冒頭・消息体・十一日の暁、『枕草子』にも触れつつ——

山本淳子

一　はじめに

『紫式部日記』とは何なのか。現行『紫式部日記』の形態についての問いは、つまるところこの問いに行きつくだろう。

この作品は、かつて「編纂物[注(1)]」とも「一種の〈文集〉[注(2)]」とも評された。いずれも論者が、現行『紫式部日記』を構成する各部分のまとまりの無さと率直に向き合ったがゆえである。あるいはこれを、作品ではなく草稿であるとする見方もある。[注(3)]論者が、現行作品内の情報の特異さと向き合ったがゆえの結論である。つまり現行『紫式部日記』の形態と内容には、それが「日記」、あるいはもとより作品であることすら疑わせるような一面がある。まずはそこから目をそらしてはならない。

二　問題の概略

最初に問題の概略を示す。現行『紫式部日記』は、現存するすべての伝本を通じて、次の四つの部分から成る形態をとっている。

Ａ　前半記録体部分　寛弘五（一〇〇八）年秋から翌六（一〇〇九）年の正月三日にかけて、おおむね時間軸に従い事実や行事を記録的に記した部分

Ｂ　消息体部分　開始箇所には諸説あるが、執筆態度の転換が明らかな箇所としては「このついでに、人のかたちを語り聞こえさせば、物言ひさがなくやはべるべき」に始まり、時間軸を外れて様々の話題を批評的に記した部分

Ｃ　年次不明部分「十一日の暁」に始まり、年次と月を記さない複数のエピソードを断片的に記した部分

Ｄ　後半記録体部分「ことし正月三日まで」に始まり、寛弘七（一〇一〇）年元旦から正月十五日にかけて、時間軸に従い事実や行事を記録的に記した部分

Ａの前半記録体部分では、当初は日付を明記しないものの「秋のけはひ入り立つままに」と中宮彰子の出産の季節である秋の到来に始まり、彰子、道長、頼通など主家の人々を紹介してゆくところに、明らかな構成意識が見て取れる。その後「八月二十余日の程よりは」からは日付が見え始め、彰子の敦成親王出産、その華やかな産養、天皇の行幸などが記される。この箇所では、例えば出産の瞬間についてはそれを

三度繰り返して記す[注4]など一部に「時間の戻り[注5]」が見られるものの、おおむね時間軸に沿った記述が行われている。

ところがBの「消息体部分」は、そうした「日記」の体をとらない。同僚女房の様子、彰子後宮の置かれた状況、和泉式部・赤染衛門・清少納言・自己のあり方などについて、批評、提言、告白、自省めいたものを繰り広げる。この箇所は補助動詞の「はべり」が多用され、文体が手紙に似ている。そのため「消息文」や「消息的部分」等と呼ばれ、実際の消息文が竄入したとの説もある。

「消息体部分」が跋文めいた一節で終わった後、[注6]Cの「年次不明部分」が始まる。これは㈠中宮の御堂詣で㈡源氏物語に関わる道長との和歌贈答㈢深夜の来訪者との和歌贈答という三つの部分から成る。㈡と㈢は連続するとも解釈されているが、本文上では各エピソードのつながりは明記されていない。

Dの「後半記録体」はCとまとめて扱われることもあるが、文体や執筆姿勢に違いがあることから、本稿では分けて考える。内容から、記事は寛弘七年正月のことと理解できる。彰子には前半記録体で生まれた敦成親王に加え年子で敦良親王が生まれており、二人の宮たちを交えた正月の宮廷風景を記し、正月十五日の敦良親王五十日の祝いの華やかな描写で終わる。後半記録体は前半記録体と類似の記録的文体をとるが、作者のあり方や内心の叙述等に差異がある。

一方、『紫式部日記』に関する次の①〜③の外部資料からは、現行のものにはない寛弘五年五月の記事が存在した可能性が窺われる。

①『明月記』貞永二（一二三三）年三月二十日条…式子内親王筆月次絵の五月の絵についての「五月〈紫式部日記暁景気〉」なる注記。

②『紫式部集』二類本付載「日記歌」…『紫式部日記』にあって『紫式部集』に採られていない和歌を、後人が抜き出し詠歌事情を詞書として書き添えたもの。うち最初の五首は、現行『紫式部日記』に見えない。なお、『紫式部集』一類本では、その五首を含む七首が一連のものとして家集本編の中に挿入されている。こちらも後人により、『紫式部日記』から和歌と詞書を抽出して、家集に挿入したものと考えられる。

③『栄花物語』「巻八」…寛弘五年の記述にあたり『紫式部日記』を参考資料としており、ほぼ引き写しに近い引用箇所もある。

前述のように現行『紫式部日記』は、前半記録体が寛弘五年秋から翌六年正月、後半記録体が寛弘七年正月の記事を記し、この中に「五月」という月はない。ところが①の『明月記』は、『紫式部日記』の五月の暁の場面を式子内親王が絵に描いたとしている。また②の『紫式部集』二類本付載「日記歌」には、冒頭歌詞書に「三十講の五巻、五月五日なり」とある。「日記歌」を編集した後人は現行『紫式部日記』には見えない五月五日の記事を読んでおり、そこから一連の和歌を抽出したと思われる。「日記歌」には紫式部と同僚女房の小少将の君が翌早朝に交わした歌もあり、①の『明月記』の言う「五月暁景気」と符合する。一方③の『栄花物語』巻八には、寛弘五年の記事として「五月五日にぞ五巻の日に当りたりければ」とあって、②の「日記歌」に通う。『栄花物語』の同日夜の記事には他にも②の『紫式部集』一類本詞書と重なる特徴的な表現が散見され、両者は引用元を同じくすると推測される。つまり『栄花物語』作者もまた『紫式部日記』の寛弘五年五月の記事を見ていると考えられる。日記の記述が時系列に沿っていたと考える限り、五月の記事は現行冒頭部より前に置かれていたことになる。そこから現行『紫式部日記』は本来の形態から首部が欠落したものである可能性が考えられた。

このように、現行『紫式部日記』の形態については問題が山積し混乱を極めているともいえるが、これを一旦まとめると、まず冒頭部の欠落の有無、次に消息体部分の正体、さらに年次不明部分の正体と、年次不明部分以下の全体における位置づけとすることができよう。

そしてもう一つ、いわゆる「憂愁叙述」の問題についても考えなくてはならない。これが前半記録体に限って現れるものであることから、形態に関わる可能性があるためである。述べたように、現行『紫式部日記』の前半記録体は彰子の出産を内容の中心とし、主家を賛美しつつその晴事を記していて、いわゆる「女房日記」の性格を持つ。ところがその中に、主家賛美を離れた個人的な感懐を述べる箇所、それも極めて重く暗い物思いを記す箇所が幾つか存在し、「憂愁叙述」と呼ばれている。これらを「中宮や儀式の立派さを引き立てる役割をもったもの」注(7)と見なして、作者の表現上の工夫ととらえる向きもあるが、それでは説明がつかないものもある。注(8)つまり、前半記録体は「女房日記」という極めて公的な性格と、「憂愁叙述」を典型とする極めて私的な性格の二つを持っている。それは重なり合って二層構造を成すこともあれば、斑状にどちらかに特化することもある。作者の憂愁が記される場合、それが道長家を引き立てるものである時には二つの性格が重層しており、そうでない時には私的な性格に特化していると言える。

以下、これらの問題について、研究史をたどることとしたい。

三　研究史その一　冒頭部

冒頭部の首欠／非首欠の問題については、次の二つの論考が、研究史上に画期をもたらしたものであった。一つは首欠説に立ち現行『紫式部日記』の首部復元を試みた河内山清彦の「『紫式部日記』散佚首部復元の試み―寛弘五年五月五・六日の記事―」[注9]、一つはそれに反論を唱え現行冒頭の優秀性を唱えた益田勝実「かなぶみに型がなかった頃―『紫式部日記』作者の表現の模索―」[注10]である。

首欠説については、早く岡一男が否定し、現行の冒頭を「この日記の序曲としてふさはしく、中途からきりとつたものと思へぬ」[注11]としていた。その影響力もあり、秋山虔が「外証からすれば首欠説に、内証からすればその反対説に、それぞれ加担しなければならない」[注12]としてからはこれが決まり文句のように通行して、以後膠着状態にあった。そんな中、河内山論文は『栄花物語』・「日記歌」・『紫式部集』一類本・「日記歌」所収歌を収める『新古今集』の当該歌詞書という四つの本文を資料として、散佚した『紫式部日記』首部寛弘五年五月五日の復元を試みた。しかしこれをうけた益田論文は、河内山の復元首部が紫式部と同僚女房たちの憂愁をおびた和歌贈答を内容としていることを、慶事の記録にしては忌まわしく「甚だ疑問」であるとして、現行の冒頭文の「すわりのよさには及ばないだろう」[注13]と否定した。

河内山と益田は、もとより河内山が「現存紫式部日記はもともといくつかの異質な要素をもつ部分を集成した「一つの作品」である」[注14]「紫式部日記という作品は、編纂物と見なした方がよいであろう」[注15]とし、益田も現行『紫式部日記』はさまざまな文章を寄せた一種の〈文集〉であるとする点で、通じていた。しかし益田は、『紫式部日記』は「かなぶみに型がなかった頃」の産物ではあるが、だからこそそれなりに作者による模索が行われたと考えた。そして現行冒頭から十一月の御冊子作りの後までは冒頭に置くにふさわしい内容と文体を備えた〈敦成親王誕生の記〉とでも呼ぶべきものであり、これに続く部分は紫式部の里居の憂愁を含むなど発想と主眼を変えた〈寛弘五年冬の宮仕えの記〉とでもいうべきものであるとした。[注16]これは現行『紫式部日記』を雑纂と片付けず、そこに何らかの構成意識を読み取ろうとする姿勢による試みであり、結局はこの姿勢がその後の研究史を領導することとなった。

なお、首部については、外部資料に見える寛弘五年五月五日を含む「日記」を、紫式部の作ではあるが『紫式部日記』とは別の作品であったとする説もある。[注17]ただその別作品が『紫式部日記』首部に混入した経緯、さらに脱落して現形態となった経緯などについて、臆説を重ねなくてはならない難点がある。

四 研究史その二 消息体

益田論文以降は、現行『紫式部日記』を現行形態のまま文学作品として読解する試みが主流となり、消息体の正体についても、これを実際の消息文とせず、作品上の何らかの効果を狙って消息体に仮託したものであるとする見方が相次いだ。

この消息文体仮託説は、夙に秋山虔によって提唱されていた。[注18]また同じく夙に曾沢太吉・森重敏の『紫式部日記新釈』[注19]が指摘したように、消息体には「はべり」が多用される。そこから近年は「語り」の問題と絡めての議論が加速した。福家俊幸「消息的部分の方法」[注20]は、作者は『源氏物語』の女房のような「語り」によって、日記テクスト上に親密な「蔭口」の現場を仮構したとする。沼田晃一は、物語の草子地に通じる終助詞「かし」に注目し、その散見する前半記録体から消息文までは、「私」語りの様相を呈した擬書簡体」であるとする。[注21]土方洋一も、「侍り」の遍在は「自らの主観において見聞し感じ取ったことを読み手に報告しようとする書き手の意識が、テキスト全体に遍在していることを表わしている」とする。[注(22)]福家の言う親密な「蔭口」、沼田の言う「呼びかけ」「強く念を押し」「同意共感を求めた」「かし」、土方の言う「報告」は、すべて実際の消息における発信者から受信者への働きかけでもあり得る。しかし、消息体部分は時に最高格の敬語を使い、[注(23)]こうした敬語の用法にふさわしい読み手が想像できないことから、消息体部分を実際の消息とみることは否定された。

前半記録体と消息体の連続性から作者の心理を読み解く作業も試みられた。福家俊幸は寛弘五年年末の記事を緻密に読み解き、大晦日の強盗事件が作者を「言忌」から解き放ち、消息文という新たな表現世界を創造させたとした。[注(24)]小谷野純一も、同じ寛弘五年末の事件について「ひとつの変化が生じていた」とし、「日記体から語る方式に転換したのは、書き手にすれば自己解放の獲得である」[注(25)]と読み取っている。

二〇〇〇年代のこうした研究史の流れの中、田渕句美子は全く別の視点から、消息体を実際の消息とみる画期的な説を唱えた。[注(26)]これは『阿仏の文』と消息体部分の内容の類似を根拠に、『阿仏の文』同様に消息体も「紫式部がいずれ女房となる娘賢子に書いた私的消息そのものであり、『紫式部日記』に竄入したもの」であると考えたものである。田渕の説においては、消息体部分の内容の秘匿性も、その論拠とされた。確かに消息体には同僚への批判や彰子の性格に対する批評、自己の秘密の処世術など他見を憚るような内容が書かれており、これが作品として公開されたとは考えられない。

ここで時を遡り、増田繁夫と原田敦子の消息体「添手紙」説に触れたい。[注(27)]これは作者が前半記録体を主家に献上して後、次いで誰か親しい人物に送る際に、その添手紙として書いたのが消息体部分であったという考えである。友人に送った日記本体を、増田は献上本を「後宮通信」として書き直したものとし、原田は献上本と同一であるとする相違はあるが、いずれも消息体を、特定の相手に向けた実際の通信文が竄入したものであるとみる。原田はその中で、実際の手紙文ではしばしば破格的に高次な敬語が用いられることを示してもいた。注(28)

ところで、竄入説に立つ場合には、「消息」という用語について厳密である必要があるだろう。消息体は「御文にえ書き続け侍らぬことを」書いたとして、これが作者にとって一般的な「文（ふみ）」、消息文ではなかったことを明記している。ただ竄入説では、機能として私信であったという意味で「消息」の語を用いる。また、こうした消息体を「作品」と認めるか否かは、発信側である作者に作品創作の意識を見取るか否か、あるいは私たちを含む受信者がどのようにこの文章に接するか否かに任せられていると考える。

五　研究史その三　十一日の暁と全体構成

次いで、年次不明記事の正体について研究史を見てゆく。議論は、冒頭の「十一日の暁」とはいつのことか、また、年次不明記事と後半記録体は、作品全体の中でどのような構成上の意味を持っているのかに集中している。

十一日の暁については、「十一」が「六」の草体字形の誤認であるとする寛弘五年五月六日説、注(29)「十一」は「二十二」の意図的書き換えであるとする寛弘五年五月二十二日説、注(30)古記録を証左とする寛弘六年九月十一日説注(31)などがあり、諸説が錯綜しているとしか言えない。だが本稿ではこのうち、現行『紫式部日記』

の形態全体を視野に入れて「十一日の暁」以下を論じ、後の全体構成論を導いた二つの論文を紹介したい。

一つは藤本勝義の論考で、「十一日の暁」は寛弘六年九月であり、年次不明記事は、消息体部分で「言忌み」から自己を解放した作者が、清少納言のように主体性を発揮した経験を類纂したものであるとする。また、年次を記さないのは作者にとって稀な事例の寄せ集めであるためで、時系列ではなく消息文から続く意識の流れに従って書かれたとする。さらに、「十一日の暁」が前半記録体中の敦成親王誕生当日にも見えることから、その寛弘五年九月十一日の暁を意識して、翌年同月同日の記事を書いたとも考えている。[注(32)]

一方室伏信助は、「十一日の暁」は寛弘五年五月二十二日であるとし、実際の日を書かずに「十一日の暁」で始めた所にこそ、明らかな構成意識が看取できると主張した。すなわち、年次不明部分の「十一日の暁」は文字通りの情報ではなく一つの記号であり、それは前半記録体の敦成親王誕生記に対して、以後は彰子の第二子である敦良親王の誕生記であることを示すものであるとする。[注(33)]

室伏の論はアクロバット的とも感じられるが、構成論としては、後半記録体が記す敦良親王誕生五十日儀への連続性という点からも受け入れられ、賛同する説が続いた。[注(34)] ただ、「十一日の暁」という曲がりなりにも言葉であるものが言葉の機能を失って記号として機能するとは、こうした技巧が別に見受けられるならばともかく、あまりに観念的に過ぎるのではないか。原田敦子は室伏説に対し、前半記録体が晴儀として敦成親王誕生を記すのに対して、年次不明記事は褻の印象を拭い難く、後半記録体も敦良親王の誕生自体や産養を記していないので「敦良親王誕生記」とは言えないと反駁した。[注(35)] ただ永谷聡[注(36)]が指摘するように、後半記録体が前半記録体と幾つかの記事において対応すること、結末に帝を描き主家と帝の関係性を賛美して大団円としていることは首肯できる。永谷は「十一日の暁」のエピソードについても、藤本の「我褒め」

説に従うとともに、これが個人的な自慢ではなく道長家の文化的到達を示し、主家慶祝の意味を持つものだと主張した。注(37) 永谷は現行『紫式部日記』の全体構成を、公的な「女房日記」としての性格に基づくと見ているると理解する。

このような全体構成論への動きを受けて山下太郎は、作品の各所から紫式部自身の思いを読み取る作業により、現行『紫式部日記』が主家行事の「記憶を叙述するとともに、そのことを通して、自己の女房生活全体ひいては人生全体を検証することを意図している」と主張した。注(38) そして前半記録体は「問題の発掘」、消息体は「解決の模索」、年次不明記事以下は「実践的解決」であると整理した。また加藤静子は、田渕句美子の女房論的観点からの消息体理解に賛同しつつ、前半記録体と消息体は敦成親王誕生の慶事と共に「求められる女房像」を、それを受けて年次不明記事は自らの「女房としての模範的言動」を、それを受けて後半記録体は敦良親王誕生によって盤石となった主家のめでたさを書いたものとした。注(39)

山下説と加藤説には、微細な相違も見受けられる。だがひとまず両者に至って、現行『紫式部日記』の構成論は、作品内部の検証に基づき作品全体を視野に入れて説明しおおせていると考える。かつて雑多な文章の「編纂物」や〈文集〉と名付けられざるを得なかったこの作品は、こうして多くの研究者に緻密な解読を繰り返されて、研究の現状に至った。ただこの構成論は、現行『紫式部日記』の形態を所与のものとしている。現形態のまま、その内部から構造を読み取る努力の結果であるから当然でもあるが、ここに冒頭欠落の問題や「女房日記」と「憂愁叙述」という二重主題の問題を重ねるとどうなるか。

六　現行『紫式部日記』の形態および『紫式部日記』の成立についての私見

以下に記す私見は、『紫式部日記』注釈書の執筆を機会にたどり着いたところであり、既に旧稿に記したものである。注(40)研究史的には、紫式部の宮仕えと人生検証との観点から全体構造を読み取った山下説に近く、注(41)外部資料の存在と所謂「憂愁叙述」の問題を解決するにあたっては、増田繁夫の「後宮通信」と「添手紙」という成立論注(42)を取り入れ、『紫式部日記』とは何なのかという問題については、宮崎荘平の女房日記論に従うとともに、田渕句美子説から多くを学んだ。現行『紫式部日記』の構成に関する私見は、次のとおりである。

現行『紫式部日記』の各部分は、それぞれ次のような主題を持つ。

A　前半記録体部分（寛弘七年現在の時点から、寛弘五年を回顧して）
　主家の晴事の記録および自己の女房として人としての憂悶と成長

B　消息体部分（寛弘七年現在の状況と自己の考えに立脚して）
　女房たるもの、いかにあるべきか

C　年次不明部分（消息体部分の判断基準に依拠して）
　自分自身が行った女房としての理想的風流実例集

D　後半記録体部分（寛弘七年現在の時点から、最近の状況を記録して）
　自身の女房としての到達

また、『紫式部日記』の成立に関する私見は、次のとおりである。

一　『紫式部日記』は最初に「献上本」、次に「私家本」が書かれ、現行本はもと「私家本」である。

二　「献上本」は道長又は彰子の下命により、主家賛美を主題とした、いわゆる女房日記であった。現行の堂々たる冒頭文や、彰子と主家の人々を紹介する構成などは、この献上本由来のものである。「献上本」はやがて主家に献上され、流出しなかった。

三　その後の寛弘七年、紫式部は娘賢子の将来を見越して女房教育を施す必要と衝動に駆られ、「私家本」を作成した。

四　「私家本」は「献上本」の手元控を書き換える形で制作された。主家の晴事を主家賛美の形で娘に伝えることも女房教育の一環であり、「私家本」の主眼の一つだった。一方紫式部自身の女房としての迷いや苦労、失敗と成長を娘に伝えることももう一つの主眼であり、ために前半記録体は二重の主題を持つこととなった。また、消息体部分・年次不明部分・後半記録体部分はこの時に付加された。

五　前半記録体で主家賛美にあたらない「憂愁叙述」は「私家本」制作段階で盛り込まれた。現行本では欠落している首部は、こうした「憂愁叙述」の一つだった。

六　「私家本」は、消息体部分で他見を禁じているとおり、[注(43)] 原則非公開の本であった。前半記録体に女房日記としては不必要な個人的な内容が散見されること、消息体が同僚や主家の目に触れてはならない内容を含むこと、年次不明記事が我褒めであること、後半記録体にも一種の同僚批判が見えることは、「私家本」の内容が自己と娘だけに共有されたことを示している。全体の雑然とした構成も、対象が不特定多数の読者ではなく、作者の制作意図を理解する人物のみであることへの甘えによる。

七　おそらく紫式部の死後、「私家本」を所持した賢子は、『栄花物語』作者に資料として「私家本」前半記録体のみを提供した。寛弘五年五月五日を含む『栄花物語』の記事はこれによる。

八　後年、「私家本」は転写が繰り返される中で首部が脱落し、「献上本」段階の冒頭がいかにも冒頭にふさわしいものとして冒頭とされた。これが現行の『紫式部日記』である。

「私家本」『紫式部日記』とは何か。その問いについては、紫式部の娘への打ち明け話であったと、私は考えている。現行『紫式部日記』はその冒頭部が欠落したものであるが、おそらくは後人の『紫式部日記』とはこうあるべきという思いにより、改変されたものと考える。注(44)

七　「十一日の暁」の逸話と『枕草子』

最後に、年次不明記事の筆頭「十一日の暁」の逸話について、私見に従い小さな考察を試みたい。この逸話の中でも特に取り上げたいのは、次の箇所である。

月おぼろにさし出でて、若やかなる君達、今様歌うたふも、舟に乗りおほせたるを、若うをかしく聞こゆるに、大蔵卿の、おふなおふなまじりて、さすがに声うち添へむもつつましきにや、しのびやかにてゐたるうしろでの、をかしう見ゆれば、御簾のうちの人もみそかに笑ふ。「舟のうちにや老をばかこつらむ」といひたるを、聞きつけ給へるにや、大夫「徐福文成誑誕多し」とうち誦じ給ふ声も、さまも、こよなういまめかしく見ゆ。「池のうき草」とうたひて、笛など吹き合はせたる、暁がたの

風のけはひさへぞ心ことなる。はかないことも、所柄折柄なりけり。（一四一・二頁）

土御門殿の御堂で催された仏事の後、殿上人たちは舟で池に漕ぎ出し、楽を奏で始めた。御堂の御簾中にいる紫式部の目は、舟の上の大蔵卿藤原正光をとらえる。彼は躍起になって若君達にまじり乗り込んだものの、さすがに年を考えれば共に今様を歌うまでは羽目を外せないと見え、大人しく座っている。その後ろ姿に、御簾の内の女房たちは忍び笑いを漏らす。その時、紫式部がつぶやいた「舟のうちにや老をばかこつらむ」は、『白氏文集』「新楽府」の第四「海漫漫」を典拠とする。

「海漫漫」は題注に「仙を求むるを戒むる也」とあり、天子が神仙や仙薬を求めることを戒めた詩である。その第十四句、方士が蓬莱の島を探して大海に漕ぎだしたものの無駄に時が過ぎ、同行の少年少女が舟の中で老いてしまったことを言う「童男丱女舟中に老ゆ」に、紫式部の言葉は依拠している。正光がこの詩の人々同様、勢いで舟には乗ったものの、やがて自分の老齢に気づき、失敗を自覚しているという揶揄である。それを耳にして、中宮大夫藤原斉信はすかさず紫式部の意趣を理解し「徐福文成誑誕多し」と朗詠した。これは紫式部が依った「童男丱女舟中に老ゆ」に次ぐ第十五句である。彼の声と姿を「こよういまめかし」と讃え、できごとの全体を「はかないことも、所柄折柄なりけり」と、些事ながら場所と時宜を得た風流であったと評価して、日記はこの場面を締めくくっている。

この逸話はしばしば、清少納言の『枕草子』における秀句自讃を引き合いに出して論じられる。萩谷朴は特に斉信に注目し、彼が『枕草子』中で清少納言と「蘭省花時錦帳下」「草の庵を誰かたづねむ」のやりとりを行っていることから、清少納言を意識している紫式部が、斉信に自らの秀句を気づかれ喜んだと想像する。注(45)また加藤静子も「『枕草子』に、紫式部はここで挨拶しているかのようだ注(46)」とする。しかし久注(47)

保朝孝は、確かにここでの紫式部は「清少納言もかくやというばかり」であるが、そうであるがゆえにこの逸話は『紫式部日記』の論理にそぐわないとする。またそこから、この逸話は最終的には削除されたと推測し、現行『紫式部日記』は草稿であったと結論付けている。注(48)

久保の論拠は二つあり、一つは現行『紫式部日記』の「消息体部分」には人前では漢才の発露を封印するという処世法が記されているが、そのような身の処し方を自らに課している紫式部が、まさに漢才の発露である斉信との応酬を、「不特定多数の目に触れるであろう『日記』に記述する」ことはありえないということである。またもう一つは、「海漫漫」が諷諭詩であるうえ「老い」という不吉な言葉まで含んでいて、彰子を讃えおそらくはその第二子の安産を祈るこの場にそぐわないということである。

一つ目の論拠については、確かに本逸話の披露が、漢才のひけらかしを厳に慎むという紫式部の処世法則に反していることは間違いない。だが田渕句美子が指摘したように、その処世法則は、それこそが人に知られてはならないものであった。ひけらかしを慎もうと標榜することは、自らに漢才があると認めることであり、一種のひけらかしにあたるからである。したがって、それを記した「消息体部分」は、決して人目に触れさせてはならなかった。田渕はそこから、「消息体部分」は不特定多数の人々の目に触れないことを前提として書かれていると推測した。筆者もそれを首肯すべきと考える。この逸話が久保の指摘通り「消息体部分」での処世法則に抵触しており、不特定多数の目に触れてはならないことは、むしろこの田渕説を拡大的に補強するのではないか。つまり、「消息体部分」のみならずこの逸話を含めた年次不明断片記事も、不特定多数の人々の目に触れない前提で書かれたということの証左ではないだろうか。

二つ目の論拠については、原田敦子もまた、「海漫漫」によって「道長に専制君主始皇帝の像がかぶさることになりはしないか」「権勢をほしいままにしながら、遂に不老不死の仙薬を手に入れることができなかった始皇帝の限りある命は、また道長のものなのであった」と懸念している。注(49) しかし、ここで「海漫漫」をもって批評されている老い人が、道長や彰子の一派ではなく藤原正光であることに注目しなくてはならない。正光は、その兄で右大臣である藤原顕光が娘の元子を一条天皇の女御に入れており、道長・彰子派閥とは一線を画する人物であった。注(50) 顕光は、現行『紫式部日記』中で何度も失態を記されており、中でも敦成親王五十日の祝いでは、年甲斐もなく戯れる彼を、女房たちは「さだ過ぎたり」とつつきあって批判していた。この場面も同様で、彰子の女房たちが正光を見て忍び笑いを漏らしたのは、彼が顕光一派であり嘲弄してもよい相手だったからである。

その空気の中で紫式部は彼を「舟のうちにや老をばかこつらむ」と評した。これは実に的確な揶揄であった。蓬莱というあり得ないものを求めて船出したものの、うかうかしている間に年がたってしまい、何も達成できずに悔やむ老い人とは、まさに顕光一派のありようそのものだからである。元子は長徳二(九九六)年、それまで一条天皇の唯一のキサキであった中宮定子が政変のため出家した後の十一月に入内した。長徳三(九九七)年に懐妊したとされることからは、一条天皇との関係は悪くはなかったのだろう。定子がキサキとしての正統性を失った以上、天皇後継を産むための最適任者は、その時点では元子であったのだろう。だが翌長徳四(九九八)年の出産が異常な結果に終わり、子どもが生まれなかった後は、注(51) 元子は里に下がり、ほとんど天皇と会うことがなくなる。そしてその後も元子には何の晴事もなく、長い年月が過ぎてゆくばかりだった。至愚の顕光にも、その弟の正光にも、元子の皇子出産は蓬莱に似て、辿り着けない夢であった。

『紫式部日記』当該箇所は、舟の君達を「若やか」と述べ彼らの今様を「若うをかし」として、若さを強調する。それに対して、その中に勢いだけで乗り込んでしまった正光については「しのびやかにてゐたるうしろで」と、背中が哀愁を帯びているとまで言いなす。「舟のうちにや老いばかこつらむ」は、こうした正光に元子・顕光一派のありようを重ねてほのめかし、彼らの敗北を揶揄したものであったと考える。

そして、この揶揄はすかさず藤原斉信に理解された。かつて定子に近く、しかし長徳の政変が自身の実家・故藤原為光邸の前で発生すると即座にそれを道長に通報したのは、おそらく斉信であった。[注52] 察するところその論功行賞によって参議に昇進してからは、彼は露骨な道長派となり、彰子の立后後は一貫して中宮職の権大夫・大夫を務める。[注53] 彼にとって彰子後宮の浮沈は自身の浮沈そのものであり、細心の奉仕ぶりは現行『紫式部日記』のそこかしこに見える。[注54] その斉信が、紫式部から以心伝心で「海漫漫」を引き受け、朗朗と詩句を詠じた。「海漫漫」が正光とその一派に向けたものであって道長や彰子への無礼に当たらないことは、斉信によって明確に保証されたのである。朗詠は同座の人々に届き、笑いが共有されたことだろう。つまりこれは、中宮女房たち、紫式部、中宮大夫斉信という彰子側が心を一つにして、元子側である正光の失態を嗤った逸話と理解すべきである。そしてこの彰子側に漂う圧倒的な勝利感から推して、本逸話は少なくとも彰子が皇子の出産を遂げた寛弘五年九月より後のできごとと考えるのが自然だろう。

『白氏文集』の中でも「新楽府」は品格が高く、しかも一条天皇の儒教重視に適うものであったことは、かつて述べた。[注55] その「海漫漫」は、知られるように現行『紫式部日記』前半記録体の寛弘五年十一月五節行事の記事の中でも使われている。[注56] そこでは、紫式部は女御義子の元女房であった左京馬なる人物への揶揄にこの詩を持ち出すものの、「見知りけむやは」との一言を添え、左京馬のレベルでは勘付くはずもないと言い放っている。「海漫漫」はそれほど高い教養に属するものであるとの紫式部の矜持が窺える。これに「消息体」で漏らした彰子への「新楽府」進講の事実を加えると、本作品における「新楽府」強調にはある決まった意図があることが察せられる。端的に言えば、「新楽府」を彰子後宮の品格と知性の象徴として掲げようとする意図である。本逸話末尾の「はかないことも、所柄折柄なりけり」とは、政治的背景のもとに、そうした彰子後宮知的差別化の構想を内心に置きつつ発せられた、自讃の一言と解すべきだろう。ただその自讃は、紫式部と、選ばれた読者である賢子のみが分かち合う。本逸話はそれを前提に記されたものと考える。

ところで、先に触れたように、萩谷朴は本逸話を『枕草子』「頭中将のすずろなるそら言を聞きて」の「草の庵」秀句自讃譚に対抗するものと推測した。藤原斉信が重要な役割を演ずる共通点から、確かにその可能性はあるだろう。だが紫式部は『紫式部日記』において、女房のあり方や漢詩文素養の質とその示し方という点で、『枕草子』の多数の段から抽出される清少納言・定子後宮の性格全般を念頭に置きつつ、それを凌駕する自身の姿を記していると推測する。そこで本稿においては、『枕草子』「五月ばかり、月もなういと暗きに」の示す清少納言の失敗談も念頭に置かれている可能性を考えてみたい。

古瀬雅義の卓見[注(57)]によりこの段のあらすじを示す。清少納言は職の御曹司にいて、御簾の下から呉竹を差し入れられ「この君にこそ」と言葉を発した。これは『晋書』「王徽之伝」等で王徽之が竹を「此の君」と呼び愛したという知識に基づく秀句で、竹を入れた殿上人らは称賛する。しかし「王徽之伝」は時に王徽之が「空宅」に寄居していたとしており、人のいない家を意味する「空宅」は、時に職の御曹司にあった定子の零落振りにあまりにも似ていた。清少納言はすぐに失敗に気づき、自分は竹の名とは知らなかったととぼける。藤原行成もそれに合わせ、別の無害な典拠を強調して清少納言を庇い、とりなしてくれたというものである。

『紫式部日記』の「海漫漫」自讃譚は、『枕草子』の「この君」逸話と幾つかの点で対照的である。一つ目は知識が十分か不足しているか、二つ目は用いる場への適不適である。『紫式部日記』「消息体部分」は清少納言を評して、その漢詩文素養を「まだいと足らぬこと多かり」としていた。「この君」段の清少納言はそのとおり、漢詩文素養のひけらかしに逸り、「この君」が「空宅」という言葉につながることを一瞬忘れた。だがこの句は、定子の零落のため清少納言が「空宅」である職御曹司に住んでいると言うことを暗示し、定子を後ろから撃つ禁句に近い。つまりここで清少納言は、漢詩文の知識そのものと定子への気遣いという二つの意味で「足らぬこと」を露呈してしまった。その点、紫式部は諷諭詩「新楽府」に対する正確な知識と理解にもとづき、正光という愚弄に値する他派勢力を打つために「老いをばかこつ」という言葉を使っていて、ぬかりがない。

そして三つ目は、行成と斉信それぞれの対応である。清少納言は行成に庇われることで何とか大失敗を免れ、それが「五月ばかり」章段の読みどころともなっている。だが、失敗して庇われることは、一面では惨めなこととも言える。その点、紫式部の「海漫漫」は即座に斉信に認められ、彼の朗詠に引き継がれた。これによって紫式部は、自らひけらかすことなく、彰子後宮の教養の高さとその当意即妙を周知させることができた。行成に庇われて息をついた清少納言と、斉信を先導して共に手柄を分かち合った紫式部とは、対照的である。

このように、紫式部は自分自身が『枕草子』の清少納言を凌駕した事例として、本逸話を「私家本」

『紫式部日記』に盛り込んだと考える。つまり本逸話は「消息体」の清少納言批判の流れを受けているということである。とすればこれもまた、「消息体部分」と年次不明記事とが文脈や執筆意識の上で連続していることの証左となるのではないだろうか。

文中の引用本文および巻・章段名・頁は、次に依った。
『紫式部日記』…『紫式部日記　現代語訳付き』（角川ソフィア文庫）
『紫式部集』二類本…新潮日本古典集成『紫式部日記　紫式部集』（新潮社）
『栄花物語』・『枕草子』…新日本古典文学全集（小学館）

注
（1）河内山清彦「「紫式部日記」散佚首部復元の試み─寛弘五年五月五・六日の記事─」（『紫式部集・紫式部日記の研究』（桜楓社、一九八〇年）二一二頁。初出は一九七五年。
（2）益田勝実「かなぶみに型がなかった頃─『紫式部日記』作者の表現の模索─」（『国語と国文学』一九八四年五月）三三頁。
（3）久保朝孝「『紫式部日記』断片記事三編の行方─白詩「海漫漫」享受を起点として─」（中野幸一編『平安文学の交響─享受・摂取・翻訳─』勉誠出版、二〇一二年）六八頁。
（4）「平らかにせさせ給ひて（二七頁）」と出産を記した後に、後産への祈りや女房の泣き顔を挟み「今とせさせ給ふ程（二八頁）」と再度出産を記し、物怪調伏の詳細を挟んで「午の時に、空晴れて朝日さし出でたる心地す（二九頁）」と三度出産の瞬間を記している。

（5）池田節子『紫式部日記を読み解く　源氏物語の作者が見た宮廷社会』（臨川書店、二〇一七年）は「紫式部独自のあり方」（七八頁）とする。
（6）「かく世の人ごとのうへを思ひ思ひ、果てにとぢめ侍れば、身を思ひすてぬ心の、さも深う侍るべきかな。なせむとにか侍らむ」。一三九頁・一四〇頁。
（7）山本利達『紫式部日記　紫式部集』（新潮日本古典集成、一九八〇年）解説一八五頁。
（8）紫式部が具平親王家との懇意を見込まれ、道長から相談を持ち掛けられて気重に感じたと記す箇所（五〇頁）。事は頼通と具平親王女の隆姫との縁談に関わると推測でき、女房ならば喜んで尽力するのが当然であるが、逆に疎ましく感じているこの紫式部は、主家への忠誠心に欠けているとしか言えない。したがってそれを記すことが道長家を引き立てているとは考えにくい。また、五節の舞姫を見ながら女房生活に慣れてゆく自分に対して暗澹とした気持ちになり、行事から注意がそれたという記述（九四頁）も、行事に集中すべき女房として怠慢であり、決して彰子や道長を引き立ててはいない。これらの部分は、「女房日記」たる『紫式部日記』にあって、やはり異質である。
（9）河内山注（1）論文。
（10）益田注（2）論文。
（11）岡一男『源氏物語の基礎的研究』（東京堂出版、一九六六年）三四六頁。
（12）秋山虔校注『日本古典文学大系　紫式部日記』（岩波書店、一九五八年）解説四一八頁。
（13）益田注（2）論文三五、三七頁。
（14）河内山注（1）著書「新古今集・新勅撰集と紫式部集―第二類古本系統の先行を論じて紫式部日記の首欠と日記哥の成立に及ぶ―」一〇〇頁。
（15）注（1）に同じ。

(16) 益田注（2）論文四〇頁。

(17) 萩谷朴『紫式部日記全注釈』下（角川書店、一九八三年）三九三～四一二頁、原田敦子「中宮土御門殿滞在記の想定」（『紫式部日記　紫式部集論考』笠間書院、二〇〇六年）初出は一九七八年。

(18) 「作者は自己の内部の、自己のもっとも理想的な理解者である他者に向って語りかけているのではないだろうか」「消息文としてかかれたと見るよりは消息文という形式によってかかれたといえるのではないか」（秋山注（12）注釈書）解説四一一頁。

(19) 武蔵野書院、一九六四年。二九一頁。

(20) 福家俊幸『紫式部日記の表現世界と方法』（武蔵野書院、二〇〇六年）。初出は二〇〇〇年。

(21) 「『紫式部日記』消息文体の問題―語りの機能を中心に―（石原昭平編『日記文学新論』勉誠出版、二〇〇四年）二六七頁。

(22) 「文章体としての『紫式部日記』の構造」（『日記の声域―平安朝の一人称言説』右文書院、二〇〇七年）二一〇頁。初出は二〇〇四年。

(23) 「つれづれにおはしますらむ」「つれづれの心を御覧ぜよ」の傍線部等。消息体部分一三九頁。

(24) 福家注（20）著書「寛弘五年年末の記述の方法」。初出は二〇〇五年。

(25) 「語ることへの傾き―『紫式部日記』書簡体部分をめぐって―（『日記文学研究誌』9、二〇〇七年三月）引用は二一一・二一二頁。

(26) 「『紫式部日記』消息部分再考―『阿仏の文』から―」（『女房文学史論―王朝から中世へ』岩波書店、二〇一九年）。初出は二〇〇八年。引用は二一二頁。

(27) 増田繁夫「紫式部日記の形態―成立と消息文の問題―」（『国文学　言語と文芸』68号、一九七〇年一月）、原田注（17）著書「消息文の執筆」。初出は一九七一年。

(28) 原田注(27)論文一一六頁。
(29) 新田孝子「『紫式部日記』の形態論―「十一日の暁、」の記事―」(『文芸研究』第一二三集、一九九〇年一月)
(30) 萩谷注(17)注釈書三六七~三七二頁および三九三~四一二頁、原田敦子「「十一日の暁」をめぐって」(原田注(17)著書)、室伏信助「紫式部日記の表現機構―「十一日の暁」をめぐって―」(『国語と国文学』一九八七年十一月)」等。
(31) 福家俊幸「十一日の暁の記の方法」(福家注(20)著書)、永井義憲「「十一日の暁」の段の仏事―紫式部日記に描かれたる仏教Ⅱ―」(『日本仏教文学研究第二集』、豊島書房、一九六七年)、藤本勝義「紫式部日記「十一日の暁」段の構造と成立」(一)・(二)(『平安文学研究』69・70、一九八三年七月・一二月)、永谷聡「『紫式部日記』「十一日の暁」段の年次と執筆意図」(『帝京国文学』11、二〇〇四年九月)等。
(32) 藤本注(31)論文。
(33) 室伏注(30)論文。
(34) 福家注(31)論文および「寛弘七年の記の方法」(福家注(20)著書)。
(35) 原田注(30)論文。
(36) 「『紫式部日記』結末部の特性―土御門殿行幸記事と敦良親王御五十日記事の対応から―」(『平安朝文学研究』復刊第十一号、二〇〇二年一二月)。
(37) 永谷注(31)論文。
(38) 「紫式部日記の三部構成―区分と連関―」(『物語研究』第五号、二〇〇五年三月)八〇頁。
(39) 「『紫式部日記』消息的部分の位置づけ―『阿仏の文』を合わせ鏡として―」(都留文科大学国文学科編『文科の継承と展開』、勉誠出版、二〇一一年)引用は一五六・一六〇頁。
(40) 拙著『紫式部日記　現代語訳付き』(角川ソフィア文庫、二〇一〇年)解説および拙稿「『紫式部日記』の成

立―献上本・私家本二段階成立の可能性―」（『紫式部日記と王朝貴族社会』、和泉書院、二〇一六年）。初出は二〇一〇年。

(41) 加藤注(39)論文は筆者の旧稿以降に記されたため旧稿の参考にはできなかったが、結果として重なる所が多いと考えている。

(42) 増田注(27)論文。

(43)「夢にても散り侍らば、いといみじからむ」「ご覧じては、疾うたまはらむ」。一三九頁。

(44) 藤村潔「紫式部日記の形態試論」（『藤女子大学　藤女子短期大学紀要』第24号第Ⅰ部、一九八七年一月）は、藤原定家が冒頭部を削除したとする。八二頁。

(45)「頭中将のすずろなるそら言を聞きて」。

(46) 萩谷注(17)注釈書三八六頁。

(47) 加藤注(39)論文一六〇頁。

(48) 久保注(3)論文六〇頁、六一頁、六八頁。

(49) 原田注(30)論文、八七頁。

(50) 原田注(30)論文もこれを指摘する。八五頁。

(51)『台記』仁平三年九月十四日。

(52) 赤間恵都子『歴史読み　枕草子』（三省堂、二〇一三年）六九頁も同様に推測する。

(53)『公卿補任』長徳二年および長保二（一〇〇〇）年以降。

(54) 寛弘五年九月十一日、彰子の親王出産を受けて「宮の大夫、ことさらにも笑みほこり給はねど、人よりまさる嬉しさの、おのづから色にいづるぞことわりなる（三一頁）」、同年十一月一日、親王の五十日儀で顕光が几帳のほころびを引きちぎり、女房に戯れかかって雲行きが怪しくなると、すかさず盃を取り催馬楽を歌って自分に人目を集中させ場を収集する（七一頁）など。

(55) 拙稿「彰子の学び――『紫式部日記』「新楽府」進講の意味――」（注(40)拙著『紫式部日記と王朝貴族社会』）。初出は二〇〇七年。

(56)「さだ過ぎ」た左京馬への贈り物として殊更に蓬萊絵柄の扇を選んだことに「心ばへ」があったとする。九六頁。

(57) 古瀬雅義「「この君にこそ」という発言と「空宅」の取りなし」（『枕草子章段構成論』笠間書院、二〇一六年）。初出は一九九七年。

敦成親王誕生記としての『紫式部日記』

――『栄花物語』との関連から――

福家俊幸

一　はじめに

『紫式部日記』全体を敦成親王誕生記と見なすのは、消息的部分の位置づけなどもあって異論はありそうだが、前半に限っていえば、敦成親王の誕生とその祝宴が中心に描かれていることは紛れもない事実であろう。実際に『栄花物語』はつ花巻は『紫式部日記』の敦成親王誕生と産養の記述に限って引用している（現存日記が首欠であるとすると、法華八講五巻の日の記事を引用した可能性が浮上してくるが）。『栄花物語』はつ花巻の著者（赤染衛門であろう）が『紫式部日記』の資料的価値をまず敦成親王誕生関連の記述に置いていたことは確実であろう。

主人である中宮彰子の御産は道長家の権勢を盤石にするものであるとともに、臣下第一の権勢者の娘である中宮の出産は、まさに国家的な行事であった。『紫式部日記』が女房の視点から、社会的事件といってよい出来事を詳細に記録し留めたことは[illegible]名文の歴史にとっても希有な達成であった。さらに、『日記』の達成が『栄花物語』のような歴史物語の成立をも招来したように見える。『栄花物語』から逆照射することで、新たに浮上してくる視点がまだま[illegible]あるに相違ない。本稿は『栄花物語』の敦成親王誕生関連の記述にとどまらず、例えば敦康親王誕生な[illegible]定子皇后の出産の記述など他の記述も視野に入れて、『日記』がどのような形で敦成親王誕生記として[illegible]れているか、その実態と意義を考察するものである。なお、本文の引用は『紫式部日記』『栄花物語』[illegible]ともに、新編日本古典文学全集に拠った。

二　皇后定子の御産

『栄花物語』はつ花巻の中宮彰子の御産と祝宴の記述は極めて詳細であり、費やされたことばも多く、読む者に強い印象を与える。言うまでもなく、『紫式部日記』の詳細な状況記録に基づいているためである。『栄花物語』は多くの皇族や貴族の誕生場面を描いているが、全体を通してみても、この敦成親王の誕生ほどに力のこもった記述は他にないと言って良い。

それに対して、彰子中宮の前の中宮、すなわち皇后定子の出産を『栄花物語』はどのように書いていたのだろうか。まず一条天皇の第一皇子敦康親王の誕生を記した『栄花物語』浦々の別巻から俎上に載せて考えてみたい。

　中宮には三月ばかりにぞ御子生れたまふべきほどなれば、御慎みをよろづに思せど、ことに御封などすがすがしうわきまへまうす人なし。

すでに一条天皇にとっては最初の子供である脩（修）子内親王を生んでいた皇后定子が再び新たな臨月を迎えようとしている場面である。しかし兄伊周らの失脚により後見を失った皇后に御封を滞りなく上納する者など誰もおらず、孤立無援の状態にあった。
女院詮子の支援や弟隆円僧都の奉仕によって、ようやく支えられ出産に臨む定子の姿を『栄花』は描いている。

　内蔵寮より例のさまざまの御具などもてはこび、女院などよりよろづを推しはかりきこえさせたまへば、それにてぞ何ごともいそがせたまふ。僧都の君もよろづに頼もしく仕うまつりたまふ。いかにいかにと思しわたるほどに御気色あり。ささとののしり騒ぐほどに、あはれに頼もしき方なし。ただこの但馬守ぞ、よろづ頼もしう仕うまつる。二位もかくと聞きたてまつりて、居ながら額をつき祈りまうす。

産気づいた皇后定子であるが、「あはれに頼もしき方なし」という状況に変わりはない。続く「ただこの但馬守ぞ、よろづ頼もしう仕うまつる」という一文は、中流貴族の但馬守平生昌の懸命の奉仕を伝えると共に、そのような身分の者の家で出産せざるを得ない皇后定子の悲劇を伝えて余りある。これまで祈る人（呪う人でもある）として描かれてきた二位高階成忠も出産前に死の病に冒されながら渾身の祈祷を行う。成忠は史実ではこの時点では亡くなっていたので、[注(1)]『栄花』の虚構であり創作として位置づけ得る。この成忠の姿は出産に賭けた一族の思いを伝えて効果的である。

　いみじき御願の験にや、いと平らかに男御子生れたまひぬ。男御子におはしませば、いとゆゆしきまで思されながら、女院に御消息あれば、上に奏せさせたまひて、御剣もて参る。いとうれしきことに誰も誰も思しめさる。

成忠の祈りの効果なのか、無事男御子が生まれたことが記される。しかし「男御子におはしませば」に続く文言は「いとゆゆしきまで思されながら」と直ちに屈折を余儀なくされていることに注意したい。男御子を出産しても、そのことが軋轢を生み、災いがもたらされるのではないかと定子は心配している。因みにこれに先だって定子は脩子内親王を出産していたが（浦々の別巻）、そこでも定子は男子だったらと思いつつも、「また推しかへし、いとうれし、わづらはしき世の中をとぞ、思しめされける」と男だったら煩わしいことであったと思っていた。この定子の心配が次の出産にも持ち越され、響き合うように表現されていたことがわかる。

ようやく女院経由で帝に御子誕生が知らされ、御剣が下された。それで、ようやく喜ぶことができたのであった。男御子が生まれても手放しで喜ぶことができない定子皇后とその周辺の人々の苦衷を『栄花』は描き出している。

そしてその苦衷は御産の当事者である定子皇后の内面を焦点化することで描かれている。注(2) 本来は産所で守られている産婦が矢面に立たざるを得ないところに、皇后の不幸の境遇が象徴的に表出されていると言えよう。それだけに、ここでの定子の内面も、成忠の姿と同様に物語作者によってしかるべく創作されたものであったろう。『栄花物語』の記述が女房の手になる日記記録（いわゆる女房日記）に負うところが多いことが指摘されているが、定子付女房によってかくも寂しい出産記録が書かれていたとは考え難い。定子付の女房が記したものとして『枕草子』はあまりに有名であるが、これを記録と言って良いかは異論もあろう。実際に『枕草子』に定子の出産場面を記した記述は存在しないし、『枕草子』の特質として定子皇后の不幸な境涯を匂わせる描写は原則的に避けられている。このような定子皇后の御産が概括的で、しかも『栄花』作者の創作性が高いところから、定子皇后の出産をめぐる仮名記録はなかったと推定されるだろう。注(3)そもそも詳細な皇子誕生記録が女房の筆で書かれたのは、『紫式部日記』が嚆矢だったと断じて良いのではないだろうか。

敦康親王誕生後の産養の記述にも、定子皇后側の窮状が描かれている。

このたびは内より御産養あべけれど、なほ思しはばかりてすぐさせたまふに、内の御心をくまさせたまへるにや、大殿、七日夜の御事仕うまつらせたまふ。内にも院にもうれしきことに思しめしたり。

内裏主催の産養があってしかるべきところだが、一条天皇ははばかって言い出せずにいる。天皇の思いを斟酌して、道長が七夜の産養を奉仕したという。天皇も母の女院も道長の気遣いを嬉しく思い感謝するのであった。道長の寛大さを示すとともに、一条天皇すら自分の思いを押し隠さざるを得ないほどの中関白家の置かれた苦境が表現されているのである。

『栄花物語』の皇后定子関連の記述は道長周辺で作られたと推定される物語としては、敵対的であるというよりも、むしろ同情的である。『栄花』成立時には、すでに中関白家と道長家との帰趨に決着がついていて、同情をもって顧みられるだけの余裕があったことの反映とも考えられよう。併せて、定子の産んだ敦康親王が彰子の養子となっていたことも作用していたようにも思われる。一方で、敦康親王の誕生前後の記述に見る不如意な状況は、続く彰子中宮の出産記事と比べると対照的で、その皇位継承の正当性にも関わってくるように思われる。

さて、定子の三回目の御産はまさに死に到る御産となった。かかやく藤壺巻から、とりべ野巻にかけて、妊娠した定子皇后の心細さ、死の予感が語られている。次の記述は、とりべ野巻の冒頭部である。

かくて八月ばかりになれば、皇后宮にはいともの心細く思されて、明暮は御涙にひちて、あはれにて過ぐさせたまふ。荻の上風萩の下露もいとど御耳にとまりて過ぐさせたまふにも、いとど昔のみ思されてながめさせたまふ。女院よりはおぼつかなからず御消息奉れさせたまふ。内よりはただにもあらぬ御事を心苦しう思しやらせたまひて、内裏寮よりさまざま物奉らせたまふ。

定子の内面描写に続いて、女院と天皇の気遣いが記されている。詮子が帝とセットで定子を支援しているように一貫して書かれているのは史実の反映か、それだけではない問題が含まれているかは興味深いところである。かかやく藤壺巻にも、

中宮をば、心苦しういとほしきものにぞ思ひきこえさせたまひける。

とあり、詮子が定子を気遣っていたことが書かれていた。ただし、その前文には、

女院にも、藤壺の御方をば、殿の御前の、院にまかせたてまつると申しそめさせたまひしかば、いとやむごとなくいつかしきものに思ひきこえさせたまふ。

とあり、詮子が彰子中宮の後見役として自任していたことがわかる書き方になっている。姉詮子に彰子の処遇はすべて任せるという道長の狙いは、詮子の自尊心を刺激しつつ詮子を彰子の庇護者とするという政治的な目論見と無縁ではあるまい。それだけに詮子は定子に対して、心苦しさを感じざるを得ないのであり、詮子の寛仁な人となりを称揚する記述であるとともに、男性側の政争の論理とは別の女性側からの共感が示されていることにもなろう。それがのちに定子の忘れ形媄子内親王を詮子が引き取る論理ともなっていく。

さて、定子皇后は出産に向けて、物忌みや心身の養生さえも心に任せない状況にあったことが記されている。

御慎みをも、思すさまにもあらず、御修法二壇ばかり、さべき御読経などぞあれど、僧なども、まづさべき所のをばかかず勤め仕うまつらんと思ふほどに、この宮の御読経などをば、あやしの代りばかりの、ものはかばかしからず何ともなく寝をのみ寝るにつけても、さもありぬべかりしをりにかやうの御有様もあらましかば、いかにかひがひしからまし、なぞや、今はただ念仏を隙なく聞かばやと思しながら、またこの僧たちのもてなし有様いそがしげさなども、罪をのみこそは作るべかめれと思されて、ただざるべき宮司などの掟にまかせられて過ぐさせたまふ。

やや長い引用となったが、二つの護摩壇を準備して、定子の祈祷を頼もうにも僧たちは「まづさべき所」を優先して代役の者を寄越し、その代役も眠りこけて祈祷に力が入っていない始末である。そのような僧たちを目の当たりにして、定子はかえってせわしない読経を聞くことが罪になるのではと恐れながら、宮司の決めたことに従うほかない。そもそもこの出産も伊周らが帰京していたにも関わらず先の出産と同じく平生昌邸で行われたのであった。僧たちの気乗りしない様子も生昌邸での出産であったことが多分に影響していたのであろう。定子は宮司に自分の身をゆだねるほかはなかった。

臨月に入ったときも定子に奉仕する僧は親族であり、例の高階成忠の子息である清照法橋であった。

御心地も悩ましう思されて、清照法橋つねに参りて御願立て、戒など受けさせたまひて、あはれなることのみ多かり。

ようやく出産ということになってさすがに、「やむごとなき験ある僧など召し集めてののしりあひたり」

となったが、無事娘を出産したものの、後産の際に定子皇后は落命する。出産に立ち会うべく生昌邸に来ていた伊周はその生気が失せた妹の姿を灯火のもとで目の当たりにすることになる。

以上『栄花物語』中の定子の御産を見てきたが、はつ花巻の彰子の御産と対比的なのは当然として、表現上でも対置すべく書かれている部分が認められるように思われる。注(4) このことは下敷きにした『紫式部日記』の記述とも関わってくることになるだろう。節を改めて、さらに考えていきたい。

三　中宮彰子の御産

『栄花物語』はつはな巻は彰子中宮による敦成親王出産を中心に描いた巻であるが、道長による金峰山詣でから彰子の懐妊へと慶事への階梯を丁寧に描きつつ、出産を前に里亭、すなわち道長の邸宅土御門殿に下った彰子中宮の様子を記している。

御修法今より三壇をぞ常の事にせさせたまへるに、また不断の御読経どもなどいひやる方なし。殿の御前静心なうやすき寝も大殿籠らず、御嶽にも、今は平らかにとのみ、御祈り、御願を立てさせたまふ。

三壇を常とした御修法を施行している土御門殿の様子は、史実の反映でもあろうが、とりべ野巻における三番目の子を出産する前の定子皇后の御修法が二壇であったことも想起させる記述なのではないか。そこでの僧たちは片手間のような対応で、かえってそのような僧の念仏は定子が罪になると考えるような代物だった。一方で道長の邸宅は不断の御修法の声が尊く邸内を満たしていたのである。さらに道長が眠らずに、御嶽に向かって祈祷をし、願を立てているのは、庇護すべき伊周の邸宅ではなく、中流貴族の生昌邸で出産をしなければならなかった定子皇后とは対照的であろう。史実の反映ではあるものの、意図的に『栄花物語』は一条天皇の新旧の后の出産の明暗を強調して描いているのではないだろうか。

続いて『栄花』は土御門殿で行なわれた法華三十講の五巻の盛儀に筆を割いている。この法華三十講は古本系の『紫式部集』の「日記歌」にも記述があり、首欠説の立場からは、『紫式部日記』の失われた冒頭部に拠るとも考えられている。本稿は深入りしないが、華麗にして豪奢な法事が詳細な筆致で描出されている。特に後半に記された語り合う彰子と妹妍子の姿や、仕える女房たちの様子は、女人成仏を説いた五巻の日にふさわしく、法華経の説いた楽土が土御門殿に具現化しているように見えるであろう。一方で高貴な人々の眼にさらされる女房達の恥じらいの気持ちが表現されているのは、女房視点の記述であり失われた『紫式部日記』の名残のようにも思われるが、後の部分との接続のために、『栄花』作者が周到に準備していたとも考えられる。いよいよ秋が深まり、出産が近づく。

秋のけしきにいり立つままに、土御門殿の有様いはむ方なくいとをかし。池のわたりの梢、遣水のほとりの草むらおのおの色づきわたり、おほかたの空のけしきのをかしきに、不断の御読経の声々あはれまさり、やうやう涼しき風のけはひに、例の絶えせぬ水の音なひ、よもすがら聞きかはさる。

このはつ花巻の記述から現存『紫式部日記』と重なる記述が始まる。土御門殿の秋の景観である。不断の御読経の声が響き渡る土御門殿であるが、この読経は中宮彰子の安産祈願のために唱えられていた。『栄花』はつ花巻は土御門殿が記念すべき御産の舞台であることをあらためて据えなおした形である。

ここからのはつ花巻の記述は『紫式部日記』の記述に拘束を受けながら進行している。注(5) 従って、以下の論述ではまず『紫式部日記』の記述から見ていくこととしよう。

四　『紫式部日記』と『栄花物語』

現在伝わっている『紫式部日記』は、

秋のけはひ入りたつままに、土御門殿の有様、いはむかたなくをかし。

と始まっている。この部分が冒頭に置かれることで、『栄花物語』以上に、御産が行われる舞台を作品の中心に据えようという狙いは鮮明であろう。いかにも敦成親王誕生記にふさわしい開始となっている。

秋の土御門殿の美観に続いて、『日記』は中宮彰子の姿を点描している。

御前にも、近うさぶらふ人々、はかなき物語するを、聞こしめしつつ、なやましうおはしますべかめるを、さりげなくもてかくさせたまへる御有様などの、いとさらなることなれど、憂き世のなぐさめには、かかる御前をこそたづねまゐるべかりけれと、うつし心をばひきたがへ、たとしへなくよろづ忘らるるも、かつはあやし。

ここでの中宮彰子は「なやましうおはしますべかめる」と記され、身重であることが示されている。彰子は周囲に取り巻く女房たちのとりとめのない話しを聞きながら、さりげなく体調の辛さを押し隠している。その中宮の姿を「憂き世のなぐさめには、かかる御前をたづねまゐるべかりけれ」と紫式部は自らの視点から賞賛している。この記述によって、『紫式部日記』は彰子中宮配下の女房として主人の御産を記し留める己れの位置を作品の中に定位させていたと言えるだろう。

この部分をはつ花巻は引用してはいない。彰子中宮の妊娠を『栄花』はその前に記し留めていたので重ねて記す必要はなかったのだろうし、そもそも原資料とした『日記』の主体である紫式部の痕跡を消しているのが『栄花』の方法であることから、この紫式部の感慨を引用しないのも当然のことであったと思われる。『日記』はこの後、早朝に紫式部の局を訪れた道長との贈答歌や頼通とのやりとりなどを記すが、いずれも『栄花』は記していない。

一方で、身重の彰子中宮を点描した後に続く五壇の御修法の記述を『栄花』は詳細に引用している。まず『日記』は以下のように記している。

……後夜の鉦うちおどろかして、五壇の御修法の時はじめつ。われもわれもとうちあげたる伴僧の声々、遠く近く聞きわたされたるほど、おどろおどろしく、たふとし。観音院の僧正、東の対より、二十人の伴僧をひきゐて、御加持まゐりたまふ足音、渡殿の橋の、とどろとどろと踏み鳴らさるるさへぞ、ことごとのけはひには似ぬ。法住寺の座主は馬場の御殿、浄土寺の僧都は文殿などに、うちつれたる浄衣姿にて、ゆゑゆゑしき唐橋どもを渡りつつ、木の間を分けてかへり入るほども、はるかに見やらるる心地して、あはれなり。さいさ阿闍梨も、大威徳をうやまひて、腰をかがめたり。

紫式部の目と耳が捉えた五壇の御修法の仏事が臨場感をもって表現されている。ここでの描写には紫式部の居所から捉えた対象との遠近が視覚的にも聴覚的にも効果的に浮かび上がって、立体的な効果を上げている。

五壇の御修法は天皇の勅許をもって実施が許される大がかりな仏事で、中宮彰子の御産がまさに国家を挙げての行事であることを示しているのであった。それが臣下の道長の邸宅で行われているというのは、道長の権勢のあらわれであり、彰子の御産の重みを証し立ててもいた。

『栄花』も『日記』の記述に基づきつつ詳細に記している。

ほど近うならせたまふままに、御祈りども数をつくしたり。五大尊の御修法おこなはせたまふ。さまざまその法にしたがひてのなり有様ども、さはかうこそはと見えたり。観音院の僧正、二十人の伴僧とりどりにて御加持まゐりたまふ。馬場の御殿、文殿などまでみなさまざまにしゐつつ、それより参りちがひ集るほど、御前の唐橋などを、老いたる僧の顔醜きが渡るほども、さすがに目たてらるるものから、なほ尊し。ゆゑゆゑしき唐橋どもを渡り、木の間を分けつつ帰り入るほども、はるかに見やらるる心地してあはれなり。心誉阿闍梨は、軍茶利の法なるべし、赤衣着たり。清禅阿闍梨は大威徳を敬ひて腰を屈めたり。仁和寺の僧正は孔雀経の御修法をおこなひたまひ、とくとくと参りかはれば、夜も明け果てぬ。さまざま耳かしがましう、け恐ろしきことぞ物にも似ざりける。心弱からん人はあやまりぬべき心地して胸はしる。

『日記』の描写にあった立体感は失われ、やや平板な描写となった感は否めない。ただし『日記』には記されていなかった、僧侶の様子が追加して記されていることには注意を向けたい。「さまざまその法にしたがひてのなり有様ども、さはかうこそはと見えたり」「御前の唐橋などを、老いたる僧の顔醜きが渡るほども、さすがに目たてらるるものから、なほ尊し」「心誉阿闍梨は、軍茶利の法なるべし。赤衣着たり」「仁和寺の僧正は孔雀経の御修法をおこなひたまひ、とくとくと参りかはれば」など『日記』の記述を補うように、僧侶の様子が記されている。修法に従って僧の法衣などが異なっていることや軍茶利の法を受け持っている心誉阿闍梨のこと、孔雀経の御修法を行った仁和寺の僧正のこと、また唐橋を渡る老いた僧の顔の醜さも尊く見えるなどといった記述は『日記』には存在していない。唐橋を渡る僧については、『日記』は紫式部が局にあって唐橋を踏み鳴らしていく足音に耳を澄ましているような書きぶりである。『栄花』が『日記』の主体の痕跡を消しつつ視覚的に補っているのだろう。付言すれば、大威徳明王に対して腰をかがめている清禅阿闍梨は『日記』には「さいさ阿闍梨」とあり齟齬があるが、これは正しくは斉祇阿闍梨のことかと言われている。

引用した最後の部分は「さまざま耳かしがましう、け恐ろしきことぞ物にも似ざりける。心弱からん人はあやまりぬべき心地して胸はしる」とあり、これもはつ花巻が独自に加えた箇所である。いささか大仰なまでに、その大音声のために恐ろしささえも感じさせるような密教の秘事を表現している。

このような加筆は『栄花物語』の仏教への関心に拠るものと言ってよいのではないだろうか。すでに指摘があるように[注(6)]『栄花』の加筆はとりわけ法華経への関心がうかがえ、道長を法華経の領導者として位置づけようという志向が認められよう。出産場面までに限っても、

・法性寺の院源僧都御願書読み、法華経この世に弘まりたまひしことなど、泣く泣く申しつづけたり。

・殿のうちそへて法華経念じたてまつらせたまふ、何ごとよりも頼もしくめでたし。

などと『日記』の記述に加筆している。

一方で、先に述べたように『日記』の記述の中で、紫式部の主体に関わるような部分は原則的に『栄花』は継承していないのだが、加えて『日記』に詳述されていた、出産を前にした中宮配下の女房達の配置の多くは省筆されている。[注(7)]例えば、

……さるべきかぎり、この二間のもとにはさぶらふ。殿の上、讃岐の宰相の君、内裏の命婦、御几帳

のうちに仁和寺の僧都の君、三井寺の内供の君も召し入れたり。……いま一間にゐたる人々、大納言の君、小少将の君、宮の内侍、弁の内侍、中務の君、大輔の命婦、大式部のおもと、殿の宣旨よ。いと年経たる人々のかぎりにて、心をまどはしたるけしきどもの、いとことわりなるに、まだ見たてまつりなるるほどなけれど、たぐひなくいみじと、心ひとつにおぼゆ。

また、このうしろのきはに立てたる几帳の外に、尚侍の中務の乳母、姫君の少納言の乳母、いと姫君の小式部の乳母などおし入り来て、……例はけ遠き人々さへ、御几帳のかみより、ともすればのぞきつつ、はれたる目ども見ゆるも、よろづの恥忘れたり。いただきには、うちまきを雪のやうに降りかかり、おししぼみたる衣のいかに見ぐるしかりけむと、後にぞをかしき。

このような出産直前の記述はまさにその場に立ちあった女房の実感がこもり、女房の記録にふさわしい様相を呈している。候名を列記して女房の配置を示すありようは、先稿[注(8)]でも述べたように現実的な効用も見受けられるだろう。すなわち今後の道長家の姫君たちが陸続と続いて行うであろう御子出産の規範として先例として、この『日記』は記しとどめられたのではないかということである。女房たちの動静への注視は、女房達の共有すべき情報であり、今後の指針ともなった。翌年の敦良親王の出産の記述を『紫式部日記』が欠いているのは、『日記』中の兄宮敦成親王誕生の記述が彰子付きの女房達の間で事実上の先例として受け止められ、行動規範とされていた事情を反映していたのではないか。すなわち敦良親王誕生記の需要は敦成親王のそれほどになく、敦良親王誕生に際しては先例として敦成親王誕生記が参照されていたということである。むろん紫式部の筆は単なる記録にとどまらず、彰子中宮を囲繞する女房達は中宮を守る盾のようにも描かれている。[注(9)]中宮は女房の奥にいて、出産までその身体が具体的に記されることはない。

この場面の『栄花』の叙述は到って簡潔なものに変貌している。

年ごろの大人たち、みな御前近くさぶらふ。今はいかにいかにと、あるかぎりの人心をまどはして、え忍びあへぬたぐひ多かり。

臨場感が失われ平板な記述となっていると思われるが、この簡潔な表現は『栄花』の歴史叙述には逐一の女房達の位置を記す必要がなかったことにも起因しよう。このことは逆に『日記』が女房に拘りながら、まさに女房の視点からの記録になっていることを照射しているだろう。

先に少し触れたように、『日記』は出産までの彰子中宮を具体的に記すことはない。
・十日の、まだほのぼのとするに、……白き御帳にうつらせたまふ。
・日ひと日、いと心もとなげに、おきふし暮らさせたまひつ。
・十一日の暁も、北の御障子、二間はなちて、廂にうつらせたまふ。
・御いただきの御髪下ろしたてまつり、御忌むこと受けさせたてまつりたまふほど、
・たひらかにせさせたまひて、……今とせさせたまふほど、……たひらかにおはしますうれしさの、たぐひもなきに、……
二番目の文章は初産を前に不安を隠せないでいる中宮の姿を描いたものだが、中宮の内面に立ち入ったものではない。他の描写も中宮の出産までの過程を順を追って説明する形となっている。『日記』は七夜の産養の記事で初めて中宮彰子の身体描写を行っているが、それはむしろ例外的であり、出産に到る記述は特に中宮を具体的に書くことを避けている。あえて中宮の姿を子細に描かないことで、奥深くにおわす

中宮の高貴性を演出しているのであろう。注(10)

『栄花』はつ花巻も『日記』の中宮の描写を継承している。

・十日ほのぼのとするに、白き御帳に移らせたまひ、その御しつらひかはる。
・日一日苦しげにて暮らさせたまふ。
・さて御戒受けさせたまふほどなどぞ、……
・いたく騒ぎて、平らかにせさせたまひつ。……平らかにせさせたまひて、かきふせたてまつりて後、……

　このように出来事を淡々と記して内面に立ち至らない記述の在り方は『日記』に倣ったものであろう。『栄花』のような原資料の女房日記に基づいた作品はどこまでが原資料の影響なのか、『栄花』の創意なのか、注意を要することはすでに指摘があるが、注(11)ここもそのような例であろう。

　ただ、このように中宮彰子の内面が描かれないことは、『栄花』が皇后定子の出産に関して、定子の内面の思いを通して描出していたことと関連付けて考えるべきであるまいか。孤立した状況で出産をしなければならなかった定子皇后は本来守られねばならない産婦という立場ながら矢面に立っているように、その内面が赤裸々に描かれていた。一方で、中宮彰子の出産には、

　　いとあやしきことに恐ろしう思しめして、いとゆゆしきまで、殿の御前もの思しつづけさせたまひて、もの紛れに御涙をうち拭ひ、つれなくもてなさせたまふ。

というように、『日記』には記されなかった、道長の心内が描かれ、先に触れた法華経を念誦する道長の姿と併せて、この御産に対する道長の全面的な後見が記されている。またこれも『日記』には書かれてい

ないことだが、

内にはいといとおぼつかなく、いかなればかと思しめして、年ごろかやうのこともなれ知りたる女房ども、一車にて参れり。

と、一条天皇も出産を気遣い、出産を熟知している女房達を土御門殿に派遣したことが記される。ほとんど関係者しか立ち会わなかった、定子皇后の御産に比べ、周囲から気遣われ、奥深いところで守られている中宮彰子の御産が対照的に表現されているだろう。

『日記』と『栄花』との差異はそのままそれぞれの作品の執筆目的と関わってくるように思われる。『栄花』は『日記』の中宮彰子の描き方を踏襲しつつ、法華経や僧侶の動きを補足し、周辺の人々の内面を物語として掬い取っている。それに対して『日記』はその場に立ち会った女房としての生々しい視点を確保しつつ、女房の眼から見た御産の状況記録となっている。臨場感あふれる御産の記述は『栄花』の記述が平板に感じられるほどであり文学性の高さは疑うべくもないが、一方で詳細な記録性は後の道長家で行われる御子御産の先例として記された蓋然性が高い。後に「寛弘の佳例」とも称される御産の、とりわけ女房達の規範とすべく、この『日記』が記されたと考えることができる。だとすれば、この『日記』の後半が敦成親王誕生記としての公的行事の記録から離れて、個々の女房の批評や他の女房サロンの批評、さらには女房としての処世の在り方まで記していくのも、女房というものに拘束された本作品の在り方と根源的に軌を一にすると考えることが許されるのではないだろうか。『日記』の複雑な構造に、女房という枠組みを被せることで、ゆるやかな統一性を見出すことができるように思われる。注(12)

五　紫ささめき思ふ

『紫式部日記』には、『源氏物語』の作者にふさわしく『源氏』に関わる記述があるが、『栄花物語』はそれらを引用することもない。これも原資料の痕跡を消そうとする志向と関わるのであろう。とはいえ五夜の産養で、この『日記』の藤原公任とのやりとりを引用したと考えられる場面を次のように記している。

「女房、盃」などあるほどに、いかがはなど思ひやすらはる。

めづらしき光さしそふ盃はもちながらこそ千代をめぐらめ

とぞ、紫ささめき思ふに、四条大納言簾のもとにゐたまへれば、歌よりも言ひ出でんほどの声づかひ、恥づかしさをぞ思ふべかめる。

「紫ささめき思ふ」の「紫」は紫式部のことである。『栄花物語』には引用した原資料の痕跡を消し去る志向があることは述べたが、このような原資料の書き手の名前が明記された例も『栄花』には他になく、極めて異例なことであったと言えるだろう。注(13)それだけ紫式部は特別な存在であったということであるが、注(14)それは敦成親王誕生と産養を記録している立場とも不可分であったろう。この慶事に参加し筆録している女房の息づかいを『栄花』は紫式部の名とともに提示し、原資料の書き手の視点を確保してみせるのであった。

この視点は続く五十日の祝宴で、道長と紫式部との和歌贈答の場面が次のように書かれていたこととも関連する。

け恐ろしかるべき夜のけはひなめりと見て、事果つるままに、宰相の君と言ひ合はせて隠れなんとするに、……二人ながらとらへさせたまへり。「歌一つ仕うまつれ」とのたまはするに、いとわびしう恐ろしければ、

いかにいかが数へやるべき八千年のあまり久しき君が御代をば

「あはれ仕うまつれるかな」と、二度ばかり誦ぜさせたまひて、いと疾くのたまはせたる、

あしたづの齢しあらば君が代の千歳の数もかぞへとりてん

さばかり酔はせたまへれど、思すことの筋なれば、かく続けさせたまへると見えたり。

ここでは紫式部の名はないものの、明らかにその場に立ち会っていた女房の視点が存在している。道長から歌を求められて詠んでいるのは紫式部に他ならない。『栄花』は『日記』の女房の視点をそのままに記しているが、それを可能にしたのが七夜の「紫」への言及だったろう。それだけ『日記』にも記されていた紫式部と道長の贈答は五十日の祝宴の記述に必要なものであった。『栄花』は例外的に原資料の筆録者と道長との贈答歌を記して、この贈答を宮廷史の一頁に加えた。そのことは『栄花』の作者赤染衛門から中宮彰子出産という慶事の記録という大役を担っていた紫式部へのはなむけでもあったように思われる。むろん紫式部の名声なくしては、道長が歌を求めることもなかったし、『栄花』が贈答歌を引用することもなかっただろうが。

六　『紫式部日記』の達成

『紫式部日記』は彰子中宮の出産を仕える女房の立場から筆録したものであるのに対して、『栄花物語』はその記述を引用しつつ、歴史記述に落とし込んでいる。そのため『栄花』では皇后定子の出産と対照的に描こうという視点が生まれている。『栄花』は皇后定子の内面を描いて、その苦境を表現する一方で、中宮彰子を詳細に描かず高みに置くとともに、道長などの全面的な後見を記している。中宮彰子の描き方は『日記』のそれを継承したものであった。そして『栄花』の記述と比べるとき、『日記』がより中宮配下の女房達に軸足を置いた記述であることが鮮明になっているだろう。『日記』は女房の手になる初の皇子誕生の記録である蓋然性が高いと考えられるが、この作品はそれだけではなく、中宮彰子後宮女房の共有すべき先例や文化、女房としての生き方、時に集団生活の中の過酷な状況なども含めて記したものだと思われる。総じて、十一世紀前半に絶頂期に達していた女房文化とその批評が主家慶祝の言説である女房日記の伝統の下で合わせて記されたのがこの『日記』の達成であった。その『日記』の達成こそが『源氏物語』とともに、『栄花物語』のような後宮の歴史叙述を胎生する基盤を準備する一助となっていたと言えるであろう。

注

(1)『日本紀略』『公卿補任』に拠ると、長徳四年(九九八)七月に入滅したという。敦康親王の誕生は長保元年(九九九)十一月七日のこと。

(2)横溝博氏「『栄花物語』と平安朝物語の関係—『うつほ物語』の影響、成熟する歴史語り—」(『日本文学研究

ジャーナル　歴史物語の表現世界』古典ライブラリー、二〇一八年）は、帝や后の心中を語る『栄花物語』は作り物語が獲得した人間描写を取り込むことで成熟したものとなったと説く。

（3）丸山裕美子氏『清少納言と紫式部』（山川出版社、二〇一五年）は、なぜ清少納言が敦康親王の出産を書かなかったのかという問題に触れ、権力者道長の意向を汲んだ配慮と推定している。

（4）定子皇后と彰子中宮との対照的な描き方は福長進氏「明暗対比的な構成」（『歴史物語の創造』笠間書院、二〇一一年）などをはじめ多くの先行研究が詳らかにするところである。『栄花』の晩年の定子像に他の物語などからの影響を論じた中島和歌子氏「最晩年を中心とする『栄花物語』の定子の人物造型をめぐって—紫のゆかり、かぐや姫、『産経』—」（『語学文学』二〇一三年一二月）、定子と彰子との対比における竹取引用を論じた久保堅一氏「二人のかぐや姫『栄花物語巻』第六「かかやく藤壺」の彰子と定子」（『栄花物語　歴史からの奪還』森話社、二〇一八年）などもある。

（5）これも枚挙に暇がない研究史の蓄積がある。以下の論述で引用したもの以外では福長進氏「『栄花物語』の原資料取用態度—『紫式部日記』と巻八、初花との比較を通して—」（『歴史物語の創造』前掲）、高橋亨氏「物語と歴史の境界あるいは侵犯」（『栄花物語　歴史からの奪還』前掲）を掲げるにとどめる。拙稿「『紫式部日記』と『栄花物語』との距離」（『栄花物語の新研究　歴史と物語を考える』（新典社、二〇〇七年）「『栄花物語』とかな日記」（『王朝歴史物語史の構想と展望』新典社、二〇一五年）などで卑見の一端を示した。近時は『栄花物語』の新たな本文研究に基づく比較もなされている（小島明子「『栄花物語』富岡本の改修方法」『国語国文』二〇一六年四月、中村成里氏「『栄花物語』の諸本と『紫式部日記』—彰子出産記事再読—」『日本文学研究ジャーナル　歴史物語の表現世界』前掲、加藤静子氏・曾和由記子氏「『栄花物語』と『紫式部日記』のあいだ—学習院本がひらく、「初花」巻の新たな試み—」『藤原彰子の文化圏と文学世界』武蔵野書院、二〇一八年など）。

（6）山中裕氏「栄花物語と紫式部日記」（『王朝女流文学の新展望』竹林舎、二〇〇三年）

（7）池田節子氏『紫式部日記を読み解く　源氏物語の作者が見た宮廷社会』（臨川書店、二〇一七年）も女房の記事の削除を指摘している。山本淳子氏「敦成親王誕生時の「御物の怪」記事─『紫式部日記』と『栄花物語』、各々の意図─」（『藤原彰子の文化圏と文学世界』前掲）は物の怪の記述から両者の差異を論じている。
（8）拙稿「『紫式部日記』の中宮彰子─女房集団との関係─」（『藤原彰子の文化圏と文学世界』前掲）
（9）中宮を幾重にも囲む屏障具が物の怪から守る呪具となっているとする大津直子氏「『紫式部日記』の叙述態度─御産の空間における物の怪の描写をめぐって─」（『王朝文学を彩る軌跡』武蔵野書院、二〇一四年）がある。また、女房の候名を書き連ねることが政治性を帯びるという吉井美弥子氏「女房たちをとどめる『紫式部日記』─「女房名」の政治性を超えて─」（『藤原彰子の文化圏と文学世界』前掲）の指摘もある。
（10）拙稿「服飾描写の方法」（『紫式部日記の表現世界と方法』武蔵野書院、二〇〇六年）などで言及した。
（11）福長進氏「『栄花物語』の対象化の方法─原資料を想定して読むことについて─」（『歴史物語の創造』前掲）
（12）拙著『紫式部日記の表現世界と方法』（前掲）所収の論考では、表現の連関性からもゆるやかな統一性を読んでいる。
（13）この部分については角度を異とするが、渡瀬茂氏「はつはな巻の「むらさきささめき」の一節をめぐって」（『栄花物語新攷─思想・時間・機構─』和泉書院、二〇一六年）、山下太郎氏「『栄花物語・初花』〈語り手女房〉」（『栄花物語　歴史からの奪還』前掲）などが詳細に論じている。前者は和歌を取り込もうとする機能との関連で、また後者は拙論と異なり、筆録者の存在を消す方向で考えている。
（14）桜井宏徳氏「女が歴史を書くということ─東ユーラシアの中の『栄花物語』─」（『王朝文学と東ユーラシア文化』武蔵野書院、二〇一五年）は、『紫式部日記』を『栄花物語』に取り込む際に原典を尊重する姿勢は『栄花』では例外に属すると論じていた。

『紫式部日記』『紫式部集』の中の紫式部

――中宮彰子サロンの中の紫式部――

廣田收

一　はじめに

この論題を考える上では、いささか旧聞に属するであろうが、まず挙げるべきは岡一男氏の業績である。岡氏は「紫式部のまとまった著作」として『源氏物語』『紫式部日記』『紫式部集』の三書を挙げ、「彼女の伝記資料として不可欠で基礎的なもの」が『紫式部日記』『紫式部集』の二書であるという。注(1) この著作は、『紫式部集』を評価した研究としては嚆矢とすべきものであろうが、『紫式部集』があくまで紫式部を知るための「伝記資料」として利用されていることは動かない。

一方、『紫式部日記』について忘れがたい研究は、秋山虔氏の論考である。秋山氏は『紫式部日記』に「紫式部の思考と文体」の特質をみようとされる。すなわち、この日記が「主家繁栄の顕彰録」であり、「中宮や道長家を讃嘆」しながらも「あたかも本能的」に「つねに冷厳にこれを凝視する第二の自己を設定し固執」する精神的な軌跡をたどることで「主家の期待や要請による日次記」の「次元をこえた、高度の個性的文学創造の領域に属する」といわれる。注(2)

いうならば秋山氏の考察は、あくまでも紫式部その人の内面とか、精神とか、思考の軌跡とかといった問題に対する興味に向かうところに特徴がある。そのような興味の向け方に対して、もし何か付け加えることがあるとすれば、日記を描く立場や視点の問題として考えると、この日記が中宮付きの女房として書かれたという事実は、もっと重いものであろうということである。すなわち、『紫式部日記』にみえる中宮や道長と紫式部との関係は、古代の身分社会においては、徹底して公のものであり晴の文脈のものに他ならなかったであろう。そうであれば、局に控えているときの紫式部が私の世界、褻の世界をどれだけ抱え込んでいたとしても不思議ではない。つまり、日記の中のどの場面が、公と私、晴と褻であるのかが問われるべきである。したがって、あたかも華やかな中宮の御前から暗澹たる自己の内面へ向かうという、『紫式部日記』の文体の論理の難解さは、むしろ晴と褻、公と私といった、場の対照性の問題として捉え直されるべきであろう。注(3)

さらにいえば、仮に紫式部について論じるとしても、『源氏物語』『紫式部日記』『紫式部集』の三者は、それぞれ制作の企図、歴史的な成立の目的や企図が異なる以上、これらを素朴に融通させたり同じ水準で重ね合わせたりする理解が妥当なものかどうかが、改めて問い直されるべきであろう。

さて、もうひとり記憶されるべき先学が清水好子氏である。清水氏は「式部自身にかんする具体的な資料は少ないが、彼女がどのようなことを感じ、何を考えて生きていたかという点についてなら、紫式部集、紫式部日記がさまざまのことを語ってくれる」という。いうまでもなく「源氏物語五十四帖も式部の内面を追うに足る一資料である」（傍点・廣田）という。とりわけ「紫式部集は可能性に充ちた青春時代を記録する」ということに注目されたことは周知のとおりである。注(4)

このように、『紫式部日記』や『紫式部集』をめぐって、岡氏から始まる一連の研究の関心事は、程度の差こそあれ、歴史的存在としての紫式部個人の究明を目的とすることにあろう。だが、およそ西暦二〇〇〇年以降、近時の学界にあっては、『紫式部日記』『紫式部集』について、多数の研究書、注釈書が刊行されたが、考察の目的はもはや、伝記研究のためにではなく、いわば「紫式部」とは、『紫式部日記』や『紫式部集』というテキストの中に、それぞれ描かれている紫式部があるということを前提とするものとなっている、といえるだろう。

と同時に、紫式部という存在を捉えるためには、近代的で孤独な作者像をみるのではなく、中宮彰子のサロンという場における役割的な存在とみることが有効である、というふうに研究の動向が変化してきたといえるであろう。

二　サロンとは何か

さてここでいう「サロン」とはどのようなものであろうか。注(5)

例えば、秋山虔氏は「一条朝の文芸サロン」として「三つの焦点」があることを指摘されている。すなわち、三つとは「中関白家の反映をバックとした中宮定子のサロン」、「道長の権勢にささえられた中宮彰子のサロン」、「円融から後一条まで五代にわたる、いわゆる大斎院選子内親王のサロン」である。すなわち、このような認識は、今やひとつの常識となっているとみてよいだろう。

さて、そこで秋山氏は、定子のサロンについて『枕草子』に「接して誰しも気づくのは中宮定子と清少納言との深い内面的流通」であるという。視点を変えれば「定子は、清少納言の活動を媒介にして、わがサロン文化の形勢と理念を確認しえたのである」という。一方、彰子のサロンについて、秋山氏は「彰子という人は、機才や猿楽を潤滑油とする社交的雰囲気を必ずしも好まなかった」とされる。そして、道隆・道長「両家の気風のちがい」があり、道長が「彰子に仕える女房を、従来の受領諸大夫から一段上層におしひろげた」ことは「彰子の光彩をそえるため一家をあげて文事の盛りあげをはかった事情」のあったことを指摘される。つまり、「紫式部の清少納言評は、中宮彰子のサロンと中宮定子サロンの原理の異質性をつきとめる緒を提供」しているといわれる。注(6) ただ、いわれるところのサロンの「原理の異質性」がどのようなものかは、なお問題として残されている。

そもそも、早く中古の宮廷にサロンを見てとろうとされたのは、目加田さくを氏ではなかったろうか。目加田氏はまず「フランスの名流のサロンの特質」を「文芸乃至芸術的な面」(傍点・原文のまま)で、次のように整理されている。目加田氏は、

Ⅰ　文士の後援機関

無名の、或いは、世に出かけた文士達を後援して文壇へ送りこむ働らきをするところ——有名な文士はもとより——。

Ⅱ　創作の機関

詩、エッセー、書簡、小説、戯曲、思想等々を、その場で制作したり、もちよった新作を発表

しあうところ。

Ⅲ　評価の機関

文芸、思想のもろもろ―の作品を鑑賞し、忌憚なき批判や賞讃が与えられる。社会に公表する前に、それらの作品を一応優劣の篩（ふるい）にかけるところ。

と定義され、「これと甚だあい似た活動」（傍点・廣田）が「七、八百年も古い時代」に、「東洋の日本において、やはり、名流婦人達によって華やかに行われて」いたことに注目しておられる。[注(7)]

目加田氏の意図は、もちろんフランスのサロンと古代日本のサロンとの比較、対照が主な課題ではあるが、古代日本における「後宮サロンのはしり」（傍点・原文のまま）を「班子女王サロン」に見るとともに、「その淵源は天子の宮廷詩苑、長屋王詩苑」から、やがて「唐代天子の詩苑」「女帝則天武后と公王のサロン」に求めておられる（同書、四頁）。

ここで今、小論の課題に立ち戻って、目加田氏の考察に対する印象を忌憚なく言えば、定子サロンの考察には筆が尽くされており、大斎院サロンについても、冒頭に示された要件にかなうものとされている（同書、九八～一〇〇頁）。が、彰子サロンについては、紫式部の時代では「今だサロンが形成されるかどうか」（同書、一〇一頁）という段階であり、いわば未成熟であったと評価されているとみえる。

そうであれば、古代日本におけるサロンの定義は、このようなものでよいのか、また彰子中宮のサロンをどのように評価するかという課題はなお残されているにちがいない。

三　彰子サロンの研究の現在

彰子中宮のサロンに関していえば、早い論考として、すでに酒井みさを氏の考察[注(8)]が記憶に残る。酒井氏は「彰子サロン」の「構成メンバー」を列挙するとともに、「その外郭」に「学者、政治家などの男性軍」を想定されている。そして「文芸サロン」に「如何なる人々が活躍したか」を「作文、和歌、歌合、漢文などを中心に」検討されている。そして「道長、倫子、彰子を中核として、そのサロンは幾つかの惑星的な小さなファミリーが群をなして、一大サロンを形成している」と論じておられる。単に女房集団として限定してみるのではなく、幾重にも層をなす集団とみる捉え方は、実に興味深い。

その後、彰子中宮サロンについては、諸井彩子氏がさらに深く掘り下げた指摘をされている。すなわち、諸井氏は「摂関期の文学」を論じるには、「担い手であり享受者でもあった女房たちの存在」が重要であるとされ、「その女房たちの活動は、主人と女房集団を核として構成され、歌合などの開催のほか、対外的・対内的に文化的な営みが幼われる場としての「サロン」と密接に結びついていた」（傍点・廣田）といわれる。[注(9)]私は、女房集団と文芸と関係を考えるのに、「場」の問題を捉える視点が重要であると考える。[注(10)]

この中で諸井氏は、先の酒井氏の考察では「所属メンバー」について述べるにとどまり、どのような「活動」が行われていたが「明らかになっていない」として、「彰子自身が主導した例は目立たず」とはいっても、大斎院サロンや定子サロンと比べて「彰子サロンが劣っていたとはいえない」としたうえで、「彰子サロンの活動とその特徴について、女房集団の営み」という視点から考察を加えるべきだとされている。
すなわち諸井氏は「彰子サロンの女房集団」の「文化的営み」について、「当時のサロンの活動には、歌合の開催、物語（絵を伴うものも含む）の制作といった文学的成果のほか、対外的・対内的な詠歌も含める必要」があるといわれ、『紫式部日記』において「和歌はそのサロンの文化レベルを示す指標であった」とされる。そして「次世代のサロンを形成する核となっていたのはもともと彰子に仕えた女房集団であり、彰子女房（ママ）がつなぐネットワークによって、物語制作や歌合の隆盛といった新たなサロンの文化的営みがもたらされた」と結ばれている。注(11) 諸井氏の考察は、本稿の課題を考える上で、まことに示唆的である。

さらに近時、久下裕利氏は「彰子サロン形成期における道長文化圏の主導性をはかるため、その牽引役」となった、紫式部と伊勢大輔が「中宮彰子付き女房の中でも信頼のおける近侍としてのその役割を任じた経緯を検証」しようとされている。注(12)

久下氏は、有名な伊勢大輔の歌「いにしへの」を取り上げ、『伊勢大輔集』では「興福寺からの八重桜献上に際しその取り入れ役を新参の伊勢大輔に紫式部が譲ったという一件」について、『紫式部集』では「中宮彰子の作詠ではなく式部の代詠であったと見做し得る」として、この時期の紫式部の「立場」を考え「新参の伊勢大輔が取り入れ役を式部から譲られたことで、和歌の家を継ぐ歌人としての力量を晴の場で披露し得たことは、いかにも光栄な出来事であった」とみる。さらに異本『伊勢大輔集』をみると、「異本は中宮と伊勢大輔との親近性を誇張することになり、「九重に」歌は決して紫式部の代作であってはならないことになる」とされる。また、『紫式部日記』では「道長と式部との間に、祝賀の儀という晴の舞台で末席に連なる女房たちの中から選ばれ、唱和を成立させる信頼関係が築かれていて、式部の歌人としての存在性が日記において誇示されている」と述べておられる。[注(13)]

いずれにしても、この歌の制作事情は、『伊勢大輔集』、異本『伊勢大輔集』、『紫式部集』や『紫式部日記』などとの間で、記され方が異なるので、それぞれのテキストの目的や制作意図に応じて語られ方が違う、という視点に立って、今後引き続き検討して行く必要があるだろう。

四　中宮サロンと和歌　中宮の代作

みてきたように『紫式部集』においては、陽明文庫本第九八番歌「こゝのへに」が、中宮に代って歌を贈る、いわゆる代作歌として注目されてきた。この事例については、中宮御前のサロンにおける女房集団の中で、紫式部が一定の役割を演じた、ということがどのように描かれているかということについて触れたことがある。[注(14)]

このような代作歌は、公や晴という文脈から、歴史上は中宮その人の事蹟として記録されるであろう。ところが、私家集には、褻や私という文脈から、中宮御前のサロンの存在と女房の役割が見てとれる、というわけである。

同様の事例が、『紫式部集』九九番歌である。

うつきの祭の日まで散り残りたる、使ひの少将のかざしに賜はすとて、葉にかく

神世にありもやしけむ山桜けふのかざしにをれるためしは[注(15)]

である。九八番歌と九九番歌とは類聚性によって配列されている。九九番歌も、同様に四月の祭、すなわち賀茂祭にかかわる。注(16)

岡一男氏は、この歌について寛弘四（一〇〇七）年四月一九日の賀茂祭の勅使に、藤原道長の次男頼宗が任命された折の歌とする。注(17)また伊藤博氏は、葵の「葉に書く」ことについて「この年は特別に散り残った山桜を中宮から下賜されたもの」とする。注(18)さらに中周子氏は「四月まで散り残った桜を瑞祥として、道長の次男が大役を果たした晴れの日を賀した歌」であるという。注(19)

いずれにしても「たまはすとて」とあるから、中宮から少将に挿頭が下賜される。そのような折には歌が不可欠である。賜す挿頭に添えられたこの歌は、中宮の歌ではあるが、『紫式部集』には「葉にかく」とあって敬語がないから、この歌集が自撰だとすれば、『紫式部集』は自らの詠として記録しているといえる。そこに私家集の視点がある。ここでは、あくまでも自分の歌として記録されているのである。すなわち、公の立場においては中宮の位格personaをもって歌を詠むことが、女房としての役割を果たすことである。そしてみごとに私こそがその役割を果たしえた名誉、世に讃頌された光栄を記録しているのである。

ところで『新古今和歌集』は、次のように伝える。雑歌、一四八三番に、

四月、祭の日まで、花散り残りて侍りける年、その花を使の少将のかざしに賜ふ葉に書きつけ侍りける　紫式部

神代にはありもやしけむ桜花今日のかざしに折れるためしは注(20)

とある。久保田淳氏は「旧暦四月の中の酉の日である賀茂祭の当日まで桜が散り残っているという珍しい現象を、不思議なことの多かったという神代を引き合いに出すことによって、感嘆してみせた」と見る。

そして「当然、神代から今日に続く賀茂神社の古さに対する驚きや崇敬の念を含んでいる」のであるとして、『完本新古今和歌評釈』を引いて「皇室に対する賀の心をもって詠んでいる歌」だとする。注(21)

この歌が勅撰集に記録される意義は、天皇の勅使に（中宮から）桜を賜ったことが、歴史上新たな例（ためし）を加えることになったことにある。そして、そのような、中宮の歴史に紫式部が優れた歌をもって参与したことに彼女の光栄がある。鎌倉時代の勅撰集においては、代作という問題よりも、実際上は誰の詠なのかというところに撰集の視点がある。まさに中世という時代の記憶と表現である。

そのように考えてくると、中宮と道長一門の歴史を、神世にもないこととして讃頌する。そのことを私が詠じた記憶こそ『紫式部集』における、個人の光栄である。注(22)

五　サロンの中の物語制作

いずれにしても、諸井氏、久下氏の考察は、中宮彰子サロンと紫式部との関係を和歌の問題から捉えようとされたということができる。和歌は文芸の問題であるとともに、中宮の政治的・文化的な役割に触れるものである。ここで、少し視点を変え、目加田氏の指摘された「Ⅱ　創作の機関」としてのサロンの性格について瞥見しておきたい。

岡氏以降の研究史を辿ってくると、かつての研究が『紫式部日記』『紫式部集』の中に、『源氏物語』の作者「紫式部」の「個性」や「個人」を探そうとする方向で論じられてきたことに対して、諸井氏や久下氏の研究に代表されるように、中宮サロンの場、女房集団の中で紫式部の役割を考えることは重要なことである。つまり、今問題とすべきは、紫式部を女房集団の中に置いてみることである。特に、具体的にどのように位置付けられるかである。言い換えれば、あの『源氏物語』すらも、紫式部の強烈な個性の産物とだけ捉えるのではなく、女房集団の制作であり、中宮彰子の事蹟だとみる視点が求められている。

そのような視点に立って、有名な『源氏物語』制作についてみよう。『紫式部日記』には「御冊子つくり」が中宮御前のこととして記されている。

入らせ給ふべきことも近うなりぬれど、人々はうちつづきつつ心のどかならぬに、御前には、御冊子つくりいとなませ給ふとて、明けたてば、まづむかひさぶらひて、色々の紙選りととのへて、物語の文どもそへつつ、所々にふみ書きくばる。かつは綴ぢあつめしたたむるを役にて明かし暮らす。「何の心地か、つめたきにかかるわざはせさせ給ふ」と聞こえ給ふものから、よき薄様ども筆墨など持てまゐり給ひつつ、御硯をさへ持てまゐり給へれば、とらせ給へるを、惜しみののしりて、「もののくまにてむかひさぶらひて、かかるわざしいづ」とさいなむなれど、かくべき墨筆など給はせたり。

局に、物語の本どもとりにやりて隠しおきたるを、御前にあるほどにやをらおはしまいて、あさらせ給ひて、みな内侍の督の殿に奉り給ひてけり。よろしう書きかへしたりしは、みなひき失ひて、心もとなき名をぞとり侍りけむかし。

若宮は、御物語などせさせ給ふ。うちに心もとなくおぼしめす、ことわりなりかし。注(23)

『紫式部日記』に即して、萩谷朴氏の注釈を踏まえていえば、中宮御産ののち、中宮と若宮の参内の日程が近くなったころ、中宮は「御冊子つくり」に専念されるということで、夜が明けるや（私は）御前に伺候して、紙を選び整え、「所々」に「書写依頼の書状」を配った、という。注(24)

この「御冊子つくり」を、すべて紫式部ひとりの仕事として読むならばサロンの存在はみえてこない。具体的に描かれているわけではないが、紫式部のまわりに複数の女房がおり、中宮を支える複数の人々、主家と中宮のため一緒に行動する集団のあることが予想できる。すなわち、物語を書写した紙を「綴じ」「集め」「整理する」という作業がある。もちろんこれらとて紫式部ひとりの仕事ではない。道長も物語に熱心な中宮をからかうとみえて、「よき薄様ども」の紙、「筆・墨など」だけでなく、「御硯」まで持ち込んできたという。いわば、中宮を先頭に押し立てることで、御前の女房たちが物語制作に専念していることがうかがえる。女房集団が一体となって中宮の事蹟を成し遂げるべく奮闘した、そのような描きかたこそ『紫式部日記』の企図するところである。

難しい表現は、次の段落である。

私の局に、(私が先に)「物語の本ども」を「とりにやりて隠しおきたる」とあるから、素直に読めば、この記事の限りでは、物語の執筆そのものは、中宮の御前ではなく、私の里邸における営為とみえる。ところが、その内実はどこにも描かれていない。すでにいったん書き上げ、局に持ち来たった本を、道長が「やをらおはし」局に入り、めぼしいものをかたっぱしから「あさらせ給ひ」て「みな内侍の督の殿(妍子)に」献上してしまった、という。ただし、ここにいう「物語」が何か、あるいは、そもそも『源氏物語』なのかどうかは異論の余地がないわけではない。

また、「よろしう書きかへしたりしは、みなひき失ひて、心もとなき名をぞとり侍りけむかし」という。この「よろしう書きかへしたりし」とは、もちろん謙譲したもののいいであるが、草稿以後の推敲を経たものであろう。萩谷氏によると道長の持ち去った「それとは別」のもので、「まずまずという程度に書き直しておいたほう」（同書、四九五頁）の物語だとされる。ただ、この本は『源氏物語』にとってどのようなものなのか、道長が妍子に献上した本と別なのかどうかも、また議論の余地があろう。

いずれにしても、日記に記されているかぎりでは、下書きというべきか、草稿というべきか、中宮の奏覧に至らず未だ提出できない段階のものから、推敲を重ねて奏覧がかなう、ともいうべき完成段階のものまで、『源氏物語』の成立までは、何段階かの過程が予想できることはいうまでもない。問題は、女房集団がこのプロセスとはどうかかわるのかということである。

ところで、諸井彩子氏は『赤染衛門集』の分析に関して、「物語が個人の創作に限らず、共同の場で何人かの合作として語られる場合」を見て「『源氏物語』が執筆されていたのと同時期に、道長周辺で女房集団による物語の共同制作が行われていたこと」を論じ、『源氏物語』は「サロン活動の成果」であることを指摘されている。注(25)ただ『赤染衛門集』の物語制作の事例をもって、『源氏物語』制作とを単純に同一視することはできない。

このように諸井氏のいう「共同制作」ということを認めるとして、帝か道長か彰子か、いずれにしても、まずは献上すべき豪華本の問題があり、物語制作の目的が帝と道長か彰子かという問題が重要である。次に、分担といいつつ、なお原作者としての紫式部の存在をどのように位置付けるかが問題となろう。

今、「御冊子つくり」の記事を詳細に分析する暇はないが、みてきたように、当時の厳格な身分社会にあって、紫式部は所詮、彰子中宮の御前の女房のひとりにすぎない。結局、『源氏物語』制作はどこまでも中宮の事蹟であり、中宮御前のサロンという女房集団の営為であり、功績であったといえる。

ただ時代が下り、鎌倉期の勅撰集『新古今和歌集』の時代になると、『源氏物語』が顕彰される時代において、ようやく公の文脈で、中宮の代作歌が「紫式部」という名をもって記録される時代となったといってもよいであろう。

六　まとめにかえて

最近、紫式部が中宮御前の女房集団の中でどのように機能していたかということが注目されている。このような研究の動向については、福家俊幸氏の「『紫式部日記』の中宮彰子―女房集団との関係―」が詳しく触れるところである。注(26) しかも福家氏の論考において踏まえられている先行研究の業績はいずれも重要であり、今後さらなる検討が俟たれる。

重要なことは、主家に献上された『紫式部日記』の文脈では、この「御冊子つくり」は「御」という敬語が示すように、『源氏物語』はまさに中宮の事蹟である。確かに紫式部の書いたものではあるが、他ならぬ中宮彰子の産み出したものとして顕彰されるのでなければならない。『源氏物語』創作は古代社会、古代宮廷における中宮の歴史の一駒である。中宮御前の女房集団の産物なのである。

かくて、紫式部は公の機会において、中宮の歌をみごとに代作する一方、『源氏物語』を制作したことで、中宮の教育係としての役割を果たしたといえる。

そうすると、残る問題は、紫式部と『源氏物語』や『紫式部日記』『紫式部集』をめぐる公と私、晴と褻といった二重性をどう見るかである。あるいは、中宮教育といった目的と、彼女の内発的な執筆意図とをどう摺り合せていくか注(27)である。

ただサロンといっても、女房集団の内実は一様でない。先に私は、『紫式部日記』における御産に臨む彰子中宮の御前に、「内の女房」と呼ばれる内裏の女房と、道長もしくは中宮付きの女房がいる。さらにこれには、上臈の女房と受領階層の子女の女房というふうに、集団の区分と身分の階層があることを踏まえ、さらに受領階層の子女である紫式部が上臈女房たちに憧憬し、行動と心情をともにしようとした、また彼女たちに慰められたことが記されている、と述べたことがある。注(28)

『紫式部日記』には、紫式部自身が一という文字も読めないと振舞ったとある。ところが、できるだけ目立たないように振舞ったつもりでも、上臈めく、思い上がっているという、いわれなき誹謗中傷を浴びることの苦痛が記されている。紫式部は、抜群の記憶力をもち、物語の壮大な構想力と繊細な表現力に優れた「天才」gifted である(であったとすると、それ)がゆえに、他者との関係では「本当の自己」を隠さざるをえない「孤独」を抱き続けるより他はなかった。そのことが、『紫式部日記』において、晴れがましく輝かしい栄光を担う一方、憂愁が暗い影を落としているように、公・晴の世界と、それゆえますます隔絶してゆく私・褻の世界とを抱え込んでいる理由であろう。

そうであれば、今後の『源氏物語』『紫式部日記』『紫式部集』の研究は、紫式部の里邸における「孤独」な執筆の意味と、中宮御前におけるサロンにおける制作の意味とを、どのように全体として統一的に捉えてゆくことができるかが問われることであろう。

注

(1)「紫式部の作品(上)」『源氏物語の基礎的研究』(東京堂出版、一九六六年、一七三頁)傍点・廣田。

（2）秋山虔『源氏物語の世界』（東京大学出版会、一九六四年、二七六頁）

（3）晴と褻、公と私といった関係については、廣田收「『紫式部集』における歌と署名―女房の役割と歌の表現―」（同志社大学文化学会編『文化学年報』第三八輯、一九九〇年三月）、廣田收「『紫式部集』歌の場と表現―いわゆる宮仕え期の歌の解釈について―」（同志社大学人文学会編『人文学』第一四七号、一九九〇年三月）などで触れたことがある。いずれも、『『紫式部集』歌の場と表現』（笠間書院、二〇一二年）に所収。

（4）清水好子『紫式部』（岩波書店、一九七三年、一～二頁）

（5）桜井宏徳氏は「ある貴顕を中心に形成される文化活動の場を指す用語」として「サロン」「小世界」「文化圏」「文化世界」という概念などを挙げ、便宜的に「文化圏」を用いるとしている（「藤原彰子とその時代―后と女房―」土方洋一他編『制作空間の〈紫式部〉』竹林舎、二〇一七年、五七頁、注（7））。本稿では、与えられた課題に即して「サロン」を用いることにした。

（6）秋山虔「一条朝の文芸サロン」（『国文学』年六月）

（7）目加田さくを・百田みち子『東西女流文芸サロン　中宮定子とランブィエ侯爵夫人』（笠間書院、一九七八年、三頁）

（8）酒井みさを「彰子中宮サロン―その群像と文芸―」（『実践女子大学紀要』第二二集、一九八〇年三月）

（9）諸井彩子「上東門院彰子サロン―文化を涌出する場の女房たち―」（お茶の水女子大学『人間文化創成科学論叢』第一六号、二〇一三年）

（10）注（3）に同じ。

（11）注（9）に同じ。

（12）久下裕利「紫式部から伊勢大輔へ―彰子サロンの文化的継承―」（昭和女子大学『学苑』第九二七号、二〇一八年一月）

(13) 注(12)と同論文。
(14) 廣田收「『紫式部集』における女房の役割と歌の表現」(『『紫式部集』歌の場と表現』笠間書院、二〇一二年)。初出、注(3)参照。
(15) 底本は『紫式部集』陽明文庫本による。上原作和・廣田收編『紫式部と和歌の世界』(新訂版、武蔵野書院、二〇一二年)。
(16) 実践本には「さくらのはなの祭の日」とある。実践本の本文によると、議論を異にすることになるが、本稿ではこれ以上は触れない。
(17) 岡一男『源氏物語の基礎的研究』(東京堂出版、一九六六年、一二五頁)
(18) 伊藤博校注『新日本古典文学大系　紫式部日記付紫式部集』(岩波書店、一九八九年、三五四頁)
(19) 中周子『和歌文学大系』第二〇巻、二〇〇〇年、二二七〜八頁。
(20) 峯村文人校注・訳『新編日本古典文学全集　新古今和歌集』(小学館、一九九五年、四三〇頁)
(21) 久保田淳氏は、窪田空穂『完本新古今和歌評釈』(下巻、東京堂出版、一九六五年、三九頁)を引用している(久保田淳『日本古典評釈　新古今和歌集』(角川書店、二〇一二年、一八九頁)
(22) 廣田收『『紫式部集』歌の場と表現』(笠間書院、二〇一二年、一一一〜二一頁)
(23) 池田亀鑑・秋山虔校注『紫式部日記』(岩波文庫、一九六四年、四三〜四頁)
(24) 萩谷朴『紫式部日記全注釈』上巻(角川書店、一九七一年、四九六頁)
(25) 諸井彩子「『赤染衛門集』の物語制作歌群―サロン活動としての物語制作―」(『国語と国文学』二〇一五年三月)。諸井氏の論旨は、桜井宏徳氏が『源氏物語』の制作を「公的事業」と捉え「摂関家と天皇家の「家の物語」」と論じている(注(5)に同じ)こととも響き合ってくるだろう。
(26) 福家俊幸・桜井宏徳・中西智子編『藤原彰子の文化圏と文学世界』(武蔵野書院、二〇一八年)

(27) 先に私は、『源氏物語』が女房紫式部に対する主家藤原道長の要請によって、もともと中宮彰子のために執筆されたものであろうと推定し、やがて若菜巻以降に紫式部自身の深層の思惟が滲んでくる、さらに宇治十帖では、宿世観に代表される仏教の根本原理としての因果思想に対する疑問が示されるというふうに、物語が変容していることを指摘した(「『源氏物語』は誰のために書かれたか—中宮学に向けて—」同志社大学人文学会編『人文学』第一九六号、二〇一五年一一月。後に『古代物語としての源氏物語』(武蔵野書院、二〇一八年)所収)。そのような仮説が妥当かどうかは措くとして、古代物語に対する小説的な読みに、どのような歯止めがかけられるかは検討の余地があろう。

(28) 廣田收「紫式部とその周辺—『紫式部日記』『紫式部集』の女房たち—」(久下裕利編『王朝の歌人たちを考える—交遊の空間』武蔵野書院、二〇一三年)

『紫式部日記』『紫式部集』の中の女房たち

福家俊幸

一　はじめに

紫式部が世に残したと考えられている、まとまった作品が三つある。『源氏物語』『紫式部日記』『紫式部集』である。平安時代の「書く」女性が生涯に一体どれくらいの数のまとまった作品を残したかという問いへの答えは、物語の多くは作者不詳であり、家集などは最終的にまとめたのが詠者か他者かによっても変わってこよう。歴史の風雪の中で散逸し現存していないものも多いだろうから、その実態は明確にはしがたい。ただ三つの作品、しかもジャンルを異として、その大部分が紫式部の意図を反映した形で残っていると見られることは、紫式部の文学を考える上で、多角的な視点を提供していることは確かであり、紫式部の例外的な立場を示している。もちろん、それぞれに内在している論理は異なっているので、安易に実体としての紫式部を持ち込んで読むことに慎重さは求められるだろうが、〈紫式部〉という共通する表現主体を当てはめることで響き合う表現があるとすれば、そこに尊重しなければならない内実があるのではないか。

『紫式部日記』と『紫式部集』に登場する女房達を読み解くことで、二つの作品に共有される女房像から新たに見えてくる問題を明らかにしたい。なお『紫式部日記』の本文は新編日本古典文学全集、『紫式部集』の本文は、古本系は新日本古典文学大系、定家本系は岩波文庫に拠ったが、私に漢字等の表記を改めた部分がある。歌番号は新編国歌大観に拠った。

二 『日記』『集』の宰相の君

『紫式部日記』は中宮彰子の御産を中心にした詳細な宮廷記録である。寛弘五年（一〇〇八）から約二年間、しかも途中に消息的部分という記録上の空白期間もあり、短期間の記述ではあるものの、その記述は詳細を極めている。成立は寛弘七年（一〇一〇）の夏頃までかと推定されている。注(1)『日記』には多くの紫式部の周辺にいた女房達が記されている。中宮彰子付の女房が中心ではあるが、内裏女房や道長付女房、さらには他のサロンの女房にまで言及している。その女房の数は同じく女房日記的と評されることもある『枕草子』と比較しても際立っている（『枕草子』がほとんど同僚の女房の名を記さないこともっと考えられて良い問題のように思われる）。その数だけではなく、女房一人一人の容姿や人となりにまで言及しているところに、この作品の重要な特質を見ることができるだろう。

一方『紫式部集』は紫式部の少女時代からは晩年にいたる詠歌を集めている。自撰説が有力であり、成立はやはり紫式部晩年とするのが自然だろう。『紫式部集』は『日記』に比べて、より長い期間を対象として撰歌をしているわけだが、『紫式部集』は歌そのものに焦点が当てられているせいか、詞書に登場する人物を実名で示すことは案外少ない。例えば夫宣孝と交わしたと考えられている歌も、詞書には「人」としか記されていない。そのような中で、中宮付の同僚女房達の多くが候名でもって記されている。このことは『紫式部集』という作品を考える上でも大きな意味を持ちそうだが、とにかく同僚女房の候名で多く掲出されていることから、『日記』と共通する、同僚女房への特別な関心が指摘できるだろう。

さて『紫式部日記』には、特定の女房達との親しい交流が記し留められている。例えば、この『日記』の冒頭で、中宮彰子、藤原道長が点描され、主家の人々が紹介されていくが、続く頼通を描く場面では、宰相の君と二人で話しをしていると、そこに頼通がやってくるという恰好である。

しめやかなる夕暮に、宰相の君と二人、物語してゐたるに、殿の三位の君、簾のつま引きあけて、ゐたまふ。

紫式部と宰相の君に向かって頼通は「人はなほ、心ばへこそ難きものなめれ」と語り、その頼通を「物語にほめたるをとこの心地しはべりしか」と賞賛している。

また八月二十六日の記事には、中宮の元に上がる前に、同じ宰相の君の局を覗いたところ、昼寝しているところであったと記す。

上よりおるる途に、弁の宰相の君の戸口をさしのぞきたれば、昼寝したまへるほどなりけり。

今度は宰相の君を「絵にかきたるものの姫君」に喩え、直接「物語の女の心地もしたまへるかな」と語りかけたと記している。あたかも男女の交情の場面を想起させるような文脈であり、そこに二人の親密な関係が浮上しているであろう。

……すこし起きあがりたまへる顔の、うち赤みたまへるなど、こまかにをかしうこそはべりしか。

ここでの宰相の君は交情の後の女君のような、ある種の官能性をもって描かれている。注(2) そしてこの場面は、

おほかたもよき人の、をりからに、またこよなくまさるわざなりけり。

と宰相の君の美しさを賞賛することばで閉じられているのである。

宰相の君は大納言藤原道綱の娘で、『蜻蛉日記』の作者道綱母の孫に当たる女房である。道長の姪であり、その出自もあって中宮付女房の中でも中心的な存在の一人である。『日記』からうかがえる紫式部の親しい女房は、上臈女房ばかりであるが、その中でも最上位にある女房と言って良いであろう。

五十日の祝宴で諸卿が酔い乱れている際にも、紫式部は宰相の君と行動を共にしている。

おそろしかるべき夜の御酔ひなめりと見て、ことはつるままに、宰相の君にいひあはせて、隠れなむとするに、東面に、殿の君達、宰相の中将など入りて、さわがしければ、二人御帳のうしろに居かくれたるを、とりはらはせたまひて、二人ながらとらへ据ゑさせたまへり。「和歌ひとつづつ仕うまつれ。さらば許さむ」とのたまはす。

諸卿の酩酊ぶりに恐れをなして隠れようとしていたが、道長に発見されるところになり、几帳を取り払われてしまい、二人とも道長の前に捉え据えられる。宴席の諸卿の眼にも晒されることになる苦痛の時でもあるが、一方で道長から歌を求められるという栄誉の時でもあろう。

いとはしくおそろしければ聞こゆ。

いかにいかがかぞへやるべき八千歳のあまり久しき君が御代をば

「あはれ、仕うまつれるかな」と、ふたたびばかり誦せさせたまひて、いと疾うのたまはせたる、

あしたづのよはひしあらば君が代の千歳の数もかぞへとりてむ

さばかり酔ひたまへる御心地にも、おぼしけることのさまなれば、いとあはれに、ことはりなり。

『日記』に拠ると、宰相の君にも詠歌が求められたにもかかわらず、詠んでいるのは紫式部一人である。実際には宰相の君は歌を詠んだ可能性もあるが、あえてそのことを省筆する必要もないように思われる。道長の意図は紫式部に歌を詠ませることにあり、この祝宴の夜を物語作者として令名ある女房と自ら祝歌を交わすことに意義を見出していたのであろう。

一方で頼通とのやり取りの時も、道長との贈答歌の折にも、宰相の君が同席していたことは興味深い。このことが事実レベルの反映であることは否めないが、宰相の君が道長・頼通親子の男系の親族であることが叙述に影響していると考えられるのではないか注(3)（なお宰相の君の母は倫子の妹であり、女系の繋がりも持っていた）。このことは大納言の君、小少将の君という倫子の姪達の描写とも遠く関わっているように思われる。

宰相の君については、中宮彰子付女房集団の統括者としての一面がうかがわれる記述もある。寛弘七年（一〇一〇）正月十五日、敦良親王の御五十日の記述である。

その日の人の装束、いづれとなく尽したるを、袖ぐちのあはひわろう重ねたる人しも、御前のものとり入るとて、そこらの上達部、殿上人に、さしいでてまぼられつることとぞ、後に宰相の君など、口をしがりたまふめりし。さるは、あしくもはべらざりき。ただあはひのさめたるなり。

その日、御前のものを取り下げるときに、女房の袖口の配色が上達部、殿上人の注目を浴びたという。

そのことを「後に宰相の君など、口をしがりたまふめりし」とあるように、宰相の君は後になって悔しがったというのである。文脈から言って、男性貴族達は批判的な眼で女房達の袖口を注視したのであろう。紫式部はいかにも現場にいる女房の立場から反論を加えている。

小大輔は、紅一かさね、上に紅梅の濃き薄き五つを重ねたり。唐衣、桜。源式部は、濃きに、また紅梅の綾ぞ着てはべるめりし。織物ならぬをわろしとにや。それあながちのこと。顕証なるにしもこそ、とりあやまちのほの見えたらむそばめをも選らせたまふべけれ、衣の劣りまさりはいふべきことならず。

配色に工夫が足りなかったことは認めつつも、唐衣が織物ではなかったことに対する批判に対して、禁色の規制がある中、そのような批判は当たっていないことを強く述べている。女房集団の中で禁色を遵守することは、集団の統括者の統率力を示すことであり、上臈女房が多かった中宮彰子配下の女房集団にこそ強く遵守が求められていたと思しい。注(4) 禁色は実際に勤務する女房達にとって切実な問題であることは想像がつく。このような批判を残念がっていた宰相の君の姿から、宰相の君が中宮彰子付女房達の中で、現場から一段上の統括者的な立場の一人であったことが見えてくるだろう。

『紫式部集』にも宰相の君は次のように登場している。

五節の程まゐらぬを、「口惜し」など、弁宰相の君ののたまへるに

めづらしと君し思はばきて見えむ摺れる衣の程過ぎぬとも（古一〇一、定一〇六）

返

さらば君山藍のころも過ぎぬとも恋しき程にきても見えなむ（古一〇二、定一〇七）

五節の頃に、折しも里に下っていたのだろうか、紫式部に向けて宰相の君から歌が贈られたという。「五節の程まゐらぬを、口惜し」には、宰相の君の紫式部に対する並々ならぬ好意が読み取れよう。それに加えて「口惜し」には、紫式部と共にこの重大行事に奉仕し、中宮彰子にご満足いただきたいという、集団の長としての思いも表れているのではないだろうか。交わされた歌はいかにも親しい者同士のもので、紫式部の謙遜の中にも、青摺りの小忌の衣を「きて見えむ」という冗談めかした贈歌に対して、宰相の君の「恋しき程にきても見えなむ」、恋しい内に戻って来なさい、とこれまた冗談めかした返歌をしている。

年時は不詳だが、『紫式部日記』に通じるような二人の格別に親しい関係が読み取れるだろう。そして、宰相の君が中宮彰子の女房集団で統括者の一人と言って良い立場にあったことも、この関係を紫式部に誇らしく思わせる要素だったに相違ない。

三 『日記』の大納言の君、小少将の君

ところで『紫式部日記』『紫式部集』中で、上臈女房と親密な関係を築いている姿が描かれるのは宰相の君だけではない。小少将の君と大納言の君との交流も大変印象深いものである。中でも、この二人の女房がどちらも長大な憂いの記述の後に登場し、紫式部と歌の贈答をしていることは注目される。注(5)

行幸直前の磨きたてられた土御門殿を前に憂いに沈んでいく思念は内省的で、私的なものとして位置づけられるが、その叙述は、庭に遊ぶ水鳥に焦点化される。

水鳥を水の上とやよそに見むわれも浮きたる世をすぐしつつ

かれも、さこそ、心をやりて遊ぶと見ゆれど、身はいと苦しかんなりと、思ひよそへらる。

宮中で何不自由なく見える身の上であるが、内実は苦しい水鳥のようであると、その思念を対象化させて、この憂愁の記述は終わる。ここで独詠歌と続く地の文とがほぼ等価の重みをもって、重層的に憂愁をかたどっている。それと紙背を接して、実家に下っていた小少将の君との贈答が置かれる。

小少将の君の、文おこせたる返りごと書くに、時雨のさとかきくらせば、使ひもいそぐ。「また、空のけしきも、うちさわぎてなむ」とて、腰折れたることや書きまぜたりけむ。暗うなりたるに、たち帰り、いたうかすめたる濃染紙に、

雲間なくながむる空もかきくらしいかにしのぶる時雨なるらむ

書きつらむこともおぼえず、

ことわりの時雨の空は雲間あれどながむる袖ぞかわくまもなき

時雨模様の空の下で交わされた贈答歌には、その前後に天候から来る不安な情感と「使ひ」の仲介が書きとどめられているように、二人が隔てられている状況が強調されている。隔てられているがゆえに恋しくてならず、小少将の君の文を託された使いは暗い中、再度やってくる。憂いの中にある紫式部であるが、同じ境遇にある女房との心の交流によって宮仕えが続けられている様相が見えてくるであろう。ここでの贈答歌は同義を反復しているかのような様相を示し、お互いの一体感を強調している。紫式部の憂いが個人的なものに収束していないことを実感させる行文であろう。

里居の記述も憂愁の情が前面にあらわれた箇所だが、物語の距離感やかつて物語を媒介に語りあった友人達の離反が語られ、実家までもが「あらぬ世」になってしまったという荒涼たる思いを慨嘆することで

頂点に達する。

住み定まらずなりにたりとも思ひやりつつ、おとなひくる人もかたうなどしつつ、すべて、はかなきことにふれても、あらぬ世に来たる心地ぞ、ここにてしもうちまさり、ものあはれなりける。

自己に沈殿していくような記述も、ある種の劇性を湛え、内面のドラマを展開しているところは物語を作る人の性とでも言うべきか。それにしても、このような内省的な記述にも細やかな神経がはりめぐらされているところに強い読者意識が感じられるだろう。

ただ、えさらずうち語らひ、すこしも心とめて思ふ、こまやかにものをいひかよふ、さしあたりておのづからむつび語らふ人ばかりを、すこしもなつかしく思ふぞものはかなきや。

大納言の君の、夜々は、御前にいと近う臥したまひつつ、物語したまひしけはひの恋しきも、なほ世にしたがひぬる心か。

浮き寝せし水の上のみ恋しくて鴨の上毛にさへぞおとらぬ

かへし、

うちはらふ友なきころのねざめにはつがひし鴛鴦ぞ夜半に恋しき

書きざまなどさへいとをかしきを、まほにもおはする人かなと見る。

そこから記述は方向を外側に向け、現在交流している宮中の人々を「すこしなつかしく」思い、中宮の御前に上がっていた大納言の君を懐かしく想起し、歌を詠みかける。「ものはかなきや」「なほ世にしたがひぬる心か」と、さらに重ねられる慨嘆は、むしろ相手を求める心の強さを表現して甘美な陶酔のようにも響き、大納言の君との、「恋し」という句を重ねた、求め求め合う内容の贈答歌と響き合う。この贈答歌は、小少将の君との先の贈答歌と同様に、同義を反復するような様相を呈し、一体感をいやがおうでも高めていよう。「書きざま」以下、その筆跡の見事さ、すきのない人となりを称賛する行文は、昼寝をしていた宰相の君の後に置かれた同様の記述を想起させる。

二つの憂愁の記述に続いて、小少将の君、大納言の君の贈答歌が置かれているのは、構造的な配置であろう。憂愁の思いに共感し、宮仕えへ回帰させてくれる存在として、二人の女房が存在しているのである。この二人の女房はともに、道長の北の方倫子の姪であり、彼女たちも紛れもなく上臈に位置する女房であった。このあと、彰子中宮の紫式部の退出を残念がることばが伝聞の形で記され、さらには倫子からの冗談まじりの帰邸を促す消息をしおに紫式部は土御門殿へ戻ることになる。

「雪を御覧じて、をりしもまかでたることをなむ、いみじくにくませたまふ」と、人々ものたまへり。殿の上の御消息には「まろがとどめしたびなれば、ことさらにいそぎまかでて、疾くまゐらむとありしもそらごとにて、ほどふるなめり」と、のたまはせたれば、たはぶれにても、さ聞こえさせ、たまはせしことなれば、かたじけなくてまゐりぬ。

彰子のことば、さらに倫子の消息が続き、この主人である娘と母の帰参の促しによって、紫式部は土御門殿に戻ることになる。大納言の君は倫子の姪であり、彰子の従姉妹になる。

宰相の君と道長・頼通という関係性を先に触れたが、そこから推せば、大納言の君と倫子・彰子という女系(源氏)からの関係性も見出せるかも知れない。宮仕え先で厚遇されている紫式部の姿がおのずと浮かび上がる構図である。

さて、先に見た紫式部と、小少将の君・大納言の君との深い共感の贈答歌は、陽明文庫・古本系の『紫式部集』「日記歌」にも存在している。「日記歌」は『日記』首欠説とも関わり、扱いに慎重を期す必要があるが、一方で現存『日記』に先立つ寛弘五年（一〇〇八）五月の法華八講の五巻の日に交わされた贈答歌には『日記』の世界にも繋がるものが確かに内在している。

三十講の五巻、五月五日なり。今日しも当たりつらむ提婆品を思ふに、阿私仙よりも、この殿の御ためにや、木の実も拾ひおかせけむと、思ひやられて

妙なりや今日は五月の五日とて五つの巻にあへる御法も（古一一五、定六五）

池の水の、ただこの下に、篝火に御灯明の光り合ひて、昼よりもさやかなるを見、思ふこと少なくは、をかしうもありぬべき折かなと、かたはしうち思ひめぐらすにも、まづぞ涙ぐまれける

篝火の影も騒がぬ池水に幾千代澄まむ法の光ぞ（古一一六、定六六）

公ごとに言ひまぎらはすを、大納言の君

澄める池の底まで照らす篝火にまばゆきまでも憂きわが身かな（古一一七、定六七）

五月五日、もろともに眺めあかして、明うなれば入りぬ。いと長き根を包みて、さし出でたまへり。小少将の君

なべて世の憂きになかるるあやめ草今日までかゝる根はいかゞ見る（古一一八、定七〇）

返し

なにごととあやめは分かで今日も猶袂にあまるねこそ絶えせね（古一一九、定七一）

冒頭歌の詞書にある「阿私仙よりも、この殿の御ためにや、木の実も拾ひおかせけむ」という文言は、釈尊が法華経の奥義を修得すべく阿私仙のために木の実や薪を拾った故事を踏まえ、それはむしろこの殿

（土御門殿）のためであったと思われるほどだ、と言っている。土御門殿は道長の邸宅であり、これは道長を賞賛した文言であると押さえることが妥当である。法華経の信仰者であり保護者としての道長の姿を見ることができるだろう。強い主家賛美を志向する文言である。その一方で、次の歌の詞書は「思ふこと少なくは、をかしうもありぬべき折かな」とあり、これは『日記』の行幸直前の憂愁叙述の、

なぞや、まして、思ふことの少しもなのめなる身ならましかば、すきずきしくももてなしわかやぎて、常なき世をもすぐしてまし、

という叙述に通じるものが認められるであろう。さらにそうした内面の憂愁の思いを「公ごとに言ひまぎらはす」形で、主家賛美の方向で歌を詠んだのに対して、その内面の動きを察知した大納言の君が「まばゆきまでも憂きわが身かな」と「憂い」を詠んでみせている。ここに先に『日記』中に確認したのと同じような、紫式部と大納言の君との共感性が立ち表れているだろう。大納言の君は紫式部の内面の憂いを知っていて、また自分も憂いを共有しているがゆえに、「公ごとに言ひまぎらはす」（その行為自体は女房のすぐれたたしなみである）紫式部の真意を諒解できた形である。

続く小少将の君との贈答歌にも同じことが言える。菖蒲の節句が過ぎた後でも残っている菖蒲草の長い根に言寄せて、泣く音の絶えないわが身の悲しみを小少将の君は紫式部に訴え、共感を求める。それに対して、紫式部も同じように袂に余る根、泣く音が絶えぬ思いを詠むことで答えている。ここでも合わせ鏡のような歌が交わされていて、新日本古典文学大系が「身の憂さ意識をかかえる者同士の息の合った贈答」と評しているとおりであろう。注(6)

なお、定家本系の『紫式部集』には同じ夜にこの贈答歌に先立って交わされたと思われる二首の歌を掲

出している。

やう〳〵明け行くほどに、渡殿に来て、局の下より出づる水を、高欄をおさへて、しばし見ゐたれば、空の気色春秋の霞にも霧にも劣らぬころほひなり。小少将のすみの格子をうちたたきたれば、放ちておし下したまへり。もろともに下り居て、ながめゐたり。

影見ても憂きわが涙落ち添ひてかごとがましき滝のおとかな（定六八、古六一）

返し

独り居て涙ぐみける水の面にうき添はるらん影やいづれぞ（定六九、古なし）

紫式部が小少将の君の局の格子を叩き、二人で簀の子に降り立つ。あたかも恋人どおしであるかのように親密な小少将の君との親交がうかがえる。憂き涙の共有と「うき添はるらん影やいづれぞ」とあるように、お互いの区別がわからなくなるほどの一体感が歌い上げられている。

『日記』において二つの憂愁叙述を受け止めるように存していた小少将の君との贈答歌と、大納言の君との贈答歌に見られた深い共感性を法華八講における、それぞれの贈答歌にも見ることができる。「日記歌」が果たして『紫式部日記』の失われた冒頭部に詠まれていたものかどうかの議論はここでは立ち到らないし、論者は現存の『日記』の冒頭は作品の開始にふさわしいものと考えてはいるが、共通する志向が見られることは確かであろう。

紫式部が親しい関係を築いていた大納言の君と小少将の君であるが、『紫式部集』には他に大納言の君との歌はなく、代わりに印象的な小少将の君に関わる歌があるように、より親しいのは小少将の君であったろう。実際に『紫式部日記』には他にも小少将の君との親しい関係をうかがわせる記述がある。

先に検討した、行幸を前にした小少将の君との贈答歌に続いて、行幸当日の朝、帰参した小少将の君と一緒に髪をけずりあう記述がある。また中宮内裏還啓の際に紫式部がむまの中将という女房と同車するに際して軋轢が生じたのだが、紫式部はその宮仕え生活の憂さを小少将の君と語らいつつ、さらに家路を急ぐ男性貴族の姿を目の当たりにしたことから筆を進め、

……わが身によせてははべらず、おほかたの世の有様、小少将の君の、いとあてにをかしげにて、世を憂しと思ひしみてゐたまへるを、見はべるなり。父君よりことはじまりて、人のほどよりは、幸ひのこよなくおくれたまへるなめりかし。

と記している。宰相の君や大納言の君と同じく、小少将の君を「あてにをかしげにて」と賞賛しているのだが、しかし「世を憂し」と思いしみていると記すように、よりそれ以上に小少将の君が不幸な境遇にあることが強調されている。父親を要因とする不幸せな状況の言及は内面にも立ち至ったものであり、小少将の君への強い同情が示されている。そもそもこの記述は家にたいした女性が待っているわけではないという宮仕え女房の立場に立脚した、辛辣な物言いであって、紫式部は自己の思いを小少将の君の代弁のように記している部分があるだろう。小少将の君は紫式部にとって庇護者のような思いを持つ存在であるとともに、気を許せる存在でもあったように記しているのである。

消息的部分にも小少将の君への言及がある。

小少将の君は、そこはかとなくあてになまめかしう、二月ばかりのしだり柳のさましたり。様態いとうつくしげに、もてなし心にくく、心ばへなども、わが心とは思ひとるかたもなきやうにものづつみをし、いと世を恥ぢらひ、あまり見ぐるしきまで児めいたまへり。腹ぎたなき人、悪しざまにもてな

しいひつくる人あらば、やがてそれに思ひ入りて、身をも失ひつべく、あえかにわりなきところつい
たまへるぞ、あまりうしろめたげなる。

小少将の君は極めて遠慮深く、恥ずかしがりやで傷つきやすい人物と評されている。ここでも紫式部が庇護者的な思いを抱いていたことが見えてこよう。あわせて、すでに広く指摘されているように、ここでの小少将の君は女三の宮が「二月の中の十日ばかりの青柳の、わづかにしだりはじめたらむ心地」（若菜下巻）と描写されていたことを想起させる。どちらの記述が先行していたかは不明だが、このような記述は『源氏物語』の登場人物と享受圏にいた実在の女房を繋ぐことになり、当時どのように『源氏物語』が作られ読まれていたかを考える上でも重要な意味を持つだろう。注(7)

紫式部と小少将の君との仲の良さは道長も知るところでもあり、寛弘七年（一〇一〇）正月十五日の記事には二人局を共にしていると道長がからかったという記述がある。

殿ぞ笑はせたまふ。「かたみに知らぬ人も、かたらはば」など、聞きにくく。されど、誰も、さるうとしきことなければ、心やすくてなむ。

「かたみに知らぬ人も、かたらはば」という色めかしい揶揄は、道長が紫式部の局を訪れ、その戸を叩いた贈答歌を踏まえれば、より「聞きにくい」ことではあったろう。道長は紫式部に「好き者」と詠みかけてもいて、当時の宮仕え女房にはこのような男性関係に軽率なイメージがあったことは、男性と直接顔を合わせることをもって女房が批判されていたことからも容易に推察できる。『源氏物語』に登場する多くの女房達も色めかしい存在だった。紫式部は二人に限って、そのような心配はないと記して、道長のからかいに抗している。小少将の君の人となりは、当時の女房のイメージとはまったく異なるものであり、

高貴な姫君のような姿は紫式部としては是非とも記しておきたいものであった。小少将の君の将来を心より彼女が心配していたことは確かだろうが、その姫君のような女房がいることは多くの上臈女房を抱える中宮彰子の女房集団の特筆すべきところだったろうし、このような女房と親友であったことも、紫式部の誇りとするところだったはずである。

四 『集』の小少将の君

『紫式部集』に登場する小少将の君も印象深いものである。

内裏に、水鶏の鳴くを、七八日の夕月夜に、小少将の君

天の戸の月の通ひ路鎖さねどもいかなる方にたゝく水鶏ぞ（古六七、定七二）

返し

真木の戸も鎖さでやすらふ月影になにをあかずとたゝく水鶏ぞ（古六八、定七三）

この贈答歌にも色濃く恋の情趣が揺曳している。紫式部の答歌には『古今和歌集』恋四の「きみや来む我や行かむのいざよひに真木の板戸もささず寝にけり」が踏まえられていよう。南波浩氏はこの贈答歌が宮中で大評判になり、先に触れた道長が紫式部の戸を叩き、歌を詠む要因となった旨を説く。注(8)定家本系の『紫式部集』の配列では確かにこれに続いて、

夜ふけて戸をたたきし人、つとめて

夜もすがら水鶏よりけになくなくぞ真木の戸口にたたきわびつる（定七四、古一二九）

かへし

ただならじとばかりたたく水鶏ゆゑあけてはいかにくやしからまし（定七五、古一三〇）

と置かれている。『日記』の記述から、この「戸をたたきし人」は道長と考えるのが定説となっている。

南波氏の見解は大変興味深いもので、当時の男性貴族と宮仕え女房との贈答歌、あるいは女房同士の贈答歌で優れたものは、宮中やサロンの中で流通し、主人の耳にも届いたことだろう。女房の詠む歌は私的なものであっても、半ば公的な性格を宿し、サロンの人々の口端に上り、消費されたのである。道長がそれを受けて、紫式部の局の戸をたたいたことはいかにもありそうなことであるし、『日記』の寛弘七年（一〇一〇）正月十五日の記述で、道長が「かたみに知らぬ人の語らはば」と言ったことにもさらに含みが持たされてこよう。

『紫式部集』が同僚女房の候名とともに、出仕時代の贈答歌を掲載するのも、このような贈答歌がサロン内で流通していたことを反映しているのではあるまいか。女房同士のやりとりであっても、それはサロン内の文華を示すのであり、公的な意味も担っていると推察できる。その意味で『日記』の世界と地続きで繫がっていることも諒解されるのである。

さて小少将の君といえば『紫式部集』の次の贈答歌を逸することはできない。

小少将の君の書きたまへりしうちとけ文の、物の中なるを見つけて、加賀の少納言のもとに

暮れぬ間の身をば思はで人の世の哀を知るぞかつは悲しき（古六四、定一二四）

誰が世にながらへて身む書きとめし跡は消えせぬ形見なれども（古六五、定一二五）

かへし

亡き人をしのぶることもいつまでぞ今日の哀は明日の我身を（古六六、定一二六）

この加賀の少納言との贈答歌は定家本系の『紫式部集』では巻末に置かれている。古本系は巻末ではないが、この三首が連続して置かれていることには変わりがない。また古本系の諸本は「小少将」ではなく「新少将」とあるが、定家本系を参照して校訂するのが一般的である。

小少将の君は『日記』に記された薄幸なイメージさながらに紫式部より先に亡くなっていた。その打ち解け文を見つけた紫式部は加賀の少納言なる女房に歌を贈る。残された筆跡を前に、人の生の有限性を二首連続で詠み、亡くなってなお小少将の君の存在の大きさを感じさせる。一方で加賀の少納言の返歌も巧みなもので、紫式部の詠歌をそのまま受け止め「今日の哀は明日の我身を」と詠嘆の内にまとめている。加賀の少納言とは他に詠歌もなく何者かは不明だが、『新古今和歌集』詞書には小少将の君の縁者とある。加賀守藤原為盛女と見る説もある一方で、紫式部の分身のような詠みぶりから、紫式部が創作した虚構の存在と見る説もある。注(9)

この贈答歌をもって『紫式部集』の自筆稿本が終わっていたかどうかは不明とする他はない。少なくとも定家本系の配列はこの贈答歌でもって歌集を閉じることに意味を見出していたと言えそうである。「愛別離苦」「会者定離」の歌をもって始発し、「生者必滅」「生死常道」を詠じて閉じられるのであった。注(10)

もちろん古本系の配列のほうが古体を反映しているという考えも有力であり、この問題を軽々に判断することは許されない。注(11) ただ巻末にこれらの贈答歌が置かれたのが後世の所為だとしても、紫式部が長く小少将の君の思い出を持ち続けていたことはこの歌群から確かだろうし、その生前の筆跡を目の当たりにした思いを加賀の少納言という候名を持った女房に託していることは興味深い。紫式部といえば、宮仕えに忌避感を持ち続けた孤独な人という印象が強いが、実のところ彰子中宮後宮に出仕した以降は、やがて宮仕えにも慣れ、同僚女房達との交流の中で『源氏物語』を書き、女房としての職務を励行していたと推察される。注(12)この詠歌時点で紫式部が宮仕え女房であったかどうかはわからないし、引退していた可能性もあるが、小少将の君のゆかりを持つ人が候名で記されたのは、小少将の君との思い出を共感できるのは他ならぬ宮仕え経験者でしかあり得なかったということを示唆しているように思われる。宮中は華やかな舞台でありつつ、過酷な場所でもあった。そうであるがゆえにかけがえのない友情も育まれた。この小少将の君をめぐる贈答は、紫式部が実際にその時点で女房であったことを超えて、心身ともに女房で在り続けたことを示唆するという点でも、重要な意味を持っていたのではないだろうか。注(13)

五　上臈女房と紫式部

『紫式部日記』『紫式部集』に共通して記された女房は道長や倫子に血縁を持つ上臈女房であった。『日記』と『集』はそれぞれジャンルも主題も違うが、上臈女房との関係には共通性が高い。主家の中心的な女房と慕い、慕われる関係が両作品には描かれている。それらは『日記』が仮名で書かれた主家慶祝の記録として、また彰子付女房の皇子誕生時を中心とする動静の記録として彰子後宮で読まれ、また『集』に収められた宮仕え期の歌は同じサロンの中で享受されたという事実を反映していたと考えるのが自然だろう。したがって、『日記』に記された紫式部の憂愁も大納言の君や小少将の君と共有されるものであり、一人紫式部の内面にとどまるものではなかったのである。また宰相の君が「物語の姫君」に喩えられ、小少将の君が『源氏物語』の女三の宮に重ねられたのも、これら上臈女房達が『源氏物語』を支える読者達であったことをも示唆しているのであろう。

廣田收氏は紫式部の中﨟女房に向けた対立意識を指摘した上で、

……上臈女房たちに憧憬し、行動をともにし、心情を共にすることによって、みずからが上臈女房と交わることを願った心の動きが、なかったとはいえない。

と説いている。注(14) 首肯すべき見解である。

廣田氏も言及している、『紫式部集』の、

かばかりも思ひ屈じぬべき身を、「いといたうも上衆めくかな」と、人の言ひけるを聞きて、

わりなしや人こそ人と言はざらめみづから身をや思捨つべき（古五八、定六二）

という歌の詞書にある「いといたうも上衆めくかな」という周囲からの非難の幾ばくかは上臈女房と親しく交流しているがゆえに、紫式部に向けられていたと考えて自然である。それが可能となったのは、紫式部が主家から特別な待遇を受けていたためであろう。そして実際の出自を越えて、主家から厚遇されている紫式部に向けられた非難の刃は『日記』中に記された、むまの中将との同車をめぐる軋轢にもあらわれている。

つぎにむまの中将と乗りたるを、わろき人と乗りたりと思ひたりしこそ、あなことごとしと、いとどかかる有様、むつかしう思ひはべりしか。

むまの中将は道長の室明子の姪であり、気位も高かったのだろうが、出自が中﨟である紫式部との同車に憤懣やる方なかったのであろう。このような妬みは序列にこだわる女房集団につきものであり、この『日

記』は徹底的に女房という視点から書かれている。
一方で『日記』は特定の上臈女房達と憂いを共有し、その共感は甘美な陶酔の趣さえある。憂いの情を抱きつつも、すぐれた同僚に支えられ宮仕え生活を続けている女房の姿が記されている。『日記』は女房にこだわり、女房を論評し、処世のあり方まで記す、そのような主体である女房によって記された主家の栄華の記録であり、まさに典型的な女房日記として位置づけられる。注(15)
『集』も詞書に拠れば、ほとんどの人が「〜人」と匿名のように描かれているのに対して、中宮彰子付の同僚女房だけが候名でもって記されていた。『集』でも女房は特権的な位置にあり、彰子付女房の家集でもあるということであろう。『日記』のみならず『集』もまた、個人を越えた、女房としての意識をもって作られているのであり、その連関を考えることは、両作品論にとっても紫式部論にとっても有意義な視界を拓くものと思われる。

注

(1) 中野幸一氏は寛弘五年(一〇〇八)の記録部分は中宮の再度の懐妊が公になった寛弘六年(一〇〇九)四月ごろにまとめられ、寛弘六年(一〇〇九)以後の記事は寛弘七年(一〇一〇)の夏ごろにまとめられたと説く(『新編日本古典文学全集・解説』小学館、一九九四年)。
(2) 「昼寝する宰相の君の描写と『こまのの物語』」(『紫式部日記の表現世界と方法』武蔵野書院、二〇〇六年)
(3) 久下裕利氏「大納言道綱女豊子について」(『源氏物語の記憶—時代との交差—』武蔵野書院、二〇一七年)は、宰相の君に焦点が当たったのは、道長にとって生き残った兄である道綱の存在を認め、ミウチとして抱え込む必要があったためだと論じ、その背後に倫子の配慮があったと説く。『日記』の著作目的を考える上でも、興味深い指摘である。同氏「その後の道綱」（『源氏物語の記憶—時代との交差—』前掲）は従来とは異なる視点で記された道綱伝である。

（4）拙稿「服飾描写の方法」（『紫式部日記の表現世界と方法』前掲）、「『紫式部日記』の女房と装束」（『王朝文学と服飾・容飾』竹林舎、二〇一〇年）など。なお末松剛氏「平安宮廷儀礼の政治文化」（『鷹陵史学』二〇一九年九月）は平安期の女房装束の史的展開を詳述する。

（5）すでに拙稿「上臈女房と憂愁の叙述の方法」（『紫式部日記の表現世界と方法』前掲）で小少将の君、大納言の君と憂愁の叙述との関わりや一体感を論じているが、以下新たな視点も加えて論及している。

（6）伊藤博氏校注『新日本古典文学大系』（岩波書店、一九八九年）

（7）中西智子氏「彰子方女房による物語摂取（一）—伊勢大輔の場合—」、「大斎院選子方による物語摂取—「作り手」圏外からの視座—」（『源氏物語　引用とゆらぎ』新典社、二〇一九年）などが同時代の人々に共有された『源氏物語』の表現を論じている。

（8）南波浩氏『紫式部集全評釈』（笠間書院、一九八三年）

（9）三谷邦明氏「源氏物語における虚構の方法」（『源氏物語講座第一巻』有精堂、一九七一年）

（10）南波浩氏『紫式部集全評釈』（前掲）

（11）笹川博司氏『紫式部集全釈』（風間書房、二〇一四年）は注（10）の南波氏の評言について、実践女子大学本としてはそのとおりだが、ここから紫式部の家集編纂意識へ話が飛ぶとしたら危険であると述べている。廣田收氏「『紫式部集』における和歌の配列と編纂—冒頭歌と末尾歌との照応をめぐって—」（『『紫式部集』歌の場と表現』笠間書院、二〇一二年）はそれぞれの本文を所与のものと受け取る他はないとする。横井孝氏「『紫式部集』の末尾—作品の終局とは何か—」（『紫式部集からの挑発—私家集研究の方法を模索して』笠間書院、二〇一四年）は古本系の巻末を「しどけない結末」と呼び、その要因を「伝本としての私家集は全集を目指す」と印象的なことばで述べている。

(12)このような見方が認められつつある。例えば加藤静子氏「「阿仏の文」を合わせ鏡として『紫式部日記』消息的部分を読む―彰子後宮女房と望まれる女房像―」(『王朝歴史物語の方法と享受』竹林舎、二〇一一年)など。

(13)この贈答をめぐる考察に、山本淳子氏「形見の文」(『紫式部集論』和泉書院、二〇〇五年)、廣田收氏「『紫式部集』における和歌の配列と編纂―冒頭歌と末尾歌との照応をめぐって―」(『『紫式部集』歌の場と表現』前掲)などがある。

(14)廣田收氏「紫式部とその周辺―『紫式部日記』『紫式部集』の女房たち―」(『王朝の歌人たちを考える―交遊の空間』武蔵野書院、二〇一三年)

(15)拙稿「紫式部日記の言説」(『新時代への源氏学4制作空間の〈紫式部〉』竹林舎、二〇一七年)

『紫式部日記』寛弘六年の記事欠落問題

久下裕利

一　はじめに

現存『紫式部日記』（以下『日記』と略称）の成立に関わる問題として形態上の不備ないし欠陥の一つに指摘されているのが、寛弘六（一〇〇九）年正月と寛弘七（一〇一〇）年正月との間の実録記事が欠落ないし消失し、その替わりに「このついでに、人のかたちを語りきこえさせば、ものいひさがなくやはべるべき。」（新編全集一八九頁）以下の消息部となっている件で、これを単なる竄入・混入問題として処理することはできないはずである。

何故この間の実録記事が欠落ないし消失してしまっているのかの理由について、寛弘六（一〇〇九）年一月末に発覚した道長・彰子・敦成親王に対する伊周側からの呪詛事件の衝撃と動揺によって紫式部の筆がいったん中断したと判断したのは稲賀敬二であった。注(1)

稲賀氏の見解は、消息部は寛弘六（一〇〇九）年時にそのまま書き継いだものとし、『日記』の執筆成立過程でのひずみと理会しているに過ぎない。しかし、寛弘六（一〇〇九）年々頭の呪詛事件が『日記』にそれ以降の一年間の空白を余儀なくするほどの衝撃と動揺を与えたとするには、些かの疑問を禁じ得ない。呪詛事件は確かに理由の一つではあったのだろうが、紫式部にとって別の理由があったに違いなかろうし、また主家にとってもそれは重大事であったはずなのである。

二　消息部成立の謎

消息部の成立に関しては、有名才女の批評の中で赤染衛門を「丹波守の北の方」と記しているので、夫大江匡衡が丹波守となったのは寛弘七（一〇一〇）年三月三十日（『御堂関白記』）だから、消息部の成立もそれ以後ということになる。これに対し稲賀氏は次のように述べる。

寛弘七年三月以後に消息が書かれたとすると、その時、既に寛弘七年正月の記事も書かれていたと見ねばならず、その場合は、なぜその時に寛弘六年の記事の増補が全く行われなかったかの説明が困難になるからである。

おそらく寛弘六（一〇〇九）年に書くべき記事がなかったからではなく、書かれては困るような事柄や事件が起こって、それは『日記』の主要テーマとする中宮賛美と彰子の第一子となる道長家待望の敦成親王生誕儀礼の慶賀記録にはそぐわない事象であるばかりではなく、主家にとって極めて不都合な事柄であったのだろうから、むしろ寛弘六（一〇〇九）年の実録部が書かれてあったにも拘らず、現在あるような消息部に急きょ差し替えられたと考えれば、紫式部の増補意向に頓着することなく、主家の下命によって削除されるに至ったのではないかと思われてくる。それは寛弘六（一〇〇九）年の記事の削除ばかりではなく、現行『日記』の形態に不安定な要因を与えるまでに及んでいったのではあるまいか。

そういう重大な事象が、道長の『御堂関白記』でも寛弘六（一〇〇九）年一月二十七日以後三月四日以前の記事を限定的に省筆させているに過ぎない呪詛事件（二月二十日の伊周朝参停止及び首謀者源方理の除名・伊予守佐伯公行の妻で定子の乳母であった高階光子追補を含む）であったとは、とても考えられないのである。『日記』の現行消息部への差し替えが急で無謀な処理であったことは、彰子の第二子である敦良親王の寛弘六（一〇〇九）年十一月二十五日誕生の記録をも削除したため、寛弘七（一〇一〇）年正月三が日の敦成・敦良両親王戴餅の儀に際し、唐突に「宮たち」と指示する文脈上の破綻も省みられなかったのである。もし呪詛事件を不吉な事象として遠ざけ、その省筆の広範囲な影響を考えるとすると、この件で伊周が心痛のあまり死没するのが寛弘七（一〇一〇）年一月二十八日だから、前記した両親王の戴餅の儀も割愛してしかるべき対象に迫まられることになりはしまいか。

このような約一年間に及ぶ実録記事の空白という広範囲の削除は限定的な差し替えで終われば、その重大な事象が何であるのかを特定できることになってしまうから、それを回避するためにも広範囲な削除が必要であって、『御堂関白記』『日記』ともに沈黙を守る呪詛事件とは格好の隠れ蓑であったのかもしれないのである。ただ忌まわしい政治事件とは本来無縁の『日記』の執筆姿勢からしても理会し難い空白期間なのである。ではいったいそうした重大事とは何であったのか。『日記』にその残滓が記されている。

中務の宮わたりの御ことを、御心に入れて、そなたの心よせある人とおぼして、かたらはせたまふも、

まことに心のうちは、思いゐたることとおほかり。（一五〇頁）

「中務の宮わたり」のこととは具平親王家のことで、道長は長男頼通と宮家の娘隆姫との縁談をすすめていたが、思うような進展がないまま月日が経っていたようだ。ということで、この記事の配列上からすれば、寛弘五（一〇〇八）年十月中旬頃、道長は居ても立ってもいられず、縁のある式部に相談したのである。その内容を具体的に知る由もないが、「まことに心のうちは、思ひゐたることとおほかり」とは、余程式部を困惑させたらしい。

この縁談の遅滞は『栄花物語』（巻八「初花」）に「男は妻がらなり。いとやむごとなきあたりに参りぬべきなめり」（新編全集①四三五頁）との道長の結婚観での説得がみられるところから、頼通に躊躇があったのやも知れず、もしそうだとすれば、一つの可能性として、『源氏物語』末摘花巻の享受が、その原因となっていたかもしれないのである。注(2)

道長の紫式部への相談内容が宮家の内々の事情に関することであり、しかも隆姫の容貌にまで及ぶことであるとすると、「思ひゐたることおほかり」の実態把握に共することにもなり、旧主家において同僚だった女房たちとも疎遠のきっかけとなってしまったあらぬ誤解を招く末摘花の醜貌造形によって、頼通にかいま見をさせる誘因ともなっていたら、式部にとってその困惑は極まりないだろうし、現行『日記』冒頭近くに「物語にほめたるをとこの心地しはべりしか」（一二六頁）と賞賛して紹介した頼通の婚儀の行方も『日記』の関心事の一つであったに違いないであろう。注(3)

頼通・隆姫の結婚時期に関して参考とすべき資料に道長家に仕えた女房による編纂が考えられる『御堂

関白集』に次のような贈答歌がみえる。注(4)

左衛門督殿の、北の方にはじめてつかはす

降り立ちて今日は引くにもかからねばあやめのねさへなべてなるかな（五九）

御返事

あやめ草引けるを見れば人しれず深きたもともあらはれにけり（六〇）

この「左衛門督殿」が頼通（十八歳）となれば、寛弘六（一〇〇九）年三月四日の権中納言兼左衛門督補任（『公卿補任』）であり、当贈答歌を同官職時の最も早い時期に設定すると、同年五月五日の菖蒲の節句時となるから、頼通が初めて隆姫に求婚歌を贈った時期が判明する。現存『日記』で道長が式部に相談してから六ヶ月以上が過ぎていることも不審であるし、そもそも具平親王は寛弘六（一〇〇九）年七月二十九日に四十六歳で薨去する（『御堂関白記』）。この三ヶ月にも満たない期間で『栄花』が記すように順調に結婚の準備が調えられたのかどうかも訝しい。

そこで加藤静子が注目したのは『中務親王集』の新出断簡で一四番歌の詞書に「正月つこもり、左衛門督殿、女房たち、うたよみたりけるを御らんして」とあり、「御らんして」の主体を具平親王とし、「左衛門督殿」が頼通であれば、結婚後の新年「正月つこもり」をむかえて円満な宮家の風景と解釈できるところから、寛弘六（一〇〇九）年正月のことと判断すれば、当然前掲菖蒲の求婚歌が寛弘六（一〇〇九）年五月五日では整合性がなくなるので、この求婚歌を寛弘五（一〇〇八）年のことと結論したのであった。しかし、現存『日記』で道長が式部に相談した寛弘五（一〇〇八）年十月中旬頃を基準とすれば、やはりいっこうに婚儀の進捗がみられない状況から一転して寛弘六（一〇〇九）年正月中旬頃までには結婚が成立しているこ

とになる。注(5)

こうして頼通と隆姫との縁談が、その進捗状況には疑問があるにしても、慌ただしいながらも成婚に至ったとしたら、父道長の結婚観に則った嫡子の結婚が、政権基盤を盤石にしたい道長家にとって、中宮彰子の男皇子誕生に並ぶ慶事として二重のおめでたであるはずなのに、それを『日記』にも『御堂関白記』(頼通の実弟教通と公任女の婚姻については長和元〈一〇一二〉年四月二十七日条に記載がある)にも書かない、記録にとどめない理由とは何なのか。政治色にまみれた伊周家の凋落が現存『日記』の祝意性とは無縁な事件であるのに対し、頼通・隆姫結婚という慶祝の記事を排除する理由はどうしても見当らないのである。

もし加藤説に従って頼通が初めて求婚歌を贈ったのが寛弘五(一〇〇八)年五月五日の菖蒲の節句だとすれば、その日は土御門殿では法華三十講の第五巻「提婆達多品」を講ずる日に当たり盛大な催事が行なわれていた。しかも現存『日記』とは異なる詠歌が古本系家集の巻末には「日記哥」として収載されていて、その冒頭の五首は『栄花物語』巻八「初花」等との関連からしても現存『日記』に散佚首部を想定させるものなのである。つまり、原『紫式部日記』にはその首部に寛弘五(一〇〇八)年五月五日の実録記事が存在していたことになる。

しかし、その首欠部に頼通の菖蒲の求婚歌が存在したという痕跡は皆無であり、だからもちろん現存『日記』における首部欠落問題と寛弘六(一〇〇九)年実録記事欠落問題とを関連づけて論証することは不可能なのだけれども、首部に関わる「日記哥」に三十講五巻当日の荘厳な光景の中で、同僚女房である大納言の君や小少将の君との憂愁の心情(「憂きわが身」「世の憂き」)を吐露する式部との贈答歌が交わされていることは、現存『日記』における両者朋輩との交流の原点が設置され、何故の式部との結び着きなのかの理由が明確化する。注(6)

首部散佚が主家の栄華繁栄の記録を一途に描述する作意として割愛されたのであれば、その一端に頼通の求婚歌が存在したり、あるいはまた求婚の事実が記されていた可能性もあり、前掲「中務の宮わたりの御こと」が現存『日記』中、唯一具平親王家に関することであり、遊離する記事とはならなかったはずである。

三　主家による日記執筆要請

現存『日記』の有様からして一条天皇中宮彰子腹の第二皇子敦成親王生誕儀礼にともなう主家賛美という公的側面と、そうした中で宮仕え女房が常に抱える憂愁をあえて逆照射するという私的側面を合わせもつことによって、女房日記という新しい形態を式部は創始したのだと理会している。

現存『日記』の成立上、月次の記録性が損なわれ歪んだ形態を露呈する結果となった消息部はどのように関わるのか。それが主家からの執筆依頼に応じた献上本の体裁だと言えるのかどうか。

かつて南波浩は、主家の要請に添い栄華礼讃記録としての公的側面の強い原『日記』から私的な反省・批判を加えた現存『日記』への変貌を指摘した。注(7)そこには作者式部の強い意思の反映が支えとなる。そもそも道長の下命などあり得ないとする河内山清彦は、寛弘五（一〇〇八）年の皇子誕生を中心とする記録部と消息部とは緊密につながり、連続性が保持されているとして次のように述べる。注(8)

そもそも紫式部は、日記の消息的部分のとじめで、「御文にえ書きつづけ侍らぬことを、よきもあしきも、世にあること、身のうへの憂へにても、のこらず聞こえさせおかまほしう侍るぞかし」と、この作品を著した動機や意図を端的に表明しているとおり、「世にあること」とともに「身のうへの憂へ」を日記に書いたのである。この表明と日記の具体的内容はぴったり符合し、自主的・内発的であったのを指し示す。

現存『日記』に対するこうした認識は、消息部の存在意義や位置づけを作者式部の営為として評価する立場にある。近時、献上本と私家本との二段階成立を考える山本淳子は、献上本の大幅な修正や加筆（憂愁叙述を含む）の一環として消息部が書き加えられて私家本が形成され、現行『日記』の原形となったのだという。注(9) 献上本はもちろん主家からの執筆要請を前提として理会されるものの、私家本制作の意図が実録部の公開性と消息部の秘匿性を兼ね備えながら、有効に機能するとなると、その享受者は限定的であろうし、消息部末尾の跋文「御文にえ書きつづけはべらぬことを、よきもあしきも、世にあること、身の上のうれへにても、残らず聞こえさせおかまほしうはべるぞかし。」（二一一頁）の趣旨からして、きわめて親しい間柄の享受者を想定できる。そうなると、私家本は萩谷朴が指摘していたように娘賢子への家記・庭訓として書かれたという説に注(10)山本氏も落着せざるを得なかった。

消息部の存在意義は現存『日記』にとって欠くべからざる位相を占める。しかし、その末尾終了から「十一日の暁」へと年次不明の記事への転換は非連続的であり、寛弘七（一〇一〇）年正月の戴餅の儀の「宮たち」は作者式部が関与する書き換えにしては余りにも杜撰なのだ。だからといって、後人の手による混入も考え難いとするならば、献上本完成時に突如主家から寛弘六（一〇〇九）年の頼通・隆姫結婚に関わる記事と具平親王急逝の記事の削除を命ぜられ、尊崇する旧主家への弔いの意も尽くせず、当惑する式部はやむを得ず、急きょ献上本の草稿（私家本）に書き添えるべく用意しておいた娘賢子への手紙の文面を転用して差し換えた。「十一日の暁」以下の二、三のエピソードは寛弘六（一〇〇九）年の記事で、[注(11)]削除の件に直接関わらないと判断された残滓なのであろう（後述する）。

献上本であるにも拘らず、このような不手際が露呈したまま許容する依頼主とはいったい誰なのか。余程その依頼主も急いでいたのか、それとも式部の身に異変が起きたのだろうか。

＊

通常『日記』の執筆依頼主を主家とし、主家ならば当然道長ということで従来問題とはならなかったようだ。原田敦子は現存『日記』の文体に注目して次のように述べる。[注(12)]

『紫式部日記』のみが日記的部分地の文に「侍り」を用いているのは、この部分が主家の要請によってその栄華の記録として書き出された準公的な日記であり、それがために他の作品に比してより明確に公の読者を意識の中に組みこまねばならなかった、という執筆事情と無関係ではあるまい。日記的部分の「侍り」こそは、紫式部の準公的日記の作者としての意識をあらわにしたものなのである。

本稿で注意を払いたいのは、「主家の要請」であれば、書かれたものは主家に献上することが前提となるが、文体上それを支えるのが「侍り」であり、さらに「公の読者」を想定する日記文学の特性上、作者の執筆姿勢に対読者意識を明確に組み込まねばならなかったという論理で、現存『日記』が献上本であると同時に、公開性も保持されているという論理が矛盾しないということである。

一方、原田氏はまた以下のようにも述べている。注(13)

日記的部分の詳細な行事記録や服飾描写は、筆者に何らかのメモの用意があったことを示唆する。しかし、一方、行事記録の中に伝聞・推量によって記事を構成した部分や、重大な誤謬が含まれているという事実は、式部が当初より道長の要請を受け、主家繁栄の顕彰録の執筆を企図して、行事儀式の場に臨んでいたものではないことをあらわすであろう。日記執筆にあたって式部自身が犯したとされる誤謬は、㋑御湯殿儀の時刻、㋺護身の僧の名、㋩読書儀の書物名、㋥夕の御湯殿儀に奉仕した読書博士の名（以上寛弘五・九・十一条）、㋭勧学院の歩の日付（同・九・十七条）、㋬こまのおもとの酔談の日付（同・九・十九条）、㋣御佩刀伝達の中将名（同・十・十六条―ただし、この件は、藤中将とあったものを後に頭中将と誤ったとも考えられる―）、の以上七件であるが、これらの記事の分布状況と、前述「見ず」「見えず」の断り書き八例中七例までが、敦成親王御五十日の儀の行われた寛弘五年十一月一日とそれ以前の記事に出現することを考え合わせると、式部への執筆要請は、同年十一月一日以降であった可能性が強い。

何故ここまで道長の要請説にこだわらねばならないのか。「見ず」「見えず」は女房としての境界を踏み越えないための視点を設定した偽装であるかもしれず、道長からの下命があれば制限は加えられないはずとの認識ゆえなのであろう。

やや横柄で不遜な言い方をすれば、道長はみずから『御堂関白記』に必要があれば書き入れればよいことであろうし、一介の女房の顕彰に支えられねばならない程度の脆弱な皇子誕生の慶事なのだというのであろうか。まさか現存『日記』に微細に記録される女房装束に関する情報が必要であったなどということはあるまい。それに道長は寛弘五（一〇〇八）年十一月中旬頃、中宮内裏還啓に際し、「御冊子つくり」に精勤する式部をしりめに局に入り、次女尚侍妍子のために物語の浄書本をあさって持ち出している。それは『源氏物語』の続篇（現在の匂宮三帖か）となるはずの物語だと考えられ、この頃道長は東宮（のちの三条天皇）参入に備えて既に妍子のための物語を式部に依頼していて、その完成を待ちわびていたのであろう。その遅れがこうした道長の行為となったとすれば、この時期に『日記』の執筆をあらたに式部に要請するとは考えられないのである。逆にこの時期早急に中宮付きや誕生した敦成親王にふさわしい信頼のおける女房を選ぶ必要に迫まられていたのは道長の正室源倫子であった。

倫子の初叙位は従五位上であったが、『権記』長徳四（九九八）年十月二十九日条には東三条院詮子の進言で左大臣の室としていっきょに従三位に加階された。また彰子が立后し初入内時の賞として従二位（『権記』長保二〈一〇〇〇〉年四月七日条）に叙され、さらに寛弘三（一〇〇六）年三月三日、東三条第で花宴が行なわれ、その行幸賞として道長の家人たちが加階され、倫子は正二位に昇った（『御堂関白記』）。そして寛弘五（一〇〇八）年十月十六日には土御門第行幸があり、一条天皇が皇子敦成と対面し、親王宣下の慶賀があり、中宮大夫右衛門督であらたに親王家勅別当となった藤原斉信をはじめ関係者の加階にともない、倫子も后母ゆえ（『小右記』）か従一位を賜った。その行幸当日の模様は『日記』に詳しく描叙されるが、倫子の加階については『日記』には記されず、『御堂関白記』が明記する。当の道長は正二位左大臣であったから、倫子の従一位とは夫道長を超える破格の待遇で男なら太政大臣相当の位階となる。摂関家の妻であってもここまでの位階が必要であるはずはなく、夫道長の意向のもと共働の役割が特別にあったはずである。野口孝子は次のように述べる。注(14)

摂関前期の妻たちは女王クラス出が多く、立后するような娘に恵まれていながら、位階は従二位どまりであった。それが、一一世紀初頭、夫の譲りというかたちで妻倫子に最高位従一位が授与されたのは、摂関の妻が、朝廷内の序列である位階において、女司の最高官である尚侍の上にたったことを意味し、家の妻という立場で、娘の入内、立后を通して後宮に最大限関与できる可能性を開いたことを示している。それはまた摂関政治展開の過程で、後宮への直接的関与が妻の重要な役割として求められるようになったからである。

翻して言えば、表向きの政治には夫である摂関が関与し、妻は娘やその所生の皇子を通して後宮に関与するという「みうち政治」の頂点が、道長夫妻によって達成されたことを意味している。

倫子の従一位の叙位が『御堂関白記』からは夫道長の譲りとは解し難いが、通例の行幸賞としても道長の意向が反映した授与であることは間違いなかろうし、その意図を妻の後宮への直接関与と見定めていることは、倫子の度重なる内裏への参入が証することになるが、それが入内した娘たちや皇子女の世話をもっぱらにする役割で終始したという理会でよいのかどうか。野口氏の言う後宮への直接関与とはこのような次元のことを示唆しているようなのである。また近時、東海林亜矢子は后を後見する后母としての倫子の役割を重視して次のようにまとめている。

○藤原道長の妻源倫子は、養母（定子所生敦康親王の養母—久下注）として未成熟な娘后を補うため、后母の内裏参入権を積極的に活用しはじめ、キサキ・后への後見という后母独自の役割を三代にわたって果たした。

○母后による天皇後見の象徴である同輿や即位式への関与に准ずるかたちで、倫子による后や皇子女たちとの同輿や即位式への関与が見られた。これらのことからも、后母の役割とは后への後見であったと考えられ、重層的な後見構造が摂関政治を支えたと評価できる。

東海林氏の倫子の役割、後見の事例を具体的に示してあるのは、后となった娘や親王内親王である孫たちの行啓時における同輿・同車や饗宴の際の差配であるが、これらは同氏も指摘する如く三位に叙することで、内裏参入をスムーズにし、場合によっては天皇御前に伺候することも許容されるので、従一位であることの意義をせいぜい「従一位の后母が同乗することは後見体制が万全であることの表徴となろう。」ということになる。さしずめ『日記』には従一位となった倫子が、寛弘五（一〇〇八）年十一月十七日の中宮内裏還啓の際、中宮の乗る御輿の次に「糸毛の御車に、殿の上、少輔の乳母若宮抱きたてまつりて乗る。」（一七二頁）との事例が、最初の可視化された後見の構図となっている。

また敦康親王の養母となった十四歳の彰子を支え代行する必要があった時も倫子は従二位であった訳で、後宮に常住することはできないから、摂関家の妻として頻繁に参内する他ないのである。それが従一位となったにしても変わることはない。

当時、女官としては敦成の乳付けをした一条天皇乳母である従三位典侍橘徳子（有国妻）や同じく乳母の藤三位典侍繁子が内裏女房として最高位で、尚侍は道長の次女倫子腹の妍子（東宮居貞親王〈のちの三条天皇〉に入侍するのは寛弘七（一〇一〇）年二月二十日のこと）であったから、皇妃コースで別格となろう。それに一条天皇の母后であった東三条院詮子は長保三（一〇〇一）年閏十二月二十二日に没していて、既に後宮の統括責任者、管理者を欠くこと七年近くの歳月が流れていた。

いま「殿の上」従一位倫子は「若宮」敦成親王を抱く「少輔の乳母」に付き添って一の車に同乗してい

る。敦成の乳母は複数いる中で十一月一日の五十日の祝いの夜に禁色を許されたばかりの少輔乳母は、道長家の家司である橘為義の妻であり[注(16)]、同じく家司の讃岐守大江清通の娘であった。歳若く新任である少輔乳母（のちの江三位）抜擢の理由をどう考えたらよいのだろうか。

もう一人の乳母である大左衛門のおもとが「もとよりさぶらひ、むつましう心よいかた」（一二七頁）との高評価を得ていた古参で信頼の置ける乳母を退けているところからすれと、こうして内裏還啓時に一人選ばれているのは、これが従一位倫子による最初の人事と思われ、夫道長との相談による周到な準備があったことは、大江清通の後妻に東宮傅大納言道綱の娘宰相の君豊子を嫁したことで、つまり宰相の君が少輔乳母の継母となる。角田文衛に格差婚と言わしめた[注(17)]一介の受領大江清通との結婚が何のために必要であったのかは、この主乳母抜擢にあったことで自ら明らかとなろう。

既に拙論[注(18)]において指摘した通り倫子の姪に当たる大納言の君や小少将の君との憂愁を共有する女房同士の交流とは異なる立場で宰相の君と式部との関係が捉えられ描述されている。現行『日記』冒頭近くの道長との女郎花をめぐる贈答歌の朝の場面を引き継ぐ夕暮、宰相の君と式部との談笑場面に頼通を登場させ、彼を「物語にほめたるをとこの心地」（一二六頁）とする一方で、宿直疲れで昼寝姿の宰相の君を「物語の女の心地もしたまへるかな」（一二八頁）として、上臈女房ではあってもその様態を物語の美しい姫君のようだと賞している。また現行『日記』末尾の寛弘七（一〇一〇）年正月十五日、二の宮敦良親王の五十日の祝儀においては乳母となった中務の命婦についての才気や容貌を中心に記すが、宰相の君についても衣装の色目の取り合わせに言及している。こうした式部の特別な視点を重視してあえて言えば、現行『日記』は〈宰相の君観察日誌〉と言っても過言ではないような気がしてくる。

それは消息部における辛辣な女房批評に加えて、「上臈中臈のほどぞ、あまりひき入りざうずめきてのみはべるめる。」（一九六頁）との彰子付きの上臈中臈女房の消極的な応対姿勢についての苦言で、その原因を主人彰子の控え目な性情に求められはするものの、このような気風の中宮サロンに関して外部からの批判をもち込んで注(19)改善を提言する有効性は、消息文自体の流用転用があったとしても現行『日記』において最も機能する相手は、敦成・敦良両親王誕生によって以前よりも格段に緊張感をもって後宮の女房たちを管理していかねばならない必要性が急務なのは、従一位となった倫子に他ならないのである。しかも後宮に常住できない倫子にとって自分の代わりに女房たちを統括できる身分（出自）、人柄、才覚、容姿ともども兼ね備えた人材を確保するために『源氏物語』の作者である式部の識見を頼りにした背景も推察できよう。そうした人材の筆頭に挙がっているのが宰相の君豊子なのであり、消息部で批判の的であった男性貴族への応対能力も『日記』に中宮大夫斉信との談笑の一コマ（おそらく寛弘六〈一〇〇九〉年九月十一日のこと）が写し出されていて、その不安を解消する場面（二一三頁）となっている。

　ところで、宰相の君豊子は寛弘六（一〇〇九）年十一月二十五日の二の宮敦良誕生の時点で、『御堂関白記』同日条には「共御湯宰相乳母傅女子」とあって、湯殿の奉仕を務めた道綱女豊子を「宰相乳母」と記しているのだが、そうなれば、現行『日記』の寛弘七（一〇一〇）年正月の敦良五十日の祝儀に「中務の乳母、宮抱きたてまつりて」（二一九頁）とクローズアップしている中務乳母に対して、宰相の君はその呼称とともども変更はなく乳母としての役割を負っている様子には描かれていない。『日記』はこの時点で宰相の君が敦良親王の乳母としての相貌を排除して書いていると言ってよいのかどうか微妙だけれども、のちには乳母としての栄達に浴し美作三位と呼称され、また乳母子として『左経記』長元九（一〇三六）年五月十七日条に美作守定経朝臣の名を挙げられたのは、後一条天皇の崩御に際してだから、宰相の君豊子は二の宮敦良親王の乳母であったばかりではなく、兄宮敦成親王の乳母でもあったということになろうか。

それでは宰相の君が乳母に就任したのは何時《いつ》なのかということになるが、現行『日記』が〈宰相の君観察日誌〉としての目的、機能を持って倫子に献上されたとすれば、寛弘七（一〇一〇）年三月の赤染衛門の記事直後となろうし、倫子は兄宮敦成親王の乳母として宰相の君豊子を選任したばかりではなく、さらに自身の乳母子である藤三位基子（源高雅妻）や近江内侍美子（藤原惟憲妻）を追加任命したのであろう。

中宮彰子付き女房には一条天皇の母后であった故東三条院詮子の息のかかった宮の宣旨（源伊陟女陟子）や宮の内侍（源経房妻橘良芸子）といった上﨟女房たちがいた。中宮還啓時には前者が彰子とともに御輿に乗り、後者は小少将の君（源時通女）と三の車に同乗している。これらの近侍する女房たちをわざわざ排除する必要はないものの、摂関としての道長家の栄華を背負うべく期待の中でようやく誕生した敦成親王周辺には、その健やかな成長と身の安全を確保するため、少なくとも倫子の任命による信頼に足る女房たちが囲繞する環境をできるだけ迅速に作り上げることで安心を得られるであろうし、またその立場上自家の女房たちばかりではなく、後宮全般を管理運営する責任が倫子に課せられたといえよう。

後宮女房の人事権を掌握する従一位倫子の立場は、かつての東三条院詮子の役割を継ぐ后母の相貌であり、寛弘七（一〇一〇）年現在二十三歳だとしてもいまだ彰子は「やうやうおとなびさせたまふままに」（一九七頁）とある如く式部の訓育の成長過程にあって、もちろん母后、国母として人事権を行使する状況に至ってはいない。そのような狭間にあって従一位倫子は、家の妻でありながら后母として詮子から彰子へと引き継がれる後宮管理の責務を負い、実質的権力の象徴となる後宮女房たちの人事権を掌握行使していく時期に書き換えられた現行『日記』の有用性があったのではないかと思われる。

四　むすびに代えて

献上本としての原『紫式部日記』は、〈中宮彰子御産記〉を主としながらも〈嫡子頼通成婚記〉を従とする道長家の繁栄を支える二つの祝儀を描き記すことを目的として紫式部は倫子から要請を受けて書き始められた。しかし、後者の件は具平親王女隆姫との婚約過程において頼通が何らかの不祥事（宮家に関わる祇子との密通事件か）を引き起こしたため、それが原因で具平親王の急逝を招くこととなってしまった。そこで道長家はその不祥事を隠蔽するため『御堂関白記』には婚儀について記録せず、原『紫式部日記』に書かれていた頼通と隆姫との結婚に関わる記事は削除するよう命ぜられた。そこで紫式部は冒頭部の寛弘五（一〇〇八）年五月五日の求婚歌を削除する方向で検討し、現存『日記』の寛弘五（一〇〇八）年秋の土御門邸内の光景を冒頭に据えることに変更するとともに寛弘六（一〇〇九）年の正月三日までを除くほぼ全部の記事を削除する代わりに、その紙背を利用して、娘賢子のために書き置いていた手紙文を書きつけた。それが現存『日記』の消息部に当たる箇所となる。その書き換えのため第一主題の〈中宮彰子御産記〉は維持できるものの、第二主題は〈宰相の君観察日誌〉の体裁へと大きく変容していったが、後宮管理者となった従一位倫子にとっては、時機を得た献上本の内容となった。

ただ現存『日記』の中には頼通・隆姫成婚過程における異変をかいま見ることができそうな記事が残存していて、その最たる記事が前掲してある「中務の宮わたりの御ことを……」なのだが、他にも寛弘六

（一〇〇九）年の記事の残滓と思われる二つのエピソードがある。一つは中宮の部屋で『源氏物語』を前にして、道長の式部を「すきもの」とする戯れ歌に応じる詠歌を配した場面で、いま一つは式部の寝所となる渡殿の戸口を夜たたいた人との「水鶏《くいな》」をめぐる歌のやりとりを記している。前者は前掲稲賀論考が問題とした場面で、『幻中類林』「光源氏物語本事」中の次の一文が、当該場面に続いて存していたとする。

左衛門督殿の、

梅の花咲きての後のみなればやすきものとのみ人のいふらむ

と、家の日記に見えたり。

この「左衛門督殿」を公任と解するのが稲賀説だが、中宮御前の御簾内に公任が立ち入っていることになり、常識外の誤認と言うべきで、そうなればこの「左衛門督殿」は頼通となる。注(20)

前記したように寛弘六（一〇〇九）年三月四日に公任は中納言兼左衛門督から権大納言へ、頼通は従二位非参議の少将（寛弘五〈一〇〇八〉年十月十六日、行幸により正三位から昇叙）から権中納言兼左衛門督と破格の昇進をする。宮家との婚儀に備えて官職を整えたのだといえよう。ともかくそうなれば、「家の日記」とは、原『紫式部日記』の草稿本で、寛弘六（一〇〇九）年夏ごろの記事ゆえ、献上本では頼通関連として削除の対象となったとはいえ、当時の男性貴紳たちの物語享受の一端を如実に示唆していて、「すき」を描いた物語作者までも好色者とする誤解に式部は抵抗しているのだが、そこには末摘花の件にしろ虚構を現実の反映とみる物語観が息づいていたことを証する一コマで、物語作者としての式部の意地を示すためにも「左衛門督殿」以下を削除して残存させたのであろう。

しかも、その夜の出来事として式部の居る渡殿の戸口をたたく人の出現となる。つまり、これら二つのエピソードは分断されるのではなく、ある日の昼と夜の一対の出来事として理会されるべきなのであろう。

いっぱんに召人論との兼ね合いで「戸をたたく人」（二一四頁）を道長と解しているようだが、主従関係が徹せられる時代に家の主を夜戸口に立たせたまま追い返すという行状は考え難く、ここはやはり昼の件で触発された十八歳の若き頼通の行為とみるべきである。すなわち、この一連のエピソードは当然現行『日記』の冒頭部に立ち現われる道長・頼通父子の格調高く風雅なやりとりの場面とは違って日常のくだけた場面を挿入することで、その父子の二面性を開示している訳だが、特に頼通の清廉な貴公子像は覆えることになって、闇に葬られた事件の存在を暗に示す出来事となっているのではあるまいか。ただあくまで「戸をたたく人」と人物を特定せず朧化することで成り立ち得た記事なのである。

ところで、紫式部が従一位倫子家女房であることを記す資料に『紫明抄』系図、『河海抄』料簡、陽明文庫蔵伝藤原為家筆『後拾遺和歌抄』勘物が知られているが、式部が道長の召人となったことをもって倫子が嫌悪感を露わにしている文脈として以下の二例が指摘されている。注(21)

まず一つは、寛弘五（一〇〇八）年九月九日の重陽の節句において倫子が式部に菊の着せ綿を贈るに際して、「いとよう老のごひ捨てたまへ」（一二九頁）との口上を添えていたが、萩谷『全注釈上』はこれを「道長と通じた紫式部に対する憤りがこめられているように思われる。もちろん、自分よりは若いが、もう三十路も半ばを過ぎて、若い娘でもあるまいに、すこしは齢というものを考えてごらん。そういった痛烈な皮肉が、この言葉にはこめられているようである。」（一四四頁）と解している。

いま一つは、十一月一日の敦成親王五十日の祝儀の折、酩酊した道長が「母もまた幸ひありと思ひて、笑ひたまふめり。よいをとこは持たりかし、と思ひたんめり」（一六七頁）と、式部の居る前で軽い冗談をとばすと、倫子は聞きづらいと思ったのか、席を立って居所に引き上げてしまい、その後を追う道長を叙す場面に関して、『全注釈上』は「その乙に取り澄まして貞女面をした夫の隠し女の前で、道長がぬけぬけと「よい旦那さんを持ったものだと思ってるんだろう」などと見え透いた戯れ言をいう。誇り高い正室として、これは我慢のならない屈辱である。もしそうでなかったら、多少のことは大目に見て、ニコニコ笑っていなければなるまいお祝いの席を、四十五歳の分別盛りの倫子が、プイと席を起って行ってしまうはずがないのである。」（四九三頁）と、倫子の行動を分析しているのである。

このような道長と紫式部との男女関係を前提としての解釈が従来から正当化されてきたが、後者に関して山本淳子は、注(22)倫子の行動は羽目をはずしかけた道長を抑制するためにとられたのであって、決して「倫子は紫式部の存在に腹を立てたのではなかった」とし、次のように述べている。

倫子はあくまで「騒がし」い道長の言動に対応して席を立ったのであり、だから道長は後を追った。自らの失言で妻を怒らせた道長が、即座に妻に礼を尽くし、その関係を回復しようとする。周囲はみなわかっていて、そのような夫婦をよきものと見ている。『紫式部日記』は道長家のそうした姿を記しとどめようとしたのである。

妻倫子を尊重する夫道長の姿と、そうした夫婦を穏やかに見つめる彰子の有様に、母倫子の気質を受け継ぐ彰子後宮の温和な気風の成り立ちにまで山本氏は言及しているのである。翻って、前者の「いとよう老のごひ捨てたまへ」との倫子の口上も、紫式部に対する嫌味たっぷりな言辞との理会を捨て、『源氏物語』作成の労をねぎらい、あらたに『日記』執筆を要請した倫子の心からの感謝の表現であったのではなかろうか。注(23)

注

（1）稲賀敬二「紫式部日記逸文資料「左衛門督」の「梅の花」の歌―日記の成立と性格をめぐる憶説―」（『源氏物語の研究―物語流通機構論―』笠間書院、平成5〈一九九三〉年）。稲賀説は以下同論稿に拠る。またこの問題に関しては同氏「『紫式部日記』錯簡・零本説の再検討」（稲賀敬二コレクション⑥『日記文学と『枕草子』の探究』笠間書院、平成20〈二〇〇八〉年。初出「国文学」昭和53〈一九七八〉年7月）にも再論されている。なお呪詛事件の『日記』執筆への影響に関しては萩谷朴『紫式部日記全注釈下巻』（角川書店、昭和48〈一九七三〉年）第55節解説でも指摘されるが、道長方の捏造とする。

（2）福家俊幸「『紫式部日記』に記された縁談―『源氏物語』への回路―」（福家俊幸・久下編『考えるシリーズ①王朝女流日記を考える―追憶の風景』武蔵野書院、平成23〈二〇一一〉年）及び久下「末摘花巻の成立とその波紋」（昭和女子大学「学苑」939、平成31〈二〇一九〉年1月）

（3）久下「『源氏物語』成立の真相・序―紫式部、具平親王家初出仕説の波紋―」（昭和女子大学「学苑」934、平成30〈二〇一八〉年8月）

（4）引用は平野由紀子『御堂関白集全釈』（風間書房）に拠る。

（5）加藤静子「『御堂関白集』から照射される『栄花物語』」（「都留文科大学研究紀要」76、平成24〈二〇一二〉年10月）。加藤氏は二人の結婚期日を「寛弘五年の十二月下旬か、翌六年正月早々」と推定する。なおこの場合でも求婚歌から結婚までの期間が長いのは、中務宮具平親王の母荘子女王薨去による服喪期間であるからとした。ただそうした理由での遅滞であれば、事情が明白なので道長がわざわざ式部に相談する必要もない。

（6）宮崎荘平『女流日記文学論輯』（新典社、平成27〈二〇一五〉年）は、現存『日記』はあくまで紫式部固有の憂愁表明として相容れないとする。
（7）南波浩「紫式部日記の変貌」（古代文学論叢第五輯『源氏物語と女流日記 研究と資料』〈武蔵野書院、昭和51〈一九七六〉年〉
（8）河内山清彦『紫式部集・紫式部日記の研究』（桜楓社、昭和55〈一九八〇〉年）「紫式部集と紫式部日記―共通部分の比較を視点として―」
（9）山本淳子「『紫式部日記』の成立―献上本・私家本二段階成立の可能性―」（佛教大学「京都語文」17、平成22〈二〇一〇〉年11月。のち『紫式部日記と王朝貴族社会』和泉書院、平成28〈二〇一六〉年）及び角川ソフィア文庫解説。なお「女房日記」の概念が久下とは異なるので、憂愁叙述も改編に際し付加されたとする。
（10）萩谷朴『紫式部日記全注釈上巻』（角川書店、昭和46〈一九七一〉年）第5節解説。
（11）萩谷朴の寛弘五（一〇〇八）年五月二十二日の誤写説（前掲『全注釈』）や原田敦子の「中宮土御門殿滞在記」の後半に当たる寛弘五（一〇〇八）年五月から六月にかけての記事説（『紫式部日記 紫式部集論考』笠間書院、平成18〈二〇〇六〉年「第一章 紫式部日記の成立と形態」）もあるが、藤本勝義『源氏物語の人 ことば 文化』（新典社、平成11〈一九九九〉年）「紫式部日記「十一日の暁」段―紫式部の自己主張（一）―」が指摘する『御堂関白記』寛弘六（一〇〇九）年九月十一日条に「暁結願」とある如く、中宮彰子の二度目の出産に関わる安産祈願の結願日で彰子の御堂詣であり、それは同時に敦成親王生誕一周年を刻む「十一日の暁」表示であったとする。
（12）原田敦子注（11）前掲書「第一章第五節 消息文の執筆」
（13）原田敦子注（11）前掲書「第一章第六節 紫式部日記の成立」
（14）野口孝子「摂関の妻と位階―従一位源倫子を中心に―」（「女性史学」5、平成7〈一九九五〉年7月）
（15）東海林亜矢子「摂関期の后母―源倫子を中心に―」（服藤早苗編『平安朝の女性と政治文化―宮廷・生活・ジェン

ダー』明石書店、平成29〈二〇一七〉年）

(16)『栄花物語』巻八「初花」に「讃岐守大江清通が女左衛門佐源為善が妻」（①四一八頁）とあるが、源為善は橘為義の誤りである。

(17)角田文衛『王朝の明暗』（東京堂、昭和52〈一九七七〉年）「後一条天皇の乳母たち」

(18)久下「大納言道綱女豊子について―『紫式部日記』成立裏面史―」（昭和女子大学「学苑」915、平成29〈二〇一七〉年1月。のち『源氏物語の記憶―時代との交差』武蔵野書院、平成29〈二〇一七〉年）

(19)福家俊幸「一条朝後宮から見た大斎院文化圏」（後藤祥子編『王朝文学と斎宮・斎院』竹林舎、平成21〈二〇〇九〉年）は、斎院選子付き女房中将の君の書簡は式部の内部告発を有効に利するため戦略的に持ち込まれたとする。

(20)頼通説に岡一男『古典における伝説と葛藤』（笠間書院、昭和53〈一九七八〉年）「『幻中類林』私考」がある。

(21)萩谷朴「紫式部と道長との交情―『前紫式部日記』の存在を仮説して―」（「中古文学」昭和45〈一九七〇〉年9月）。但し引用は萩谷『全注釈』に拠る。なお『岷江入楚』「系図」に「御堂関白妾」また『尊卑分脈』に「御堂関白道長妾」とある。

(22)山本淳子注（9）前掲書「第四章 倫子の不愉快―『紫式部日記』五十日の祝―」

(23)殿の上倫子から賜わった菊の綿への返礼歌「菊の露わかゆばかりに袖ふれて花のあるじに千代はゆづらむ」（一二九頁）は、倫子の長寿を予祝する式部の詠だが、歌句「花のあるじ」から当歌が式部の祖父藤原雅正と隣人であった伊勢との菊の綿をめぐる交流に際し、雅正が返歌した「露だにも名だたる宿の菊ならば花のあるじや幾世なるらむ」（『後撰集』巻七秋下、三九五）に拠っている。これに対応する式部の返歌であれば、倫子への敬意を表しているはずであろう。

〔付記〕
今井源衛『紫式部』（吉川弘文館、昭和41〈一九六六〉年）は、宇治十帖執筆の要因に、「巻頭の重要人物八宮とその二人の娘には伊周晩年のおもかげが宿った」として寛弘六（一〇〇九）年の呪詛事件の影響も挙げるが、伊周の悲運と遺言を記す『栄花物語』巻八「初花」の叙述は宇治十帖から影響されたとも考えられ、その方向性を単純に絞り込めない。
ところが、宇治十帖の後半の五帖（東屋巻～夢浮橋巻）を占める浮舟物語は、浮舟の中途構想説があるように、俗聖と言われた八の宮に大君・中君以外に母違いの娘浮舟が居て、物語の整合性を犯しながらも、突如登場してくる背景に式部の旧主家であった具平親王の風貌や性情との対照が考えられる点である。
世間に知られているのは、式部の従兄伊祐の養子頼成が具平親王の子である事実だけだが、他にも落胤、隠し子が居たかも知れないのである。夕顔怪死事件と雑仕女怪死事件（『古今著聞集』巻十三「後中書王具平親王雑仕女を最愛の事」）との関連が説話の次元を超えて事実であった可能性を払拭できないのであり、それが頼通の宮の娘とも言われる祇子との密通事件を仮設する由因ともなっている。またたからこそ予想外の出来事に直面狼狽した具平親王の死を急逝と認識しているのである。

『紫式部日記』の儀礼・服飾・室礼

末松　剛

一　はじめに

『紫式部日記』（以下『日記』）は独立した文学作品である一方、『源氏物語』の作者を知る、物語の背景を知る資料としても注目される。『栄花物語』（以下『栄花』）との密接な関係も明らかであり、ジャンルをこえたつながりは、女房文学の豊かな世界を示唆して余りある。

とはいえ、『日記』とはどのような作品なのか、大きな期待をもって読み進めると、難しいあるいは掴みどころがないともいうべき不思議な作品でもある。『日記』を儀礼や服飾に着目して論じる本稿においても、そのように感じざるをえない。たとえば、主家の賛美を主題とするはずのところ、内省的な叙述に帰着してしまい、せっかくの祝宴を台無しにしている観さえある。土御門邸行幸の御輿着到に際し、駕輿丁の苦しげな姿から我が身を思う展開は、古記録や『年中行事絵巻』によって同様の場面を認識している歴史研究の立場からみると驚愕ですらある。中宮還啓にあたっては、宮仕えのつらさと、変わってしまった自分への内省に溢れ、それまでの若宮誕生記の晴れがましさがすっかり影を潜めてしまう。話題が突然終わる点も、主題の所在を曖昧にしている要因であろう。

内容の複雑さ、叙述の揺れ、断片であるのか未完成であるのかもしれない叙述を『日記』本来の姿とみなすのであれば、日記的章段における服飾や室礼などの客観的叙述に着目して歴史研究の立場から検討する本稿が、『日記』を読み解いたことに果たしてなるのか。躊躇を覚えるところであるが、本稿は作品成立時の宮廷社会、儀礼文化という視点から、叙述の意味を読み解いていく。このように割り切って『日記』に臨む論稿であることをはじめにお断りしておく。儀礼研究・服飾史研究に照らして『日記』の叙述を歴史的に位置づける検討により、『日記』研究の裾野を歴史研究にも広げてみたい。

二　生誕儀礼に関する叙述

一　外戚であることの評価

『日記』は寛弘五（一〇〇八）年と同六・七年年頭の記述からなるが、そのいずれにおいても登場するのが、産養・五十日御祝・戴餅などの生誕儀礼である。彰子の産んだ敦成・敦良両親王（のちの後一条・後朱雀両天皇）の時代は、天皇家の外戚である藤原道長・頼通父子による摂関政治全盛期にあたり、祝宴の叙述はそのまま時代のイメージと重なる。『紫式部日記絵巻』にも描かれるところであり、作者による叙述の選択に、時代を見つめる姿勢を認めてよいであろう。

ただし、一九八〇年代以降の歴史研究は、文学作品によって醸成された平安貴族や摂関政治のイメージを克服するために、歴史史料による制度史研究とそれに基づいた政治史の展開を追究してきた。平安貴族社会への理解は格段に深化するものの、外戚であることによる権力の掌握という図式は『栄花』などのつくりあげた史観と断じられ、歴史史料によって国家のシステムを解明することが課題とされたのである。[注(1)]

　摂関政治史についていうと、幼少天皇の摂政、成人後は関白となり政権を領導した藤原忠平期が、摂関政治史の画期と評価された。[注(2)]さらに制度史研究の深化によって、臣下で最初の摂政である良房や最初の関白である基経期の検討が進み、すでにこの時期から摂政と関白の区別が存することが解明された。[注(3)]摂政・関白の淵源は太政大臣の職掌にあるとみられるが、[注(4)]ときの王権の要請により王権の一部を委ねる形で成立し王権を補佐したという見方も論じられている。[注(5)]外戚であることの必然性に対する認識は次第に薄れ、それに頼らずとも摂関制や摂関政治が論じられるようになったのである。このような歴史研究の進展は、同時に歴史研究と文学作品との疎遠を生じることにもなっている。

　一方、兼家期以降に関しては、同居による直接的・日常的奉仕である「後見」が摂関政治の中で大きな意味をもつようになり、それまでと一線を画することも解明された。[注(6)]さらに穏子・詮子・彰子による母后の政治的権限が検討され、国母の時代として論じられる。[注(7)]外戚や後宮の担った政治的役割が、ある時期から以降については再び注目されているのである。

　こうしてみると、確かに大津氏の指摘するように、外戚を基盤とする摂関政治像は『栄花』のつくりあげた姿であったが、道長期以降に成立した道長を主人公として叙述する『大鏡』や『栄花』が、外戚であることを重視して宮廷政治史を叙述することは、作品成立時の宮廷に即した理解であったと見直すこともできるであろう。近年、その大津氏が道長期の評価にあたり、『源氏物語』の叙述する王権は、道長期の目指したものと合致すると論じたことにも留意したい。注(8)兼家・道長・頼通期の摂関政治を考察する史料として、文学作品が外戚や後見という視点とともに有効性を持ち直したといえるのである。

二　生誕育儀礼に関する研究

摂関家出身キサキの入内・出産・生育儀礼といった一連の行事は、外戚として摂関が深く関わることから、摂関政治全盛期を考察する有効な検討対象となる。近年、史料集も刊行され研究環境が整ったのは幸いである。『皇室制度史料』后妃、一～五の刊行によって、后妃に関する基本史料が概要の解説とともに整えられた。さらに『同』儀制、誕生、四、には「生誕祝の諸儀」と題して、産養や五十日・百日が立項されている。注(9)そして、この時期の皇子女の生誕儀礼が論考として発表された。新井重行「皇子女の産養について―摂関・院政期における変化を中心に―」、同「皇子女の五十日・百日の祝について」の二編である。注(10)

平安貴族の生誕儀礼については中村義雄氏の研究が通説としてあり、注(11)その後の研究も含めると、生誕儀礼には饗応、生育祈願、邪気を祓うなどの意味が指摘されている。それらに対し新井氏は、皇族と貴族、生母の身位の違いなどの事実関係を整理し、皇子女の生誕儀礼の歴史的変遷と政治的意義を解明した。その中でもとくに、

○道長政権期に産養の各夜に多くの公卿が参加するようになり定式化した。
○変化の背景には、外祖父家が産養の運営に深く関わり祝宴を盛大化し、後見者としての超越性を示す意図があったと考えられる。

○産養は私的な行事から公的な行事としての性格を強める。
○これらのことは外祖父が主催する五夜における威儀御膳の供進に端的に表れている。

という指摘に注目したい。作者が主家を讃えつつ叙述した産養は、主家である道長によってこの時期に政治的意義を確立された儀礼だったのである。

さらに、五十日・百日の御祝の歴史的変遷を追究した新井氏は、これも道長によって盛儀化され、世俗の行事が朝廷行事として取り込まれたことを解明した。『日記』作者の叙述対象の選択は、当該期の宮廷政治を色濃く反映したものだったのである。

ただし『皇室制度史料』の「生誕祝の諸儀」に所収する産養の関係史料には『日記』『栄花』が一つも取り上げられていない。五十日・百日でも『日記』はなく、『栄花』巻二における天元三（九八〇）年の叙述が一点掲載されるのみである。時系列で整理する歴史史料集にありがちな編集方針の結果であろうか。新井論文でも『日記』『栄花』をいくつかとりあげるものの、本稿で検討する両親王については、敦成親王に関して一カ所ふれるのみである。

史料を博捜し生誕儀礼の全容と変遷を解明した新井論文の成果は貴重であり、本稿でも多くを学んでいるが、『日記』の生育儀礼叙述の歴史的位置付けは、残された課題である。新井論文が解明した事実や、道長の目指した王権に関する大津氏の指摘によれば、道長の政治と『日記』の生誕儀礼叙述には深い関わりがあると考えられる。作者はそれをどう捉えているのであろうか。次節で具体的に検討してみたい。

三　『紫式部日記』の生誕儀礼

『日記』にみえる生誕儀礼は以下の通りである（本文は新編日本古典文学全集〈小学館〉による）。

① **湯殿の儀（寛弘五〈一〇〇八〉年九月一一日）**

『日記』には「儀式」の語が五例みられるが、そのうち「うちには、御湯殿の儀式など、かねてまうけさせたまふべし。」「夜さりの御湯殿とても、さまばかりしきりてまゐる。儀式同じ。」の二例が、この日の湯殿の儀である。作者が湯殿の儀を式次第と先例に則って実施される行事として見つめていることが窺えよう。そのため役割の分担や進行がわかりやすく、打ち撒き、護身のために祗候する僧侶、書博士や鳴絃に奉仕する男性まで、目配りよく叙述される。殿（道長）については、遣水を整備させたことと、湯殿に際して若宮を抱いていたことが端的に記される。全体に行事記録に徹した叙述の中で、「人々の御けしきども、心ちよげ」であり、中宮大夫斉信がその立場上「人よりまさるうれしさの、おのづから色に出づる」ことを慮ったり、打ち撒きが当たって痛がる護身の僧侶を見て「若き人に笑はる」ことを記すなど、観察眼を発揮して明るくおめでたい一日であったことを書き留めている。

② **五夜（寛弘五〈一〇〇八〉年九月一五日）**

三夜の産養は中宮職の勤めるところであり、叙述は端的に済まされる。それに比して五夜は「五日夜は、殿の御産養」に始まり、道長による盛儀のさまを叙述する点で対照的である。

あやしき賎の男・殿守・随身から叙述を始める点は意外であるが、これは誰もがおめでたいと感じているさまを描くとともに、しだいに中心部分に目を向けていく記録者としての作者一流の叙述であろう。視線は道長家の家司、御膳に奉仕する女房八人へと移っていく。

次に威儀御膳に奉仕する采女たちが描かれる。「おろそかにさうぞきけさうじつつ」「おほやけおほやけしきさまし」ているなど、女房と女官の身分差に起因してその視線はやや冷淡にも思えるが、威儀御膳に言及した理由には特別な意味があった。新井氏によると、産養における威儀御膳は、外祖父が主催する多くは五夜のみにみられるものであり、それは後見としての財力や権力を可視的に示す意味があったという。注(12)この次第を欠かさず記したことには、道長の存在を書き留めるねらいがあったと考えられるのである。

続いて「御膳まゐりはてて、女房、御簾のもとに出でゐたり」と場面がかわり、同僚女房たちを見つめる。その叙述は四人の女房の裳唐衣装束を詳述することに尽くされ、それは夜居の僧が「本尊をばおきて、手をおしすりてぞよろこびはべりし」ほどに、おめでたい光景であった。

次に御簾の中から、透渡殿で攤に興じる殿（道長）以下の男性貴族たちを見つめる。場合によっては男性貴族と和歌のやりとりが生じるのであるが、この日はなかったという。賜禄記事でこの日の記事が終わるのは、古記録の儀式記事と同様である。

「儀式」として記す七夜の産養記事に「おほかたのことどもは、ひと日のおなじこと」とあるので、五夜も「儀式」と作者が捉えていたことがわかる。そこで詳述されるのは、道長の経済力を誇示する威儀御膳や並み居る女房たちの裳唐衣装束であった。カメラワークさながらの光景の移り変わりは、女房だからこそ見つめることのできるさまざまな場面とともに、御簾下に祇候し内外を見つめる作者自身の存在をも際立たせる叙述となっている。

③ **七夜（寛弘五〈一〇〇八〉年九月一七日）**

朝廷主催の産養であり、そのため前日より上の女房も来訪している。「今宵の儀式は、ことにまさりて」と、「儀式」として見つめる姿勢が冒頭に示される。この日の作者はこれまでない行動に出る。「御帳のう

ちをのぞきまゐらせたれば」と、彰子に大胆に迫るのである。そして、

かく国の親ともてさわがれたまひ、うるはしき御けしきにも見えさせたまはず、すこしうちなやみ、おもやせて、おほとのごもれる御有様、つねよりもあえかに、若くうつくしげなり。

という。国母となる彰子や外祖父道長の宮廷における存在がますます大きくなることは自明である。その威厳よりもさきに、一人の女性としての姿を作者は記録するのであった。

作者個人の判断でこのような覗き見が許されるはずもなく、道長の差配あっての行動であろう。女房による儀式記録に、道長が何を求めたのかを示す叙述として注目される。肝心の儀式次第は「おほかたのことどもは、ひと日のおなじこと」と済まされる。賜禄記事で終わる点は五夜と同様である。道長が期待したのは、男性の記録では決してあり得ない場面であり、公（おほやけ）の立場としての役割や威厳よりも、内面的な人間性であった。それを男性貴族による儀式記録と並立させようとしていたと考えられるのである。

④　**九夜**（**寛弘五**〈**一〇〇八**〉**年九月一九日**）

九日の夜は、東宮の権の大夫仕うまつりたまふ。白き御厨子ひとよろひに、まゐり据ゑたり。儀式いとさまことにいまめかし。白銀の御衣筥、海浦をうち出でて、蓬萊など例のことなれど、いまめかしうこまかにをかしきを、とりはなちては、まねびつくすべきにもあらぬこそわろけれ。

春宮権大夫（頼通）主催の産養も「儀式」として見つめられ、七夜とはまた異なる「いとさまことにいまめかし」という饗宴であった。白銀の御衣筥の意匠がまた「いまめかしうこまかにをかしき」と重ねて評される。

儀式のさまが新例であることを端的に指摘する点は、この時期の儀礼運営が故実先例を重視していたことに照らして注目される。新井氏によると、白御厨子に用意されるのは前述した威儀御膳である。九夜にも威儀御膳が調進されるのは例外的であり、その例外二例こそが頼通による敦成・敦良両親王の九夜の産養であった。また、敦成親王のときには御衣も用意されたのであるが、そのことも記録している。頼通もまた父道長と同様に産養を通じて政治経済力を誇示していた。注(13)『日記』はそのことを端的な叙述ながら「いまめかし」「をかし」と評して記録しているのである。

⑤　五十日の御祝（寛弘五〈一〇〇八〉年一一月一日）

食膳の準備と女房による陪膳について、それぞれ叙述に「そなたのことは見ず」「奥にゐて、くはしうは見はべらず」と付すことは、古記録の儀式記事にも散見する表現であり、作者がこの日も記録者として視線を送る立場にあったことを窺わせる。その後は記録者として本領を発揮した叙述となり、主家の様子を服飾の詳細まで記す。

今宵、少輔の乳母、色ゆるさる。ただしきさまうちしたり。宮抱きたてまつれり。御帳のうちにて、殿の上抱きうつしたてまつりたまひて、ゐざり出でさせたまへる火影の御さま、けはひことにめでたし。赤いろの唐の御衣、地摺の御裳、うるはしくさうぞきたまへるも、かたじけなくもあはれに見ゆ。大宮は葡萄染の五重の御衣、蘇芳の御小袿たてまつれり。殿、餅はまゐりたまふ。

少輔の乳母に禁色が許された。その乳母から若宮を抱き受けた殿の上（源倫子）は、赤色唐衣に地摺裳を着用した、すなわち裳唐衣装束である。それは「かたじけなくもあはれに見ゆ」ものであった、大宮（中宮彰子）は葡萄染の五衣に蘇芳の小袿姿である。餅を若宮に含ませるのは、恒例により殿（道長）であった。
倫子の裳唐衣装束は誰に対しての遠慮であったのか。新日本古典文学大系では、娘とはいえ中宮である小袿姿の彰子に対する敬意と説明する。注(14) 母のキサキに対するそのような事例も確かにあるが、ここでは若宮を直に抱くことから、若宮への敬意であろう。注(15) 裳唐衣装束によって若宮と国母を頂点とする秩序が可視化され、それらを包み込む道長一家の晴れがましく和やかな場面が、女房ならではの間近な視線で記録されているのである。

天皇家と道長一家とが親密に結ばれている光景は、見る人々にどのように受けとめられるのか。男性貴族による古記録記事であるため、生誕儀礼ではないが参照したい。

『権記』寛仁元（一〇一七）年八月二一日条

爰摂政自二御前一被レ参、被レ申二主上御装束已了之由一。仍被二参上一。大殿・摂政・右大将・予及大夫、左衛門督・二位中将・権大夫等候二御共一。依二御所右（ママ）摂（接カ）近一、不レ被レ儲二御休息所一。供奉御共上卿員多、昆明障子東狭（窄カ）宮。仍為レ快二見御前儀一、到二（南脱カ）殿一自二格子一伺見。……爰太弟参進候レ座。此間大殿伺二候昼御帳（座カ）東一［几帳内東妻也］。于レ時観二望此儀一之者、僉相語云、一家栄花古今無レ比。未レ知二前生植二何善根一。誠（誇カ）此栄花哉。（傍線筆者）

後一条天皇と東宮敦良親王との御対面儀である。二人と大殿道長、摂政頼通以外は座をもたないのであるが、東宮御共を務めた藤原行成ら公卿たちは御前儀を見ようと、昆明地障子の東側は狭すぎるので南殿に移動して、格子の間から見物している。そして眼前の光景に感動し、道長一家の栄花への思いで一体化されたことが記録される。

準備段階から進行までを担う道長・頼通父子は、天皇の後見役という自家の立場を公卿たちに間近に見せている。公卿に半ば公開されている点に、道長の政治的ねらいを看取してよいであろう。注(16) このようなことから、『日記』作者の記録行為もまた道長の差配によるものであり、そのねらいに応えた叙述となっているると考えられるのである。

五十日の祝の間、男性貴族たちは東対の西面、透渡殿で酔い騒いでいる。続いて宮中への献上品である籠物・折櫃物の披露である。

折櫃物、籠物どもなど、殿の御かたより、まうち君たちとりつづきてまゐれる、高欄につづけて据ゑわたしたり。たちあかしの光の心もとなければ、四位の少将などを呼びよせて、脂燭ささせて人々は見る。内裏の台盤所にもてまゐるべきに、明日よりは御物忌とて、今宵みな急ぎてとりはらひつつ、……

新井氏によれば、五十日御祝でこの式次第がみられるようになるのが、まさに外祖父道長主催の敦成親王のときであった。調進するのは殿上人や受領たちである。それらの公卿への披露は、後見である道長の政治・経済力の面で超越した姿を参加公卿たちに誇示することになる。注(17) 立ち明かしの光だけでは心許ないので四位少将らにも脂燭を持ち立たせたのも道長の指示である可能性が高く、よって道長の政治的ねらいを理解したうえでの叙述であろう。なお『御堂関白記』『小右記』同日の儀式記録をみても、この脂燭追加については記していない。披露が終わると公卿たちは寝殿に招かれる。これまでの叙述は、招かれた右大臣以下の男性貴族には記録できない場面なのであった。

この後は『紫式部日記絵巻』にも描かれた、女房と男性貴族との掛け合い、実資の酩酊、および公任の「このわたりに、わかむらさきやさぶらふ」という発言である。それぞれに興味深い人物描写として知られるが、さらに続くのは上機嫌の道長の「われぼめしたまひて」「たはぶれきこえたま」ひ、「人々笑ひきこゆ」という言動である。

道長によって盛儀化された五十日の御祝は、式次第にとどまらない一日をもたらした。男性貴族の古記録は式次第を中心に記録し、異例や新儀は割注や勘物などに区別され、ときに批判的に記される。新儀や盛儀を肯定的に、人間的な側面にも視線を送った、御簾外および御簾内から見た儀式記録が女房に求められ、その結果が『日記』であった考えられる。『日記』には五例の「儀式」がみられ、うち四例および同等に考えられる五夜は、いずれも産養である。残る一例も次に示す戴餅であり、すべては生誕儀礼である。それらは道長によって盛儀化された儀礼であった。『日記』はそのような儀礼を選択して叙述している。道長の差配を受けその意を汲んだ女房による儀式記録であること、摂関政治に対する歴史的視点を備えた作品であることを、あらためて理解すべきであろう。

⑥ **戴餅（寛弘七〈一〇一〇〉年正月一〜三日）**

一日から三日にかけて、敦成・敦良両親王の戴餅がおこなわれた。

ことし正月三日まで、宮たちの御戴餅に日々にまうのぼらせたまふ、御供に、みな上臈もまゐる。左衛門の督抱いたてまつりたまひて、殿、餅はとりつぎて、主上にたてまつらせたまふ。二間の東の戸にむかひて、主上のいただかせたてまつらせたまふなり。下りのぼらせたまふ儀式、見ものなり。大宮はのぼらせ給はず。

登場するのは、若宮を抱く頼通、餅を取り次ぐ道長、そして一条天皇であり、上臈女房たちも御供している。作者も同道したのであろう。具体的な式次第は記さないが「儀式」であり「見もの（物）」であるという。『日記』に「見もの（物）」と言明するのは、後述する一例とこの箇所の二例である。もっとも肯定的な表現をともなうその光景は、抱かれた若宮が自らの足で御前に参上し、餅を戴いて退下するさまであった。一同が微笑ましく見つめていたことを想像するに余りある場面である。

一条天皇と若宮たち父子の行事に対し、道長・頼通父子が後見人として奉仕している。そこに参仕したり見物したりする公卿はいない。そこで道長家が他の公卿と隔絶した存在であることを、『日記』は女房ならではの立場で記録しているのであろう。大宮（彰子）はこの場にはいないので、これもまた道長の差配によると考えられる。

*

以上、「儀式」という語に着目して、日記的章段の行事記録的性格を検討してきた。御簾内外の記録につとめていた作者は、しだいに御帳台を覗いたり、御帳台の奥に隠れたりして（七年正月一五日の二宮の五十日の祝）、女房ならではの記録を残している。このような行為が作者単独で判断、まして公表できるはずもなく、そこに道長の差配をみてとることは自然であろう。実際に記録された儀式は、道長一家の政治経済力を誇示する儀式であった。男性貴族では決して不可能な場所から、古記録では記されない側面を記録したのである。新井論文が両親王の生誕儀礼を論じるにあたり、『日記』をほぼ使用していないことを前述したが、それは生誕儀礼の式次第とその歴史的変遷の解明を主目的としたためと考えられ、このことがまた女房の記録と男性貴族の記録との棲み分けを示唆しているようで興味深い。

盛儀化することに加え、御簾内の側面も記録させ文学作品として叙述することを差配していることに、道長の儀礼文化への造詣の深さをみてとることができよう。道長は儀式の「見物」に対する理解を備えていた。[注(18)] 道長が作り上げた儀礼文化は、女房の視点による文学作品をも取り込んだものであり、それが道長の作り上げた摂関政治の政治文化であったのである。[注(19)]

三　服飾に関する叙述

日記的章段に道長の意を受けて儀式を記録する作者の姿を見出した。御簾下に祗候しつつその内外、とくに内側に目を凝らして記録された、男性貴族にはできない叙述である。そのような事例として、次に服飾とくに女性の裳唐衣装束に注目したい。

一　裳唐衣装束とは

裳唐衣装束の彩りが宮廷文化の美意識の象徴であり、その着装は行事全体の晴れがましさを象徴し、あるいは人物評価に至ることもある。一例として寛弘六（一〇〇九）年正月の叙述をみてみたい。

ことしの御まかなひは大納言の君。装束、一日の日は紅、葡萄染、唐衣は赤いろ、地摺の裳。二日、紅梅の織物、掻練は濃き、青いろの唐衣、色摺の裳。三日は唐綾の桜がさね、唐衣は蘇芳の織物。掻練は濃きを着る日は紅はなかに、紅を着る日は濃きをなかになど、例のことなり。萌黄、蘇芳、山吹の濃き薄き、紅梅、薄色など、つねの色々をひとたびに六つばかりと、表着とぞ、いとさまよきほどにさぶらふ。

正月三が日の中宮御薬の儀に奉仕した大納言の君について、一日ごとの裳唐衣装束の内訳を記し、重袿の六つ重と表着の組み合わせが「いとさまよきほど」であると讃える。それが晴儀のさまを象徴してもいるのである。

なぜこのような叙述が生じるのか。服飾の叙述をもって人物像を描くことは、広く文学作品にみられることである。[注(20)]その手法を『日記』では裳唐衣装束によって多用する。その意味を考えるために、裳唐衣装束の時代背景について留意する必要がある。

裳唐衣装束の成立について、従来は奈良時代以来の朝服が和様化したものと考えられていたが、近年、増田美子氏によってその成立が再検討された。[注(21)]裳唐衣装束の主たる特徴の一つである重袿による重色目について、表向きの場における服装が、内に着る服飾の増大・変容によって成立するとは考え難いという。服飾史ならではの視点であろう。そのうえで、ロングスカート状の裳から引裳への転換と袿姿が見え始める時期を検討し、重袿は本来、家居の日常着であり、その上に唐衣・裳を装い出仕することで成立した。それは一〇世紀半ば以降に始まり、一一世紀に定着するという。儀式の場として寝殿造という住宅建築が成立する[注(22)]建築史上の時期とも重なる興味深い指摘である。

とするならば、里内裏や道長邸で裳唐衣装束の女房がその彩りを競う光景は、まさにこの時期に、この場を舞台として成立したことになる。道長政権期に前後して成立した家居の装束の肥大化は、この時期ならではの光景であり、『日記』はその現場の当事者の一人として、裳唐衣装束描写を通して晴儀を表現する方法を選択しているのである。

二　裳唐衣装束の統制とキサキ

『日記』の裳唐衣装束に関する叙述は、以前より文学研究においても注目されてきた。

宇都宮千郁氏は、寛弘七（一〇一〇）年正月一五日の二宮（敦良親王）御五十日の祝における、裳唐衣装束をめぐる論評に注目する。注(23)小大輔・源式部の裳唐衣装束の内訳に続く叙述である。

織物ならぬをわろしとにや。それあながちのこと。顕証なるにしもこそ、とりあやまちのほの見えたらむそばめをも選らせたまふべけれ、衣の劣りまさりはいふべきことならず。

二人の唐衣が織物仕立てでないことを、華やかさに欠けるという意味で不満を表明したらしい発言に対し、裳唐衣装束には定めがあるのだから、その不満は無理というものだ、と作者は断じる。

宇都宮氏はここできっかけとなる不満が生じる理由に目を向け、当該期の裳唐衣装束の禁色について再検討し、赤色・青色の唐衣／織物の唐衣／それ以下、という三ランク、すなわち上臈・中臈女房の一部に許される織物の唐衣があいだに存在したことを解明する。そのうえで、日頃であれば多少の華美は許容されるが、公の晴の場においては区別が厳密であり、それを遵守することは主人彰子の意向であり、評判にも関わってくる。それで作者は不満に対して反駁していると解するのである。

福家俊幸氏は『日記』が服飾描写に重点をおくことの文学的意味を追究した。注(24)『日記』では「見る」「見ゆ」を多用して記録者の視線が強調され、その視線が捉える服飾描写は女房たちの気持ちや主張、場面を表現している。さらに禁色に対する厳密な叙述には、彰子後宮がそれまでにない身分の高い出自の女房を招聘し上臈女房が増加したために、序列を重んじる独特の雰囲気がもたらされ、と同時に彰子のすぐれた統率力が発揮されていたという背景があったことを指摘する。『日記』は彰子後宮の現実を浮き彫りにするねらいをもって、女房の視点を自覚し、服飾描写を方法的に採り入れているのであった。

畠山大二郎氏は、二宮（敦良親王）御五十日の祝において、二宮を抱く中務の乳母の「葡萄染の織物の袿、無紋の青いろに、桜の唐衣着たり」の実像を追究する。注(25)従来は読点に従い、袿／表着／唐衣の三つの構成を示すと解されているが、他の事例と検証して「無紋の青いろに桜の唐衣」を一つの衣服と読み、中陪を入れた三重襲の唐衣であることを実証する。そして無紋の唐衣が平絹の唐衣より格上であることを論じ、このような叙述を通じて唐衣の色や地質による細かな秩序が彰子後宮では成立していること、ひいては女房を統率する主人彰子の威厳が賛美されていると解するのである。

宇都宮論文は『満佐須計装束抄』の新発見の写本との校合、畠山論文は豊富な実作経験に基づいており、それぞれ研究手法という点においても斬新である。

以上のように、裳唐衣装束は彰子後宮の美意識と秩序を可視化するものであり、その賞賛は主人彰子の統率力を讃えることにつながった。服飾を通じた叙述が文学手法として有効であったばかりでなく、裳唐衣装束だからこそ描くことのできる歴史的事実が彰子後宮には存在していたのであり、作者はそれらを叙述する意図をもって服飾描写につとめているのである。

三　『紫式部日記』の服飾

あらためて『日記』の服飾叙述に注目したい。『日記』には「見もの（物）」と評される場面が二例ある。一つは前述した寛弘七（一〇一〇）年正月の戴餅であり、天皇と若宮たちとの和やかで晴れがましい場面であった。もう一例は、寛弘五（一〇〇八）年九月一五日の五夜の産養である。それは儀式次第ではなく、殿上に視線を移してすぐ、「御帳の東面二間ばかりに、三十余人ゐなみたりし人々のけはひこそ見ものなりしか」という叙述である。

御帳台東面の二間ほどの場所に、裳唐衣装束の女房が三〇余人も祗候すれば足の踏み場もない、とはいえ彩りあふれる空間であったろう。そのような空間こそが女房の活躍の場であった。『日記』にみられる「見物」二例は、主家の栄華と、女房たちの自負という、主人に仕える女房ならではの両面を記録しているのであり、作者の着眼の確かさを示していよう。

一条朝は女房の数が増え、その秩序にもランクが増設され禁色装束の幅が広がる、後宮史の画期であった。そのような中で、女房たちの装束を統制していた主人彰子の凛としたさまを、作者は叙述している。後宮社会の歴史的動向を把握し、その中に主人や主家の素晴らしさを位置付けているのである。

さらに、裳唐衣装束の統制にあたったのはキサキばかりではなかった。彰子後宮に比して大らかな気風の妍子後宮において、万寿二（一〇二五）年正月二三日の皇太后妍子大饗に際し、女房たちの重袿の度が過ぎる事態がおこった。そのために摂政頼通が大殿道長に叱責される。その言は「朝廷の御後見はいかなる人のするわざぞ。なでふさることを見てただにある人かある」（『栄花』巻二十四、わかばえ）というものであった。後宮女房たちの裳唐衣装束を統制することは、朝廷を後見する摂関にとっても重要な勤めの一つだったのである。

したがって、統制され彩りにあふれる裳唐衣装束のさまを称賛することは、摂関である主家への称賛でもあった。そのような意味を担っていたからこそ、空間的には手狭で足の踏み場もないにもかかわらず、御簾下から溢れんばかりの裳唐衣装束の光景が「見もの（物）」と肯定的に叙述されるのであろう。

＊

以上、裳唐衣装束への着目から『日記』を検討し、裳唐衣装束の叙述が多い理由も考察した。装束による人物描写が文学的手法として採用しやすいことも理由の一つであるが、その多くは裳唐衣装束であり、その彩りは「見もの（物）」と自負される。女房たちの個性や嗜好も反映する彩りを統制するのは、主人彰子の統率力であった。さらに彰子は摂関を勤める家出身のキサキであり、摂関にとっても裳唐衣装束の統制は「朝廷の後見」を勤めるのに不可欠な器量の一つであった。そして作者は、道長の差配によって記録者を務めている。このような多様な側面を含み込んで、『日記』は女房ならではの場から視線を送り、女房の自負と主家への称賛の意をこめて、裳唐衣装束を叙述するのである。注(26)

四　室礼に関する叙述

一　御簾の内・外

室礼について、『日記』に一五例みえる「御簾」を考察してみたい。単に場所を指す場合もあるが、御簾外に来訪した男性貴族との取り次ぎを勤めたり、禄を外に出だしたりして、御簾下に女房が祇候している。さらに、裳唐衣装束の女房が御簾下で勤める出衣もある。いわば自ら室礼を勤めるのである。御簾は作者にとって身近な存在であった。

近年、出衣が場の構造を示すものとして注目されている。赤澤真理氏によると、出衣はその内が女性の空間であることを示しており、出衣がみえる御簾の中には、折り重なるように多くの女房が祇候していた。一方、几帳の帷子が御簾の下からみえる場合、その後ろには后の座が置かれていた。そのような区別が文学作品や絵画資料にみられる。それらは儀礼の場を彩るとともに、場の構造や秩序を可視化していたのである。[注(27)] 現代において服飾と室礼は別のものであるが、当時の史料ではどちらも「装束」と記される。機能として通じる要素があるからであろう。出衣は女性の空間と外との境界を示す室礼であった。

よって御簾にも境界として注目したい。取り次ぎといっても「御簾すこしあけて」というのが普通であり、御簾内は男性貴族に窺うことができない空間である。逆に御簾が「まき上げたまふ」ことで生じたのが、寛弘五（一〇〇八）年一一月一日の五十日の祝いの後の右大臣以下の酔態である。御簾を上げることは境界の解消、場の開放を意味するのであろう。また寛弘七（一〇一〇）年正月一五日の二宮の五十日祝において、上の女房の並み居る姿が見えたのも、餅献上などの儀式が終わり、祝宴に場面がかわるに際して御簾を上げたからであった。

寝殿造は壁を作らず室礼によって区切る開放的な空間構成であり、やや無防備ともいえる住宅である。とはいっても、母屋／廂／簀子という建築構造や、御簾や几帳による区分によって、境界が細かく設定されていた。儀式の場を検討する際に不可欠の視点であり、作者も同様の視点をもって記録していたはずである。

二 「境界線上の記録者」としての作者

作者が御簾下で出衣に奉仕していた形跡は『日記』には見当たらない。観察し御簾の内外を記録する立場にあったようである。寛弘五（一〇〇八）年一〇月一六日は一条天皇の土御門邸行幸であった。準備に余念のない道長の姿が『紫式部日記絵巻』でも有名である。その日の一場面を作者は次のように記録した。

御簾の中を見わたせば、色ゆるされたる人々は、例の青いろ・赤いろの唐衣に、地摺の裳、表着は、おしわたして蘇芳の織物なり。ただ馬の中将ぞ葡萄染を着てはべりし。打物どもは、濃き薄き紅葉をこきまぜたるやうにて、なかなる衣ども、例の、くちなしの濃き薄き、紫苑色、うら青き菊を、もしは三重など、心々なり。綾ゆるされぬは、例のおとなおとなしきは、無紋の青いろ、もしは蘇芳など、みな五重にて、かさねどもはみな綾なり。大海の摺裳の、水の色はなやかに、あざあざとして、腰どもは固紋をぞおほくはしたる。袿は菊の三重五重にて、織物はせず。わかき人は、菊の五重の唐衣を心々にしたり。上は白く、青きが上をば蘇芳、ひとへは青きもあり。上薄蘇芳、つぎつぎ濃き蘇芳、中に白きまぜたるも、すべて、しざまをかしきのみぞ、かどかどしく見ゆる。いひ知らずめづらしく、おどろおどろしき扇ども見ゆ。

晴れがましい儀式を女房たちの裳唐衣装束で表現する典型的な叙述である。禁色を許された女房とそうでない女房という区分が明記されており、彰子後宮の秩序を示してもいる。それを作者は「御簾の中を見わたせば」と、男性貴族には不可能な、境界線上の記録者として叙述するのである。これも「見もの(物)」と自負してのことであろう。

*

以上、『日記』にみえる室礼のうち「御簾」に着目して考察した。御簾自体は場を区切る障屏具にすぎないが、とくに女房との関わりをもつ室礼であり、記録者である作者にとっては、自らの立ち位置を象徴する境界線であった。その内側は自らに託された記録空間であり、外にも視線を送っている。『日記』だけをみていると、眼前の主人や同僚女房の叙述として、とくに疑問なく読まれるところであるが、儀礼の場全体を想定すると、式次第と故実先例を主とする男性貴族の日記と役割を分担した記録として理解しうる。それを望んだのは道長であり、その差配により御帳台を覗くこともあった。『日記』にみえる道長と作者との近しい雰囲気も、場の差配と記録者という関係にもとづくものと考えられるのである。

五　おわりに

『日記』について儀礼・服飾・室礼の三つの視点から、近年の研究成果に学びつつ考察した。儀礼空間の全体、歴史的動向の中で見直してみると、『日記』は道長政権期ならではの事象に視点を絞り、叙述しようとしていたことが理解される。一年間に五〇〇以上の行事・儀式があるといわれる宮廷社会において、注(28)摂関政治の全盛期―道長一家の超越性―を象徴する行事に絞り、女房ならではの視点で叙述したのである。儀式次第を基本とする男性の日記と異なり、天皇家と道長一家の人間模様を叙述することができたのは、女房文学ならではであった。作者は主家に仕える女房としての役割を、記録者として勤めているのである。日記的章段からはそのような性格が色濃く窺われる。

ただし、当該期の歴史的変化は、女房たちにも自己改革を強いるものであった。上の女房と宮の女房との格差、斎院付き女房との競合、かつて公卿であった家の息女もいる上臈女房との確執に苛まれ、公卿や殿上人と場を同じくすることもある。主家の権力はこれまでになく絶大であり、文化の粋を集めたものが眼前にある生活。他家に仕える女房をときに辛辣に意識し、自己を内省的に吐露することは、この時代に生きた受領階級出身女房ならではの独白であり、自我を表出しないわけにはいかなかったのであろう。

一方、一条天皇・中宮彰子は称賛の対象であり、やや強引な道長の人物像も、晴儀における大らかさのなかで叙述される。主人である彰子が、国母として才能を発揮し、女房たちを統制する力に長け、摂関政治においても発言力を有する人物であったこと[注(29)]は、作者にとって偽りなく讃えることのできる点において救いであったろう。

そのような複雑で変化の大きな時代に『日記』は生まれた。記事の配分がアンバランスであったり、断片的であったりするのは、単に伝来に起因する可能性もあるが、作者の題材選びから作品叙述への途中経過がそのまま露呈しているのではなかろうか。益田勝実氏は文章表現の視点から「かなぶみに型がなかった頃」に、表現を模索しつつ書き継いだ所産として、『枕草子』を「見事な文集」とみるのに対し、『日記』は「一種の文集」と断じ落差を指摘する。[注(30)]未完成とは言い過ぎかもしれないが、それゆえにこそ作者の実感が文学的表現や構成に昇華されることなく残り、かえって当該期の歴史を物語る日記文学になっていることを最後に指摘してみたい。

注

(1) 大津透「はじめに―システムの解明をめざして―」(『日本の歴史06 道長と宮廷社会』講談社、二〇〇一年)。それまでの研究動向を総括して、「人間関係だけに帰することなく、権力の特色と構造を考えなければならない」と提言し、外戚であることや後見の有無によって論じられる政治史ではなく、歴史史料によって国家や宮廷社会のシステムを解明する必要性を論じる。

(2) 黒板伸夫「藤原忠平政権に対する一考察」(『摂関政治史論集』吉川弘文館、一九八〇年。初出は一九六九年)、橋本義彦「貴族政権の政治構造」(『平安貴族』平凡社、一九八六年。初出は一九七六年)。

(3) 坂本賞三「関白の創始」(『人文学部紀要』〈神戸学院大学人文学部〉三、一九九一年)、坂上康俊「関白の成立過程」（『日本律令制論集』下、吉川弘文館、一九九三年）など。

（4）前掲注（2）橋本論文、吉川真司「藤原良房・基経」（『古代の人物』4平安の新京、清文堂出版、二〇一五年）。

（5）今正秀「摂政制成立考」（『史学雑誌』一〇六―一、一九九七年）、神谷正昌「平安時代の王権と摂関政治」（『歴史学研究』七六八、二〇〇二年）。

（6）吉川真司「摂関政治の転成」（『律令官僚制の研究』塙書房、一九九八年。初出は一九九五年）。

（7）服藤早苗氏が先鞭をつけた視点であり多数論じる。近年も「国母の政治文化―東三条院詮子と上東門院彰子―」（『平安朝の女性と政治文化』明石書店、二〇一七年）がある。母后に注目したその後の研究として、古瀬奈津子「摂関政治成立の歴史的意義―摂関政治と母后―」（『日本史研究』四六三号、二〇〇一年）。高松百香「院政期摂関家と上東門院故実」（『日本史研究』五一三、二〇〇五年）。東海林亜矢子『平安時代の后と王権』（吉川弘文館、二〇一八年）などが続く。

（8）大津透「節会と宴―紫式部の描く王権―」（山中裕編『歴史のなかの源氏物語』思文閣出版、二〇一一年）、同「藤原道長の歴史的意義」（『むらさき』五〇、二〇一三年）。

（9）『皇室制度史料』后妃、一～五（吉川弘文館、一九八七年～一九九一年）。『同』儀制、誕生、四（吉川弘文館、二〇一一年）。

（10）新井重行a「皇子女の産養について―摂関・院政期における変化を中心に―」（『書陵部紀要』〈宮内庁書陵部〉六三、二〇一二年）、同b「皇子女の五十日・百日の祝について」（小口雅史編『律令制と日本古代国家』同成社、二〇一八年）。以下、新井a・新井b論文とする。

（11）中村義雄『王朝の風俗と文学』（塙書房、一九六二年）。

（12）前掲注（10）新井a論文、一八頁。

（13）前掲注（10）新井a論文、一八頁。

（14）新日本古典文学大系本二八一頁、脚注四〇。

（15）倉田実「絵巻で見る 平安時代の暮らし第8回『紫式部日記絵巻』「敦成親王五十日の祝〈2〉」を読み解く」（三省堂ホームページ https://dictionary.sanseido-publ.co.jp/column/emaki8）。

（16）儀式の見物については、拙稿「宮廷儀礼における公卿の「見物」」（『平安宮廷の儀礼文化』吉川弘文館、二〇一〇年）において公卿の見物、同「『大鏡』法成寺諸堂巡覧にみる大殿道長」（『史淵』〈九州大学文学部〉一三九、二〇〇二年）において女院や女房の見物に対する道長の姿勢を論じたことがある。

（17）前掲注（10）新井b論文、一四四頁。

（18）前掲注（16）拙稿。

（19）摂関政治の政治文化については、拙稿「平安宮廷儀礼の政治文化」（『鷹陵史学』〈佛教大学鷹陵史学会〉四五、二〇一九年）でも論じた。

（20）長谷章久「紹介「あかね会編 平安朝服飾百科辞典」」（『国語と国文学』一九七六年）。『枕草子』や『日記』を事例とし、「着用者の身分はもとより、その趣味や教養をも反映させるものして扱われているわけで、これは同時代の読者の好奇心を満足させる傍ら、着用者の個性についてことさらな説明を省き得る効果を発揮する」と指摘する（七七頁）。そもそも文学的手法として至便の策であったことを的確に指摘する。

（21）増田美子「和様の成立過程―唐衣裳装束を中心に―」（『国際服飾学会誌』二八、二〇〇五年）。

（22）川本重雄『寝殿造の空間と儀式』（中央公論美術出版、二〇一二年）。

（23）宇都宮千郁「『紫式部日記』中「織物ならぬをわろしとにや」に関する一試論―平安中期における女房装束の禁制をめぐって―」（『日本文学』四六―一二、一九九七年）。

（24）福家俊幸「『紫式部日記』服飾描写の方法」（『紫式部日記の表現世界と方法』武蔵野書院、二〇〇六年。初出は一九九七年）。

(25)畠山大二郎「『紫式部日記』の「無紋の青色に桜の唐衣」―三重襲と無紋綾織組織の問題を中心として―」(『平安朝の文学と装束』新典社、二〇一六年。初出は同年)。
(26)女房の手になる、裳唐衣装束を多く叙述する点で同様に、『栄花』や『たまきはる』を当該期の政治文化の産物として論じることが可能であろう。今後の課題としたい。
(27)赤澤真理『御簾の下からこぼれ出る装束』(平凡社、二〇一九年)。
(28)土田直鎮「平安時代の成務と儀式」(『奈良平安時代史研究』吉川弘文館。一九九二年。初出は一九七四年)。
(29)服藤早苗『藤原彰子』(吉川弘文館、二〇一九年)。
(30)益田勝実「かなぶみに型がなかった頃―『紫式部日記』作者の表現の模索―」(『益田勝実の仕事』2、ちくま学芸文庫、二〇〇六年。初出は一九八四年)。

『紫式部日記絵巻』の視点
――描かれた〈紫式部〉像――

川　名　淳　子

一　はじめに

先ずは『紫式部日記絵巻』から図1の情景を眺めてみたい。紫式部の里でのつれづれを描いた場面である。この絵の詞書は現存しないが、『紫式部日記』の消息文部分にある日時不明の「風の涼しき夕暮、聞きよからぬひとり琴をかき鳴らしては、なげきくははると、聞きしる人やあらむと…」で始まる本文が対応する。絵には端近くに御簾を巻き上げ琴を弾く式部の姿が描かれ、その前に冊子や巻子が広げられている。傍らに控える侍女が「真名書を読む女は幸薄い」と式部を諫めているところと見れば、原典に忠実な場面だと言えよう。里にあって自らの来し方行く末を鬱々と思いやる『日記』のこの叙述は、宣孝没後の式部の喪失感や寂寥感が契機となって、『源氏物語』執筆へと始動していった経緯と絡めて読み取られている。「物語創作を必然としたある時期の心象風景」として分析され、文学の「受動的享受者から積極的

な創作者になってゆく」式部の変容のあり方がここに見つめられてきた。注(1)

一方、この『絵巻』(=『紫式部日記絵巻』。以下同じ)の画面は、あたかもその物語の創作者たる紫式部が、そのまま物語世界に息づく人物になってしまったかのような趣を呈している。袿姿の女の独居、美しい菊蒔絵の調度、仕える女房、庭先の色づく木立に、秋風、夕暮れ、独り琴が結びつけば、それは王朝の物語のはかなげな姫君の様態、恋に悩む女君の姿を描く物語絵の定番の構図となる、と言わんばかりに描かれ、美しい衣装を纏いうつむく女人がいる。救いがたい絶望感や孤独を浪漫的な物語的なものに韜晦したかに見せるその『日記』の叙述自体、かなり屈折したものであるが、『絵巻』は『日記』が匂わせた「嘆き加わる琴の音」の浪漫性注(2)を逃さずキャッチし、その記事が示す一つ一つの事物の〈ことば〉を、恋物語的雰囲気を醸し出す要素として捉え、再構成したのであった。その結果、〈紫式部像=物語世界の体現者〉という意図のもと作り上げていったかのような画面が出現したのである。

二　『絵巻』から『日記』へ

美術史研究の成果と、鎌倉期における、王朝文学の絵画化の諸相も踏まえた上で、国文学研究の立場から『紫式部日記絵巻』について言及する場合、二つの立

図1　蜂須賀家本第八段絵　里居のもの思い(日本古典文学会編「紫式部日記絵巻」より)

脚点がある。一つは、いつ誰がいかなる目的と意図をもって、『日記』から場面を選択し、『絵巻』の絵と詞書を制作し、どのような人々が鑑賞したのかという、後世の『紫式部日記』の享受と『紫式部日記絵巻』の成立の問題。そして今一つは、『絵巻』が成立した時代の、『紫式部日記』に対する解釈を、原典に遡及させることで、『絵巻』に〈出来事〉と〈ことば〉を提供した『日記』の文脈と表現を分析し、あらためて叙述体としての『日記』のあり方を探るというものである。本稿は後者に向かうための試論としたい。

『日記』には、後の絵画化を促すような場面作りや、状況を特定の絵画の枠取りの中に収めようとする描写法が見られ、この作品に内在化された〈絵〉[注(3)]についても取り組むべき課題は多い。が、本稿において『絵巻』を経由して『日記』を見つめようとする時、先ず留意されるのは、実際の「絵」という形態によって一望が可能になった情景は、自ずと、『日記』には書かれているが『絵巻』では可視化されていない事柄、逆に『絵巻』には描出されていても『日記』では（敢えて）書き記されていない事象が浮き彫りになるということである。縷々述べられた式部の個人的感情も、それを排除しても、『絵巻』の画面上に、〈今―ここ〉の出来事が明確なシーンとして成立するという事実は、絵巻制作者が、もとより式部の憂愁叙述を取り外し可能な叙述と捉えていたふしを窺わせる。『日記』の側から言えば、実はそういう文章構造を『紫式部日記』自体が有しているということが、『絵巻』を介在させることによって顕かになる、と考えられるのである。

現存する二十四画面のうち九図に〈紫式部〉と思われる人物が描かれている。このことについて『紫式部日記絵巻』研究においては、「作者自身の姿を画面に登場させ一人称を客体化することによって」「（『日記』に）リアリティーを求める（『絵巻』の）傾向がさらに助長される」ということが説かれてきた。[注(4)]一方『紫式部日記』研究では、『日記』の作者が自己の救いがたい内面を〈書く〉ことで、自身が存在する社会との相剋、そこに身を置くことの呻きを伴ったリアリティーを作品の中に刻印した、そのあり方が問われている。かくのごとく、『絵巻』が紫式部の身体を〈描くこと〉をもって『日記』の世界の〈現実〉を組み立て、表象しようとしたことと、紫式部が『日記』の中に自身について〈書く〉という行為の内実は、当然ながら根本的な相違をみせている。『絵巻』と『日記』を俎上に載せるということは、自明のこととは言え、両作品の違いを前提とするところから出発しなければならない。

絵というフレームの中に、主家の人々も紫式部を含めた仕える人々も、同じ地平（紙面）に、同一目的のもとに、同じ行動をする人物として〈描く〉という物理的行為は、驚くほど鮮やかにその物体の存在性を画面の中で整理し、秩序立てていく。抽象を排除し具象に向かう過程で、紫式部も〈女房〉の一人という第一義的な役割の中に嵌め込まれ、理想化されていることが本『絵巻』の処々に見て取れる。たとえば図2の七日の産養の画面では、紫式部の姿は彼女が忌み嫌う橘三位と同一空間内で、全く同じ白の装束を纏い、御帳台に横たわる中宮を気遣う女房として描かれている（『日本絵巻大成9』は中宮の側にいるのが紫式部、白い包みの前に坐すのが橘三位とする）。両者共に皇子誕生

図2　藤田美術館本第四段絵　七日の産養　（藤田美術館蔵）

後の穏やかな場面を形づくる演出者たちの一部となり、人間関係のうちに生じる諸々の棘は調和の良い人物配置の中でその形跡を消す。従って『絵巻』から『日記』へと向かう道筋は、式部が抗おうとしたもの、背を向けようとした事象を問うことにおいても、それが『絵巻』ではいかに処理されたかを、先ずは〈かたち〉あるものに囲繞され、その中に破綻なく描き込まれた姿を保つ式部像から考えていくことになる。

後述してゆくことになるが、本『絵巻』の制作者は、式部の抽象的で複雑な内面吐露が、実は常に外界の形而下の事物に触発され、それに感応したという形で語り始められるという特異性を見抜いていたのであろうかと思われる。その上で、この『絵巻』に係わった人たちは、彼らの論理に従い、彼らの解釈の仕方によって、彼らの時代の人々の心に作用する画面を構成し、約二百年前の式部が立ち合った歴史的事実を今に立ち上げようとしたものと想定される。その行程が、『絵巻』を成す上での、『日記』からの光景の選択、それを絵にするための事物の構成、『日記』本文からの詞書への取り入れ方なのであるが、『絵巻』との往還によってそれを辿るということは、実は次のようなことを気づかせる。すなわち、『紫式部日記』の内部に潜入し、式部の心情の真の在り処に行き着こうとするあまり、時に隘路に陥ってしまう現代の〈日記文学〉の読者に、この『紫式部日記絵巻』という作品は、式部の感情が絡みついた出来事から、先ずは〈かたち〉あるものを抽出する手順を、結果的に示唆するものになっているのではなかろうか、ということなのである。そのような〈視点〉を以てこの『絵巻』に向き合う時、本作品は美術品という域を越えて、『日記』の〈読み〉自体に作用してくるのだと考えられるのである。

『紫式部日記』の叙述を導入した『栄華物語』は、式部の内面吐露や『源氏物語』にまつわる記事、そして物語作者としての属性を注意深く排除し独自の叙述姿勢と歴史観を提示したが、本『絵巻』においても『栄華物語』とはまた異なる『日記』への取材姿勢と、特有の歴史認識があるとみなされる。結論から言えば、本『絵巻』に係わる人々は、『紫式部日記』に対して、摂関家の政治生命を不動のものにした皇子誕生の慶事の記録の中に、王朝の文化レベルを彷彿させる物語的なるものが共存するという事実や状況に大きな魅力を抱いていたのではないかということが考えられるのである。この『絵巻』の背景には、武士の時代へと移行してゆく世にあって、『源氏物語』に象徴されるかつての貴族の隆盛と文化的達成への彼らの特別な思いが渦巻いていることが重要視されてくる。それは『紫式部日記』を、〈『源氏物語』の作者の精神構造を証す紫式部のもう一つの叙述体〉と捉える認識とは全く質を異にするものである。

　前置きが長くなってしまったが、よって本稿で言うところの〈絵巻制作者〉とは、注文主のもとで実際に筆を執った絵師を指すのではなく、『紫式部日記絵巻』を作り上げることの意義を強く自覚した上で『紫式部日記』と向き合い、その造型化を企図した人々（とその当事者に密接に関わる鑑賞者たち）のことを示すことになる。以下『紫式部日記絵巻』の概要を述べた後、『絵巻』の中からいくつかの画面を取り上げつつ、『日記』の叙述との比較を試みる。なお本『絵巻』は『紫式部日記絵詞』とも呼称されているが、ここでは『紫式部日記絵巻』で統一する。

三　『紫式部日記絵巻』の成立とその背景

『紫式部日記絵巻』の現存する二十四段（うち模写一段）の詞書、二十四段の絵から、計二十六の『日記』の情景が確認される。今ある諸段すべてが現存『日記』の範囲内であることから、『絵巻』成立時に見られていた『紫式部日記』も、消息文を含めた現行の形態と大きな相違はないかとも考えられる。とはいえ『絵巻』の伝来過程における偶然性も考慮すると、『絵巻』から『紫式部日記』の原初形態に及ぶ推測は今は保留にせざるを得ない。[注(5)]

『紫式部日記』の消息文部分からも前掲の絵（図1）を含め二画面、絵画化されているが、通説では当『絵巻』は、消息文部分を除いた、ほぼ全文を対象に絵画化を試みたものとされ、当初は約五～六十段、十巻程の大規模なものであったと推定されている。現存の蜂須賀家本、藤田美術館本、五島美術館本、日野原家本の四巻は『絵巻』全体の四割程度ということになる。[注(6)]

『紫式部日記絵巻』の成立年代は、一二二〇年代から四〇年代とされ、美術史研究では、絵の様式と詞書の書風、料紙装飾の傾向からさらに、天福を中心とした前後、貞応から仁治（一二二二～四三）年間位まで絞られている。制作者は未詳だが、寛喜三（一二三一）年の、後堀河天皇中宮竴子所生の秀仁親王（後の四条天皇）の誕生を寿いで、竴子の父九条道家及びその周辺が企図した説が有力である。[注(8)]『明月記』に定家は、九条道家が藤原権門の先蹤を思い「不肖の身、已に寛弘之佳例を追う。自愛、更に云ひ尽くすべからず」（寛喜三年二月十二日条）[注(9)]と語ったと記す。道家は我が身を道長に、娘竴子を彰子になぞらえて感涙にむせんだのである。源豊宗氏は、道家が竴子の入内時にその童名を改める際、「彰」を吉字として取り入れたこと[注(10)]や、当代一流歌人を動員した竴子の入内屏風が彰子入内屏風を彷彿とさせること等も踏まえ、「寛弘の佳例」は竴子入内の当初から道家によって追求され、秀仁親王の誕生により思惑通り実現したその喜びが『絵巻』作りに反映されているとする。[注(11)]現存する画面の多くが産養に纏わる場面であることからも、『紫式部日記』が皇子誕生の祝意を込めた記録として把握されていたことは動かせない。[注(12)]『絵巻』製作時期に、九条道家と竴子を、藤原道長と彰子になぞらえる記事[注(13)]は他にも見られ、本『絵巻』制作の背景に道家父娘の存在があることの蓋然性は高い。

よって本『絵巻』には、記録を前提とする〈日記〉というものが持つリアリズムを尊重する精神と、藤原道長による盤石なる摂関体制が築かれた寛弘年間への憧憬の念、そして平安中期の宮廷社会の隆盛に追随しようとする鎌倉初期の貴族たちの復古の姿勢を見て取ることができよう。

一方、本『絵巻』が王朝以来の〈物語絵〉の手法を継承していることは非常に重要である。『紫式部日記絵巻』制作の主眼は、帝位を見据えた皇子誕生にまつわる盛儀の造型化にあるが、その画面は、『年中行事絵巻』のように記録性や規範性を重んじ、出来事の全体像を見渡すように描く〈行事絵〉の描法に拠るのではなく、絵の鑑賞者が絵の中の人物や情景を近接した視点から眺め、その息吹や躍動感を感じるような画面となっている。だが、院政期成立の徳川・五島本『源氏物語絵巻』と同様、つくり絵の手法によるものの、『源氏物語絵巻』に比して優艶さや情趣に乏しく、その画面は全体的に状況の説明的傾向が強く、また短期間で制作されたのだろうか創作のプロセスも簡易で、荒削りの部分もある。しかしそこには、王朝以来の多くの物語を享受し、体験的に培った当代の人々の物語的情趣への嗜好と、鎌倉時代の物語絵画における新感覚の描法が共存し、『紫式部日記』に書かれた事象をあり得べき貴族の理想像として画面に結実させようとした、独自の感受性と力強さと臨場感を感じ取ることができる。

かつて林屋辰三郎氏は、『紫式部日記絵巻』について、「公家階級の見果てぬ王朝の夢を、承久の変を前にした嵐の前の静けさのなかで、あくことなく追求している趣がある」と述べた。氏の言う『絵巻』の成立時期に関してはここでは保留にするが、台頭する武士勢力に対峙するこの絵巻制作時期の貴族たちが日指すものを、林屋氏が「王朝の模倣」ではなく「王朝の再現」であると強調したこと注(14)は重要であった。彼らは、「王朝」を醸し出す擬古物語の量産とその絵画化という同時代の様相と共通の基盤に立ちながらも、その志向するところは物語の生成ではなく、むしろ『源氏物語』を生み出した時代そのものを映し出す「日記」という記録体に王朝の舞台を見出し、それを絵画化し享受することで「王朝の再現」の履行を考えたのである。一方、その方法として物語絵の手法を踏襲したことについて、池田忍氏は、次のように指摘する。本『絵巻』の画面には「直截的には描かれていないが武士への、貴族の対抗意識」が窺われ、「平安時代から宮廷で続けられてきた物語絵制作を反復することで、宮廷文化の揺るぎない伝統を創造すること」、「物語絵という過去に起源を持つジャンルの内部で宮廷文化の担い手としての新しい自画像を創造すること」が、この『絵巻』制作の背景にはあると言う注(15)。

『紫式部日記絵巻』誕生の経緯には、道長の栄華に準えるという直截的な政治的野望に拠る対応関係のみならず、そこには、摂関家の隆盛と不可分の関係で花開いた物語文学への当代の人々の屈折した憧れと評価、そして宮廷文化の担い手としての系譜上にある、公家たる自身の立ち位置への強い自覚が共存していたことにもなる。『紫式部日記絵巻』とは、いわば鎌倉初期の貴族の政治的野望を、王朝以来の〈物語絵〉の手法でくるんだ所産ということになろう。

四　物語絵を志向する『絵巻』

そのような視点で、本『絵巻』を見渡すと冒頭に挙げた以外にも、物語的な画面がそこここに見られる。

寛弘五（一〇〇八）年九月十六日夜の舟遊びの光景（藤田美術館本第二段絵）などは、銀の月に映える庭の秋草の趣と、池に浮かぶ船上の教通たち青年貴族と女房たちの優雅な姿が、あたかも物語の一シーンのようである。また寛弘六（一〇〇九）年のある夜、道長が式部の局を訪れた場面（図3）は、『紫式部日記』から知り得た格別なトピックスとして描かれたのであろうが、妻戸の前に佇む道長と室内に臥す式部の姿を吹抜屋台の構図のもとに描出する画面は、恋を仕掛ける〈男〉と、それに絡む〈女〉のストーリーを思わせる。同様に『日記』始発部分に随想風に描かれた道長との女郎花の歌のやりとりの場面や、「物語にほめたる男の心地しはべりしか」と喩えられた頼通の姿も、主家を讃美する情景であり、かつ物語的情趣を醸し出すものとして嬉々としてこの『絵巻』には、取り入れられていたのではなかろうか。

図4は、中宮権亮藤原実成と中宮大夫藤原斉信が、特別昇進の御礼言上の取り次ぎを求めて式部の局を訪れた情景である。当場面の直前の記事で式部は「かねても聞かで、ねたきこと多かり」と新皇子の家司等の人事を事前に知り得なかった憤懣と、身内の昇進を望めなかった悔しさを噛みしめている。『絵巻』の詞書で「いらへもせぬに」とある部分は、現行『日記』本文では、「出でぬに」とあり、浮かれ気分の彼らへの対応の億劫さと拒否感がより強く表出されている。しかし一方で、式部は、両者の来訪を「暮れて、月いとおもしろきに」「夜ふくるままに、月いと明し」

図3　日野原家本第三段絵　道長と紫式部

（日本古典文学会編『紫式部日記絵巻』より

と記し、彼らの楽しげな振る舞いを月光のもとに描出してもいるのである。『絵巻』はその月夜の景観記述に呼応するがごとく、画面の左過半を占めて中空にかかる銀の月、風にそよぐ枯れ前栽、なだらかな土坡、柔らかく枝を伸ばす常磐木を描出し、この出来事があたかも女のもとを訪れる貴公子という物語的趣を漂わせる光景に仕立てたのである。野村精一氏は、この画面について建物の描き方にも、格子を開ける式部の動作にも「美的虚構」が施されているとし、「ある種の「物語的虚構」によって、単なる慶び申しの儀礼的会話が、美しい月光のもとのハイブロウな語らいのエピソードとして文体化され、さらには、文字どおり王朝絵巻の一齣へと昇華させられていった」と述べた。そして、その「すじみち」は実はすでに『日記』に内在化されていたと指摘する。さらに野村氏は「『紫式部日記』に記されたエピソードはいかようにも引かれ、あるいは挿むことが可能」な「いわば他者によって自由に着脱可能な「挿話」の蓄積」であると言及する。そしてその「他者」の中に『紫式部日記絵巻』の作り手も挙げていることが[注16]本稿においては特に注目されるのである。

絵の中の紫式部に物語世界の女君のような役割を担わせ、式部の暗い鬱憤をかなたへと押しやったこの昇進の御礼言上の画面は、単に物語絵的美を追求したのではなく、図1の里居のもの思いの絵と同様、この『日記』の中に存在する物語絵的舞台を『絵巻』側が、殊更見出そうとした上での造型化なのである。

図4　五島美術館本第一段絵　実成と斉信（五島美術館蔵）

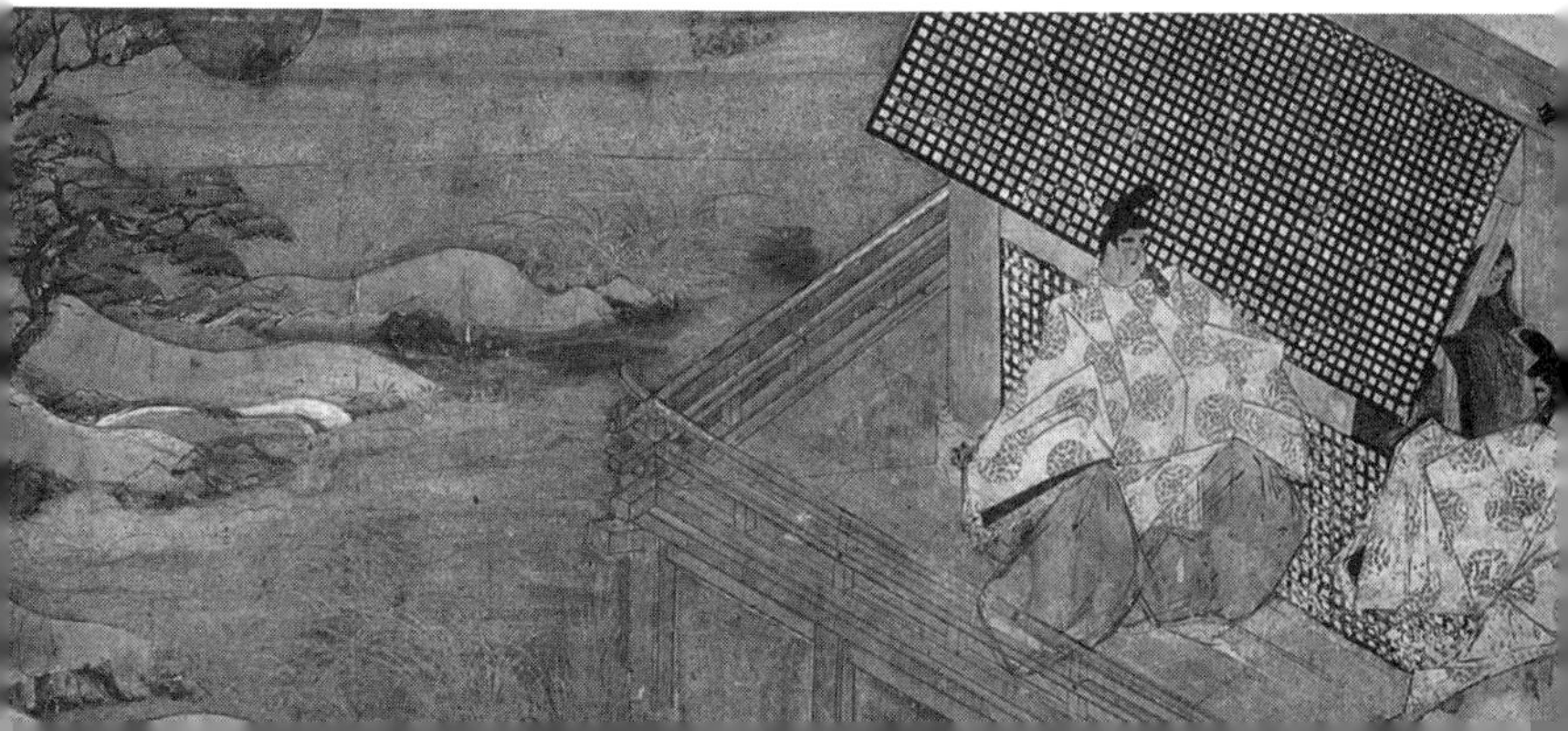

もっともそこにはいわゆる「感情移入」なる語で説明づけられる鑑賞者を画面に誘引する、『源氏物語絵巻』に漂うような懐の深さは感じられない。前頁図4の絵で言えば、画面右、硬質な直線を多用した建物の内外に描かれた人物たちと絵の鑑賞者との間には、当該状況を説明するに足る、程よい心的距離感は保たれた上での、抒情的な情景であると言えよう。物語絵的光景に結実するやわらかさに包みながら、廷臣たちの政治的野望が実現していく摂関期全盛の貴族社会の構造に対する、絵の外側に存在する者たちの羨望を帯びたまなざしが併せて想起される。

本『絵巻』について佐野みどり氏は、「本来、物語的因果律を持たない日記を日記文学にせりあげる持続する感情を絵画化にあたっては潔く捨象し」「情景のまとまり毎に『日記』は輪切りにされ、そのシーンの集積として『日記』の時間が再構成される」とその特質に言及しつつ、それを「柔らかい物語的興味から硬い歴史意識への交替」と表現したことは、[注17]『絵巻』が当時代といかに切り結ばれているのかを考える上で示唆に富む。綻びのないシーンと化す『絵巻』の画面の構造、式部の感情の捨象、『日記』の時間の再構成を、平安から鎌倉時代へと至る歴史観を踏まえつつ、どのように『日記』のテキストの読みと交差させるかが、さらなる課題となってくる。

図5　藤田美術館本第五段絵　道長像　（藤田美術館蔵）

五 〈紫式部〉を〈書くこと〉と〈描くこと〉

そこで浮上してくる次なる思いは、『紫式部日記絵巻』の時代の貴族が歴史的に背負う彼ら固有の緊張感と、過去の紫式部が抱え持つ彼女固有の憂愁とは、性質も次元も異にするものだとしても、『紫式部日記』の中に確かに存在する式部の心情を、この『日記』に深く係わった絵巻制作者たちが、どのように扱い、いかに捌いたのか、その具体相を『絵巻』の中に見出すことは可能であるか、ということに向かっていく。

右頁図5の道長像と絡めて考えてみたい。一条帝の土御門邸行幸をひかえ、道長は新造の龍頭鷁首を釣殿の一角に立ち検分する。淡縹色の直衣には、銀泥で浮線綾の丸紋が描かれ、その袖、肩、指貫の大仰な膨らみが堂々たる風格を印象づける。絵画的デフォルメゆえに、『日記』空間の復元的把握には役立たないが、池の面をすべるように近づく二隻の迫力と簀子縁の硬質な斜線構図、対して画面下方のなだらかに連なる土坡や汀の叢のそよぎは、摂関期の覇者たる道長の威風と、王朝社会をしなやかに生きるその雅男ぶりを演出する。鎌倉時代の絵画様式の特徴である「強装束」は、当時の貴族の美意識が、柔らかい衣の線の優美さよりも、威風や拡張を重視した証として捉えられているが、実際の状況としては、鎌倉期の公家たちの間でこの着衣が俄に創出されたというわけではなかろう。生地に強く糊をつけ堅くしたり、肩あてをして厚みをみせる形状は、あくまで王朝の伝統の上に則った冠や直衣や袍への尊重の精神の上に育まれ、変容を遂げた服飾なのであった。注(18) 強装束に拘り、推進した源有国は、〈光源氏〉の再来ともてはやされ、詩歌・管絃にすぐれ、朝儀にも通じている王朝の雅びの体現者であった。強装束には、美しい束帯や直衣を生み出した時代の、政治、文化の担い手であった貴族の輝かしい記憶と、新たなる時代に武家を牽制しつつ公家方の威厳を提示する双方が反映されているのであった。よって摂関時代の最盛期の慶事を今に再現することを企図する人々にとって、直衣姿の道長像は決して萎装束であってはならない。

『紫式部日記』では、周知のごとく式部は諸行事に臨む女官、女房たちの服飾を詳述しているが、帝や主家の人物の装束についてはその微視的な筆致はみられず、彰子については僅か二か所、道長については全く述べていない。と共に自らの外貌やその服飾の様相も具体的には記していない。主家や自身について敢えて書かないその〈沈黙〉の意味が、『日記』における服飾描写の考察点の一つである。注(19) 対して『絵巻』における装束の描写は、その実話性の追求の上でも、むしろ饒舌に〈もの言う〉役割を発揮している。五十日の祝いの折、若宮を抱く中宮の豊かに広がる小袿姿（五島美術館本二段絵）、同じく五十日の儀に臨む、葡萄染めの五重に蘇芳色の華麗な小袿を纏う中宮に、上機嫌で語りかける道長像など（東京国立博物館本絵）、豪奢な装束を身に纏った主家の華やぎと、そこに仕える女房達の揃いの白い装束や、産養を経て常の装束に戻り再び色鮮やかな装いとなった彼女たちの姿こそが、皇子誕生によって帝との確固たる紐帯を得た〈一族の肖像〉であり、「寛弘之佳例」の具体相であり、翻って絵巻制作者たちの願望の形象化であった。そこでは、皇子の尿に濡れて直衣の紐を解き炙らせる、式部が独自のまなざしで書き記した道長の姿は、『絵巻』の絵には不要のものであった。

装束については別稿注(20)でも述べたのでとどめるが、今、この図5の威風堂々の道長像を注視し、それをもとに考察を試みようとする事柄は、この光景に至る文脈における式部の個人的な喘ぎについてである。式部の憂いは、冒頭から絶え間なく『日記』に底流しているが、まとまった叙述としてはこの寛弘五（一〇〇八）年十月の行幸間近の記事が先ずは挙げられる。邸内の華やぎをよそに、池の水鳥によそえて我が身の不安定さを吐露しているわけだが、実は、『絵巻』の詞書にはこの折の式部の「思ひかけたりし心」も「もの憂く、思はずに嘆かしきことのまさるぞ、いと苦しき」云々も省かず書かれているのである。ではその叙述は、どのように『絵巻』では受け止められ、結局は薄められ、無化されていったのであろうか。先ずは当該部分の考察のために、上段に詞書、下段に『新編日本古典文学全集』からの本文を詞書に対応した形で挙げ、A～Dの記号を付す。詞書はほぼ『日記』本文に忠実である。

A（藤田美術館本五段詞書）

詞書	本文
行幸ちかくなりぬとてとのゝうちを	行幸近くなりぬとて、殿のうちを
いよ〳〵つくろひみかゝせ給よにをも	いよいよつくりみがかせたまふ。よにおも
しろきゝくのねをたつねつゝ	しろき菊の根を、たづねつつ
ほりてまいるいろ〳〵うつろひたるも	掘りてまゐる。色々うつろひたるも、
きなるかみ所あるさま〳〵にうゑ	黄なるが見どころあるも、さまざまに植ゑ
たてたるもあさきりのたえまに	たてたるも、朝霧の絶え間に
みわたしたるはけにおひもしそき	見わたしたるは、げに老も退ぞき
ぬへき心ちするになそやまひて思事	ぬべき心地するに、なぞや、まして思ふこと
のすこしもなのめなる身ならましかは	の少しもなのめなる身ならましかば、
すき〳〵しくもゝてなしわかやきてつ	すきずきしくももてなしわかやぎて、常

ねなきよをもすくしてましめて
たき事おもしろきことをみきく
につけてもたゝ思ひかけたりし心の
ひくかたのみつよくて物うくおもはすに
なけかしことのまさるそいとくる
しきやいかていまはなをものわす
れしなんおもふかひもなしつみもふ
かゝんなりなとあけたてはうちなか
めて水とりともの思事なけに
あそひあへるをみる

　水とりを水の上とやよそにみん
　われもうきたる世をすくしつゝ

B 絵（現存しない）

C〔藤田美術館本別本詞書（田中親美模本）注(21)〕

かれもさこそ心をやりてあそ
ふとみゆれと身はいとくるし

なき世をもすぐしてまし、めで
たきこと、おもしろきことを、見聞く
につけても、ただ思ひかけたりし心の、
ひくかたのみつよくて、もの憂く、思はずに
嘆かしきことのみまさるぞ、いと苦
しき。いかで、いまはなほ、もの忘
れしなむ、思ひがひもなし、罪も深
かなりなど、明けたてば、うちなが
めて、水鳥どものもの思ふことなげに
遊びあへるを見る。

水鳥を水の上とやよそに見む
われも浮きたる世をすぐしつつ

かれも、さこそ、心をやりて遊
ぶと見ゆれど、身はいと苦し

かんなりとおもひよそへらる少将
のきみふみおこせ給へる返事
かくにしくれのさとかきくらせは
つかひもいそく又そらのけし
きも心ちさはきてなんとてこ
しをれたる事やかきませ
たりけんくらうなりになるに
たちかへりいたうかすみたるこせ
んしに

　くもりなくなかむるそらもかき
くらしいかにしのふるしくれなるらん

かきつらんこともおほえす

　ことはりの時雨のそらは雲まあれと
なかむるそてそかはくまもなき

あたらしくつくられたるふね
ともさしよせて御覧す龍頭
鷁首のいけるかたちおもひやら
れてあさやかにうるはし

かんなりと、思ひよそへらる。小少将
の君の、文おこせたる返りごと
書くに、時雨のさとかきくらせば、
使ひもいそぐ。また空のけし
きも、うちさわぎてなむとて腰
折れたることや書きまぜ
たりけむ。暗うなりたるに、
たち帰り、いたうかすめたる濃染
紙に、

　雲間なくながむる空もかき
くらしいかにしのぶる時雨なるらむ

書きつらむこともおぼえず、

　ことわりの時雨の空は雲間あれど
ながむる袖ぞかわくまもなき

その日、あたらしく造られたる船
ども、さし寄せさせて御覧ず。龍頭
鷁首の生けるかたち思ひやら
れて、あざやかにうるはし

D〈藤田美術館本五段絵〉（図5道長像）

藤田美術館蔵の現存『絵巻』では、詞書Aと、絵Dが連続した形態になっているが、秋山光和氏作成の「現存紫式部日記絵巻復元順序」注(22)に拠ると、Dの道長像は、Cの詞書の後に続くものであった。よってAの水鳥に投影された式部の憂いを述べた詞書には、別の今は伝わらない絵Bが続いていたことが想定できる。現存しないことは遺憾だが、しかし今ある詞書A・Cと絵Dのあり方から、絵巻制作者の、式部の憂愁叙述に対する捉え方を推測することは、ある程度可能だと思われる。

Aの詞書は「水鳥を水の上とやよそに見むわれも浮きたる世をすぐしつつ」で結ばれるが、Cの詞書の冒頭に据えられてしまった「かれも、さこそ、心をやりて遊ぶと見ゆれど、身はいと苦しかんなりと、思ひよそへらる」の一文が歌に続いてこそ、水鳥の歌は式部の憂いを引き受ける固有の心象風景となる。まさにこの『日記』が〈日記文学〉たる所以の感情の深化の現場である。従ってその文脈を別の絵を挟んで分断した絵巻制作者の、水鳥の歌と「かれも…」が絶対不可分の関係にあるという認識は希薄と言わざるを得ない。

Bの絵については存在の是非が問われている注(23)ものの、右のことから本『絵巻』の詞書の取り扱い方の明確な特徴と方向性は見て取れる。すなわち本『絵巻』は、本文を省略せず、忠実に詞書に書き記していても、絵画化に必要なのは、その文章の一部分であるということなのである。本『絵巻』に限らず、それが総じて絵巻というものの絵と詞書のあり方の常套とはいえ、『紫式部日記絵巻』の場合、その傾向が徹底している、または意図的であるということなのである。

[C]の詞書には式部が心を通わせる小少将の君との贈答が記されているが、絵[D]に取り込まれているのは、波線部分の新造の龍頭鷁首を検分する道長の姿であり、時雨を介した両者の歌の趣は画面には片鱗すら窺われない。まして詞書[C]冒頭の、水鳥の歌からもぎ取られた「かれも…」などは、道長像の威勢に完全に圧倒され全く意味をなしていない。

しかしながら、そうではあるが、ではここで式部の心情の叙述は、絵画化の過程で完全に削ぎ取られたのかというと、問題はそうも言い切れないところにある。もし[B]の画面が存在したとすると、そこには室内から池を眺める式部の姿が描かれていたのではないかと推定されるからである。『紫式部日記絵巻』は、長い物語の中から各帖の象徴的なシーンを選択する〈源氏絵〉とは異なり、皇子誕生の慶事の描出を第一の目的として『日記』の行事記録的部分の本文を順に辿り、取材するがゆえに、産養の似たような画面が続いたり、重複する情景を描いてしまう畏れが出てくる。よって本『絵巻』はそれを回避する並々ならぬ配慮があることを、先の秋山光和氏は、現存二十四画面の分析から次のように指摘している。第一に、本『絵巻』は室内の描写と戸外からの視点の描写を巧みに組み合わせ、変化のある絵画構成を作り出しているということ。第二に「描かれた人物は見る者との一定の距離を保ち、『日記』の諸情景を説明する巧みな演技者のように」配置されているということ、[注(24)]の二点を本稿においては特に注目したい。「情景を説明する演技者」とは、狂言回し的存在ということではなく、①その人物が画面の中の情景や状況にまなざしを向けている→②そのことが『絵巻』の鑑賞者によって明確に意識させられる→③その結果、その画面がどのような視点で描かれているかがより明らかになる、という段階的流れを内包する画面造りが見られるということとして理解しておきたいと思う。

　これらを考慮してBの絵を想定してみると、『絵巻』の順序としては、Bの絵は図5のDの絵の前に位置するため、戸外の道長像を対比的に引き立たせるためには、ここには室内に存在する人物の目線で磨き立てられた土御門邸が描かれることによってこそ、行幸間近の邸内の華やぎが、多面的に絵画化される効果が生まれるのではないかと考えられるのである。美しく磨きたてられた邸内や庭を〈見ている〉人物として鑑賞者に認識される、その目線の保持者としての〈紫式部〉が画面に定位され、彼女のまなざしを通して、着々と整えられてゆく土御門邸の様子が説明されていくのである。推論を重ねてゆくことになるが、おそらくBの画面には、Aの詞書にある、朝霧の絶え間に見渡される風情のある「よにおもしろき菊」、そして落葉もきれいにはらわれた池の水面に「水鳥どものものの思ふことなげに遊びあへる」様に対応する行幸直前の主家の、庭の前栽や池、水鳥とそれを見ている人物が描かれていたと想像されるのである。

『紫式部日記』に書かれた式部の内面はかなり複雑で難解であるが、彼女が自身のそれを縷々、文章として紡ぎ始めるその叙述の発端には、法則性が窺われる。そう単純ではないものの図式化すれば、先ず、外界の事物や事象が契機となり、それに順応できない自己が認識される。が、それでも身体は外界に馴化してくように振る舞うがゆえに、いっそう内なる自己は頑ななまで現実世界と乖離していく。そんな身に相反して心はますます内奥へと向かってゆく。挙げ句の果て、自らの中に生じてしまった身と心の相剋、あるいは二重の精神構造をもてあまし、苦しみ、悩み、出口のない憂いへと陥ってゆく。「ただ思ひかけたりし心」とは出家遁世を願う心とも解釈されるが、彼女自身、出家が単なる救いでないことを百も承知しているがゆえに「思ひかけたりし心」の内実を明言し得ないのである。そういった複雑な精神を抱える式部であるが、その心情吐露の始発は、この当該箇所でも、程よく季節のうつろいを宿した「げに老も退ぞきぬべき心地する」美しい菊であり、池に「思うこともなげに遊ぶ水鳥」であった。式部はそういった現前の華やぎを象徴する事物に出会った時、「なぞや」という疑問符が沸き上がり、それらは彼女の論理で読み替えられ、その「なぞや」の洗礼を受けた事物は、式部の閉ざされた心の風景を描出するものになってしまう。だがそれらの事物は、逆に言えば、式部固有の思考に回帰させてゆかなければ、そのすべては主家の栄華を示す象徴であり指標となる美々しいものであった。B の絵には、その主家に特別な意味を持つ事物が、それらを見つめる式部の姿と共に描かれていたのではなかろうか。

絵巻制作者のコンセプトとして『日記』から掬い取りたかったものは、その明瞭な〈かたち〉であり、その〈かたち〉に係わり、その〈かたち〉あるものに視線を向ける〈身体〉なのであろう。そして、前栽の菊の色々、池の水鳥などの向こうに式部固有の感慨が退けられ、その感情が薄められた分、そこには別の筋立ても可能になる余白が生じる。庭を眺める式部は、道長家に仕える〈ある女房〉であり、ある女房は〈ある女〉へも移行していくことも可能である。式部一個の限定された憂愁から解き放たれれば、庭を眺め、もの思いにふける絵の中の〈女〉は、きわめて物語的題材になってゆく。帝の行幸という栄えある儀式の絵が列なる中に、その構図は幕間的な艶やかさを添える情景となる。叶わぬ恋に身をやつす、または男の訪れを待つ女の物語を醸し出すといった、皮肉にもお定まりの恋物語の典型画面を彷彿とさせるのである。

すなわちこの『絵巻』の中ではここでも〈王朝〉または〈王朝の舞台〉というものを象徴的に幻視させる〈物語〉、その〈物語〉にかかわる〈紫式部〉、そして〈紫式部＝物語世界の体現者〉という捉え方が策略的になされているのだと考えられる。絵巻制作者は、殊に彼女のもの思いの場面の〈筋立て〉に揺曳する〈物語絵画的〉な要素に対して、研ぎ澄まされた神経を傾けていたことが窺われる。
だが、それは実は、絵巻制作者の一方的なものではなく、そもそも式部が、自らのそういった物語的な枠組みと雰囲気を漂わせる中で、自身の苦悩を表出しようとしたふしが認められるのである。『絵巻』はそういった『日記』が発する屈折した物語的周波を逃さず受け止め、彼らが目指す「王朝」の舞台の「再現」のために、しっかり握り締めたとも言えるのではなかろうか。政治的権力の獲得者と文化の繁栄を牽引する中心的存在が重なり合う時代へ強い憧憬を抱く鎌倉初期の貴族にとって、〈書かれた〉〈紫式部〉を〈描くこと〉ということは、摂関政治のかつての覇者と『絵巻』の鑑賞者とを結びつける存在として、そしてまた『源氏物語』を始めとする過去の物語隆盛期の高い水準の文化を思わせる〈物語世界の体現者〉として、それを自身の記念碑的な『絵巻』の中に定位する営みであったのだと思われる。

「『紫式部日記絵巻』の視点」という題と共に与えられた紙幅が尽きたが、皇子誕生の記の中に、あの『源氏物語』に纏わる人物と出来事が同時に存在する『日記』に対して、『絵巻』が強い関心を持っていたことが見て取れる、彰子と式部が向き合う光景など、本稿と絡めて取り上げるべき画面は他にもある。また王朝日記を題材とした月次屏風や源氏物語絵巻などの、いずれも現存はしないが多様な物語絵画を制作し、絵合を催した藻壁門院竴子の周辺、及び文雅を好む鎌倉初期の女房文化圏の人々の本『絵巻』に対するまなざしの現実についても掘り下げ言及しなくてはならない。別稿注(25)もお目通しいただければ幸いである。

注

（1）三田村雅子「琴・絵・物語―紫式部にとってなぜ〈物語〉か―」（『源氏物語 感覚の論理』有精堂、平成8〈一九九六〉年所収）

（2）吉武章江「セミナー『源氏物語』8 嘆き加わる琴の音―紫式部の発想を負うもの―」（『日本文学』昭和50〈一九七五〉年8月）

（3）川名「『紫式部日記』の絵画的視点―行事記録における俯瞰的観察の表現」・「「紫式部日記」「絵にかきたるものの姫君のここち」小考」・「「唐絵」と「女絵」―『紫式部日記』の絵画的視点」・「「絵」に喩えるということ―『紫式部日記』一条帝行幸の記事を通して」（『物語世界における絵画的領域―平安文学の表現方法』〔ブリュッケ、平成17〈二〇〇五〉年〕に、改題・加筆して所収）。括弧付きの〈絵〉とは、作品の文脈の中にあってあくまで〈読み解かれるべき〉表現であるところの絵画的光景、絵画的枠取りのことであり、それは作品を展開させ深める機能を持つ。その〈表現〉体としてのありようを「絵画的領域」という語を用いて考えていく。

（4）村重寧「「紫式部日記絵詞」の構成と画風の特質」（『日本絵巻大成9 紫式部日記絵詞』中央公論社、昭和53〈一九七八〉年所収）

（5）久保木彰一「紫式部日記絵詞の復元に關する一考察―大倉家本の初公開を機として」（『國華』一〇五〇、昭和57〈一九八二〉年3月）

（6）秋山光和「紫式部日記絵巻について」（『紫式部日記絵巻と王朝の美』五島美術館展覧会図録№105、昭和60〈一九八五〉年所収）・「紫式部日記絵巻をめぐって」（『日本絵巻物の研究上』中央公論美術出版平成2〈一九九〇〉年所収）。小松茂美説は五巻（『日本の絵巻9 紫式部日記絵詞』中央公論社昭和62〈一九八七〉年所収）。村重寧説は十一〜十二巻（注（4）と同書所収）。萩谷朴説は八巻ないし十巻（「紫式部日記繪詞とその本文的価値」（『論叢紫式部日記』日本文学史研究会編、昭和26〈一九五一〉年所収）

（7）松原茂「紫式部日記絵詞の成立年代―詞書書風の立場から」（『ミュージアム』276、昭和49〈一九七四〉年）・「紫式

部日記絵巻の伝来と成立」（注（4）と同書所収）

（8）源豊宗「紫式部日記絵巻の研究」（『人文論究』七の三、昭和31〈一九五六〉年8月）・小松茂美「紫式部日記絵詞―中宮竴子後宮」（『日本の絵巻9　紫式部日記絵詞』注（6）同書所収）

（9）『明月記』寛喜三〈一二三一〉年二月十二日条「今度御吉慶、倩案旧例、已無比類、承暦吉例雖尤規模、所養、猶、雖此実事、寛弘五六年又雖符合、窃以偏是宮中殿之御吉慶也、天子最愛儲皇坐給（中略）比慶実以無比類、東一条院御時、雖一旦眼前見比旧儀、猶以超過先祖之由存之、而以不肖身、已追寛弘之佳例、自愛更不可云尽（後略）」（『明月記第三』国書刊行会、昭和45〈一九七〇〉年所収）

（10）『明月記』寛喜元〈一二二九〉年十月二十六日条「上東門院の彰子「立早久」也。此字殊吉也、欲追吉例　無其字…竴子…尤宜歟之由之」

（11）注（8）源豊宗と同論文。

（12）鵜澤麻里子「「紫式部日記絵巻」について―描かれた産養と五十日の儀」（『恵泉アカデミア』平成12〈二〇〇〇〉年12月）

（13）『民経記』寛喜三年（一二三一）二月十二日条「（前略）巳刻皇子降誕之由風聞、天下之大慶何事如之乎、并□寛弘之旧儀、後代美談也、珍事々々」（『大日本古記録 民経記』岩波書店、昭和53〈一九七八〉年所収）

（14）林屋辰三郎「紫式部日記繪巻・枕草子繪巻の背景」（『日本繪巻物全集』第12巻角川書店、昭和36〈一九六一〉年所収）

（15）池田忍「王朝伝統の創造―武士への対抗意識」（『日本絵画の女性像―ジェンダー美術史の視点から』筑摩書房、平成10〈一九九八〉年所収）

（16）野村精一「作家・作品・作者―むらさき式部のばあい―」（『源氏物語研究集成第十五巻 源氏物語と紫式部』風間書房、平成13〈二〇〇一〉年所収）

(17) 佐野みどり「『紫式部日記』と『紫式部日記絵巻』の間」（『新編日本古典文学全集』26 月報七、平成6〈一九九四〉年）

(18) 鳥居本幸代「平安末期の服飾についての一考察—強装束の成立をめぐって」（『服飾美学』9号、昭和55〈一九八〇〉年）・奥村萬亀子「強装束について」（『京都府立大学学術報告』36号、昭和60〈一九八五〉年1月）

(19) 福家俊幸「女房日記的性格と憂愁の叙述の方法」（『紫式部日記の表現世界と方法』武蔵野書院、平成18〈二〇〇六〉年）

(20) 川名「王朝絵巻と服飾・容飾—紫式部日記絵巻、枕草子絵巻より—」（『王朝文学と服飾・容飾』竹林舎、平成22〈二〇一〇〉年所収）

(21) 藤田美術館本の旧蔵の秋元家が一巻の最巻末を切り離して家臣某に贈り、掛物となった。原本は大正十二年九月関東大震災で焼失。現存の詞書は明治二十五年田中親美の模写本。

(22) 秋山光和「現存する「紫式部日記」の復元順序」（『紫式部日記絵巻と王朝の美』注（6）と同書所収）

(23) 小松茂美説では、AとCは続く同一の詞書の一面と見る（『日本の絵巻9　紫式部日記絵詞』解説、注（6）と同書）。とするとBの絵の存在は否定されるが、そのように想定するとここだけ特に長い紙幅の詞書となり不自然さが残る。

(24) 秋山光和「紫式部日記絵巻について」（『紫式部日記絵巻と王朝の美』注（6）と同書所収）

(25) 川名「紫式部日記と紫式部日記絵巻—〈例《ためし》〉としての絵画化と日記の物語絵化」（『紫式部日記の新研究』新典社、平成20〈二〇〇八〉年所収）・「「紫式部日記絵巻」に見る『紫式部日記』享受の諸相—楽府進講場面を中心に」（『愛知学院大学文学部紀要』46号、平成29年〈二〇一七〉年3月）・「「紫式部日記絵巻」の一つの場面解釈—中宮彰子と紫式部が向き合う場面について」（『説林』65愛知県立大学国文学会、平成29〈二〇一七〉年3月）・「『紫式部日記』の白の室礼描写—産養時の白綾屏風をめぐって」（『藤原彰子の文化圏と文学の世界』武蔵野書院、平成30〈二〇一八〉年所収）

『紫式部日記』『紫式部集』―研究の現在と展望
―付、主要文献目録（二〇〇〇年～二〇一八年）

上野英子

一　はじめに

二〇〇〇年以降の研究状況を鳥瞰するにあたり、ちょうど二〇〇一年に発表された増田繁夫「紫式部伝研究の現在[注(1)]」から始めたい。

日記と家集は、何よりも源氏物語作者の書いた文献ということから、紫式部伝記研究の第一級資料として注目され、評価されてきた。それはこの両作品が宿命的に背負ってきた位相でもある。そのため、同じジャンルの他の作品と比較すると、人々の関心は群を抜いて高かったといえる。と同時に、その取り上げられ方には偏りがあって、ともすれば源氏物語の作者に相応しい面のみが切り取られ、作家論に帰納されていく傾向が強かったようである。

そしてその反動だろう、意識的に伝記資料という観点を外して、独立した一つの文学作品として向かい合おうとする動きも台頭し、テクスト論に至っては、作品から読み取れる〈紫式部〉と実在の式部とは必ずしも一致しないという認識が一般化しているようである。注(2)

ともあれ、増田氏は二〇〇一年までのこうした伝記研究を総括して、(a)実証的な研究分野では資料類はほぼ整備され、こうして形成された伝記の基本部分を修正するのは容易でないとされた。そして当面する問題の一つと断りながらも今後の展望としては、(b)既出の資料を充分に検討して従来の伝記研究の細部を充実させ、より深く理解することを通じて、紫式部像を再構成してゆくことにあるとし、具体的には(c)作家として大きく成長させることになっただろう女房生活(中宮彰子に女房として仕えた経験)の再検証なども今後の課題の一つである、とされたのであった。

これらの指摘のうち(b)「既存資料の再検討や細部の見直し」については、工藤重矩氏の一連の指摘が思い返される。注(3) 工藤氏は『紫式部集』を式部の伝記資料とする場合、岡・清水説によって構築された和歌配列の枠組みを、注(4) たとえそれが想像によって組み立てられた部分であったとしても無批判に継承し、その枠組みを被せてから和歌を解釈するような論文が多い、と苦言を呈されているからである。

氏の論理を突き詰めれば、想像を交えてしか解釈できない箇所、どう調べてもわからない箇所には言及するな、ということになるのだろうが、その厳しさにたじろぎつつも、逆に伝記の基本部分が整備された今だからこそ、あえて伝記資料という観点を外し、和歌そのものが何を語っているのかを和歌に即してよむことの必要性が、改めて問われているのだろうとも思われた。

とはいえ「既存資料の再検討や細部の見直し」は、見方を変えれば、当該ジャンルの研究がかつての活力を喪い、飽和状態に入ったということでもある。それにはテクスト論の流行も少なからざる影響を及ぼしたのかもしれない。活性化するためには何か新しい資料、それが出てこなければせめて新しい視点の導入が不可欠となるが、増田氏の場合はその具体例として、ご自身の研究テーマでもある（c）「女房生活の再検証」を提示されたわけである。

こうした視点は、紫式部の生きた時代、出仕生活、貴族や女房仲間との交流など、彼女を取り巻く社会的文学的環境に眼をむけ、そのなかから式部像を浮き彫りにしようとした研究ともいえよう。結論を先に述べるならば、かかる視点は伝記研究のみならず『紫式部集』『紫式部日記』の研究においても、二〇〇〇年代に顕著なようである。

二　『紫式部集』

『紫式部集』関連の業績で最初に特筆すべきは、久保田孝夫・廣田收・横井孝編著『紫式部集大成』（笠間書院、二〇〇八年）だろう。定家本系の最善本とされる実践女子大学本・同じく定家本系の瑞光寺本・古本系の最善本である陽明文庫本、この三本の影印・翻刻・書誌解題の他、四本の論文・旅の歌関連の写真と古地図・更には詳細な文献目録を掲載。本文資料としては現時点で望みうる最高のものといって過言ではない。本文研究の必携書として、今後も永く活用されていくことだろうと思われる。なお同書の編者三名による研究余滴ともいうべきものが、『紫式部集からの挑発─私家集研究の方法を模索して』（笠間書院、二〇一四年）である。なかでも『紫式部集』研究の現状と課題について語った「鼎談」は明快で、三者三様の個性と方法論が反映されており、読み物としても面白い。

次に、二〇一〇年に中古文学会秋季大会で開催された「シンポジウム『紫式部集』研究の現在」を取り上げてみる。同学会としては初めて、この作品そのものを真正面から取り上げた企画だったというが、稿者にとっては、現象の指摘まではよいが、それをどのように解釈するかという段になると、論者の立脚点によって結論はまるで違ってしまうという難しさを思い知らされたような企画でもあった。四名のパネリストがそれぞれ貴重な報告をなさったが、稿者にはそのなかの徳原茂実「『紫式部集』自撰説の見直し―巻末増補の観点をも視野に入れて」と山本淳子「『紫式部集』冒頭歌の示すもの」の対立が、特に興味深かった。注(5)

現在『紫式部集』は自撰説が主流だが、徳原氏は現行の『紫式部集』には、詞書きや配列からみて式部自身が編纂したとは到底考えられない配列上の矛盾点を含む事例が見られるとして、この集は式部自筆の詠草を入手した後世の人物が編纂したのではないか、として他撰説を提唱された。

この徳原説は自撰・他撰の問題としてではなく、段階的な成立論の問題として、あるいは定家など後代書写者の問題として把握する余地もあるように思われたものの、配列上の矛盾に関する指摘は充分に説得力のあるものだった。この矛盾した箇所だけが後世の所為なのではなく、よしんば式部の自筆詠草を用いたにせよ現行の家集そのものが全て他撰だったとしたならば、これまで多くの研究者らが苦心してきた伝記資料としての和歌の配列問題に一体どれ程の意味があったのか、従来の研究に対する重い疑問が投げかけられたような気がした。

一方、自撰説にたつ山本氏は、諸伝本の本文がほぼ一致しているため伝本上の問題は無いと見られる冒頭歌を取り上げ、式部がなぜこの歌を選んだのか、その詞書や二番歌との関係などの追求から、冒頭歌は詞書にいうような娘時代の詠ではなく、実際は後に作られたか改作されたものであり、それを式部が歌集編纂時に詞書を作り替え、意図的に冒頭に置いたのだろうとされた。氏の表現を借りるならば「和歌世界の方法にしたがって詠まれた自作歌を、物語の方法を加味して選択し、改作し、配置し、詞書を付」したとして、作品の中に式部自身の編纂意識を読み取られたのである。

「仮名序」を持ち出すまでもなく、人の心を種とする和歌は詠者の真情が吐露されたものであり、詞書もそうした詠作事情に忠実なもの、という受け取り方が一般的であった。だからこそ『紫式部集』は式部の伝記資料となり得たのである。しかしそこに虚構的操作が読み取れるとしたら、担保は半減してしまう。『紫式部集』の虚構性については吉海直人氏の論もあったが、注(6)魅力的な問題だけに、今後より一層の検証が必要となるだろう。

なおこの冒頭歌については、既に廣田收氏が、明らかに離別歌の場で詠まれたもので、もともとは贈答の形をとったはずなのに、家集には一方の歌しか掲載されていないと指摘されていた。注(7)廣田氏の場合は、定家本系は「贈答・唱和歌としてではなく、独詠歌として捉えたのではないか」として後代の享受の問題として捉えておられたようである。

廣田氏はまた久保田孝夫・横井孝氏らとの「鼎談『紫式部集』研究の現状と課題」において、注(8)『紫式部集』における旅の歌を、実地調査も含めて日程・行路・場所の推定などを細かに検証しようとしてきた諸研究に対し、「地名というものに喚起されて歌が詠まれた」のだろうから、「地名がどこに比定できるかにこだわっても虚しいのである」と批判されていた。家集の本文を様々な角度から実証的に検証し、場所や行路を比定していこうとする研究と、式部の意図的な編纂意識を認め、かつ古代の旅の歌の詠みぶりといった大枠を導入した上で家集を位置づけようとする研究と、両者は立脚点というか、方法論が嚙み合っていないように見える。

かかる乖離は、既述してきたところの諸問題に限らず、『紫式部集』研究全般に散見できるようである。それらがいつか、どこかで噛み合って、新たな研究磁場を生み出していくようになるのか、今後の動向が注目されるところである。

三　『紫式部日記』

二〇〇二年にこれからの『紫式部日記』の研究展望として提示されたのが、「形態論・成立論の従来の枠組みを超えた、作品の内部構造からする照射や、表現論的アプローチを組み込んだ論が求められている」（笠間書院『紫式部の方法』七四頁）という指摘であった。

周知の如く、この作品は極めて特異な形態を有しており、しかも公的記録性と私的感懐という、相反する性格の記述が同居している。そのため以前は、冒頭部欠落説・末尾の錯簡説・消息文竄入説・書簡体仮託説等の〈形態論〉、更には段階的成立説などの〈成立論〉が提起され、盛んに議論されてきた時代もあったわけである。注(9) しかしそうした議論は次第に下火となり、代わりに台頭してきたのが、現存形態のなかで作品を読み解こうとする立場、現存日記をあるがまま、その表現に即して読んでいこうとする立場であった。おそらくそうした転換の背景には、現存しない「原日記」なるものを想定していくら議論を重ねても、それ以上の展開は難しいといった現実問題が一方にあり、また現行のような形態のものとして長い間受容されてきている以上、現行の形態のテクストとしてどう読み解くことができるのかという視点も有効だとする考えが起こったからでもあるのだろう。

こうした経緯を経て二〇〇〇年代の研究状況は、従来からの形態論・成立論・テクスト論に加え、〈憂愁〉叙述の意味・式部の宮仕え意識・女房としての位相・『枕草子』等他の作品との繋がり等々、表現論や〈場〉を追求した論文が数多くなされ、百花繚乱の様相を呈してきたわけである。

そのなかで稿者が特に興味深く感じたのは、〈創作の現場・享受の現場〉からの発想をからめた論文である。一人の中年女性が高価な紙を用いて、家集でも記録でも物語でもない、このような文章をどうして残そうとしたのか、また現実問題としてどうして残せたのか、彰子に仕える一女房としての彼女は、具体的にどのような社会的・文化的環境に置かれていたのか、といった具体的な問いかけから発した視点とでもいおうか。

例えば山本淳子氏は、従来あまり取り上げられることのなかった彰子に着目され、式部には彰子に対して「自分と等質の苦に耐えている人への強い共感と同情」があったとし、「新楽府」の進講も、白居易の風諭詩に傾倒する一条天皇に寄り添おうとする彰子の思いを汲んだからとされた。注(10) 日記のなかで彰子が如何に描かれているかの分析は説得力があり、氏の豊富な知識によって彰子サロンが生き生きと再現されているかのようで、実に面白かった。山本氏は『紫式部日記』は成立当時の貴族社会に対する詳細な情報を踏まえた上で読み解くべきであるとされたが、この考え方はこれからの研究の一つの方向性を示すものと言えるだろう。

また福家俊幸氏は『紫式部日記』を「仮名日記の中での女房日記と日記文学という二つの潮流が止揚したもの」と位置づけられた。そして例えば、この時代、文才ある女房が主家の盛儀を記録するのは当然の任務とされ、しかもその記録には公的なものを配慮した上で自らを語ることも要求されていたこと。よって式部は主家筋のみならず同僚女房たちをも意識して、下命によってこの作品を書いたであろうこと。だからこそこの作品には、公的記録以外にも庭訓的な性格や中宮サロンに対して提言するような姿勢が併せもたれたのだろうと分析されていた注(11)。

これに対して土方洋一氏は、自らを語ることも要求されたとする福家説に同意しつつも、式部は公開されるだろう文書に赤裸々な自己を吐露することを忌憚し、「建前としての〈筆録者〉を仮構、それを全面に押し出すことで、主家の要請に対応しようとした」という見取り図を示され、作品から読み取れる表現主体が、そのまま実際の紫式部には結びつかないことを改めて強調されている注(12)。

かくして今は、家集や日記といった作品世界そのものから、様々な〈編纂意識〉や〈表現主体〉のありようが抽出されてきているのだが、それらが今後、冒頭に述べた紫式部の伝記研究と一体どのように切り結んでいくことになるのか、ならないのか、興味深く見守りたい。

注

(1) 増田繁夫「紫式部伝研究の現在―渡殿の局、女房としての身分・序列・職階」(『源氏物語研究集成一五　源氏物語と紫式部』風間書房、二〇〇一年、所収)。

(2) 例えば、外山敦子「〈紫式部〉への史的展開」(二〇一二年、森話社『〈紫式部〉と王朝文芸の表現史』所収)にも、同様の指摘がより詳細に論じられている。

(3) 例えば、工藤重矩「紫式部集一・二番歌について」「紫式部集四・一八番歌について」(『平安朝和歌漢詩文

新考　継承と批判』風間書房、二〇〇〇年、所収）等。なお後者の初出は「紫式部集の和歌解釈―伝記資料として読む前に―」（「文学・語学」一六二号、全国大学国語国文学会、一九九九年）。

（4）岡一男『源氏物語の基礎的研究（増訂版）』（東京堂、一九六六年）・清水好子『紫式部』（岩波新書、一九七三年）。

（5）各パネリストの報告は「中古文学」八五号（二〇一〇年六月）参照。

（6）吉海直人「『紫式部集』「九重に」歌をめぐって」（南波浩編『紫式部の方法』笠間書院、二〇〇二年）。

（7）廣田收「『紫式部集』における和歌の配列と編纂―冒頭歌と末尾歌の照応をめぐって」（「人文學」同志社大学人文学会、二〇〇五年十二月）、同「『紫式部集』冒頭歌論」（『紫式部集大成』笠間書院、二〇〇八年）等。

（8）『紫式部集からの挑発―私家集研究の方法を模索して』（笠間書院、二〇一四年）。

（9）この時代（一九七七～二〇〇六年）の研究史については、福家俊幸「『紫式部日記』の研究展望と問題点」（『紫式部日記の表現世界と方法』武蔵野書院、二〇〇六年）に詳しい。

（10）山本淳子「彰子賛美の真情―『紫式部日記』寛弘五年秋」（「中古文学」七五号、二〇〇五年五月）・同「彰子の学び―『紫式部日記』「新楽府」進講の意味」（「國語國文」九号、二〇〇七年一月）など。後、『紫式部と王朝貴族社会』（和泉書院、二〇一六年）に収載。

（11）福家俊幸「『紫式部日記』の史的位置」福家前掲書注（9）所収。

（12）土方洋一「最後の『紫式部日記』」（「國語と國文學」二〇一六年九月）。

主要文献目録（二〇〇〇年～二〇一八年）

凡例

一　二〇〇〇年から二〇一八年までの主要な研究文献を、（一）紫式部・紫式部日記の研究（二）紫式部集の研究に大別し、発表年代順に掲げた。日記と家集に跨がる研究文献でも重複させることなく、いずれかに収めた。

一　各文献は著者名・論文名・掲載誌の順に記したが、同一論文集から複数の文献を紹介する場合に限り、最初に当該論文集の情報を掲げておいた。また『紫式部日記』や『紫式部集』の校訂本文、あるいは同書に関する個人論文集の場合、ゴチック体で記したが所収論文の紹介は割愛した。

一　稿者の能力と紙幅の関係から、紹介できなかった文献があまりに多い。「主要論文目録」とせざるを得なかった所以である。なお『紫式部日記』を中心とした二〇一一年までの文献については、玉田沙織・服部友香編「〈紫式部〉表現史関連研究文献目録」（『〈紫式部〉と王朝文芸の表現史』森話社、二〇一二年）が、『紫式部集』を中心とした二〇〇八年までの文献については、久保田孝夫・廣田收・横井孝編「紫式部・紫式部集研究年表」（『紫式部集大成』笠間書院、二〇〇八年）が詳細である。参照されたい。

（一）紫式部・紫式部日記関連

【二〇〇〇年】

藤井貞和：紫式部、時間意識（藤井貞和著『源氏物語論』岩波書店）

守屋省吾編『論集日記文学の地平』（新典社）
・後藤祥子：『紫式部日記』の播磨守―権門と母方の受領
・福家俊幸：『紫式部日記』消息的部分の方法―語りと書簡の関係
・草苅　禎：『紫式部日記』試論―「見る」の意味するもの
原田敦子：「十一日の暁」をめぐって―紫式部日記形態試論（古代中世文学論考刊行会編『古代中世文学論考四』新典社）

【二〇〇一年】

渡辺久寿：『紫式部日記』の表現―土御門殿の時空と道長一族をめぐって（『山梨英和短期大学創立三十五周年記念　日本文芸の表現史』おうふう）
久保朝孝：庭園の遠近法―『紫式部日記』の風景（河添房江・神田龍身・小嶋菜温子・小林正明・深沢徹・吉井美弥子編『叢書　想像する平安文学二〈平安文化〉のエクリチュール』勉誠出版）
増田繁夫・鈴木日出男・伊井春樹編『源氏物語研究集成一五　源氏物語と紫式部』（風間書房）
・野村精一：作家・作品・作者―むらさき式部のばあい
・加納重文：平安中期の女房・女官
・久富木原　玲：歌人としての紫式部―逸脱する源氏物語作中歌
・柏木由夫：大弐三位賢子の生
・島田とよ子：紫式部の家族
・宮崎荘平：女房としての紫式部―『紫式部日記』から

・増田繁夫：紫式部伝研究の現在—渡殿の局、女房としての身分・序列・職階

大場　朗：『源氏物語』作者の思想と信仰—平安朝天台との比較を中心に（紫式部学会編『源氏物語の背景研究と資料』古代文学論叢第十五輯、武蔵野書院）

【二〇〇二年】

中野幸一編『紫式部日記・付紫式部集』（武蔵野書院）

沢田正子著『紫式部』（人と思想一七四・清水書院）

南波　浩編『紫式部の方法—源氏物語・紫式部集・紫式部日記』（笠間書院）

・秋山　虔：紫式部日記の冒頭文を読む

・藤井貞和：《思想》と《物語》

・増田繁夫：紫式部と中宮彰子の女房たち—中宮女房の職制

・伊井春樹：『紫式部日記』の表現方法

・工藤重矩：紫式部日記の「日本紀をこそ読みたまふべけれ」について

・高橋　亨：物語作者の日記としての紫式部日記

・倉田　実：紫式部日記の「…人」の表現性—中宮方女房批評の場合

・山本淳子：拒絶と順応—女房紫式部への自己陶冶

・鈴木裕子：紫式部の表現世界・『源氏物語』と『紫式部日記』と—「贈り物」の視点から

・深沢　徹：紫式部、「倫子女房説」をめぐって—即時的存在者（外なる他者）と対自的意識（内なる他者）の狭間で

・上原作和：ある紫式部伝―本名・藤原香子説再評価のために
・安藤　徹：『源氏物語』のパラテクスト・序説―〈紫式部〉論の可能性
【二〇〇三年】
宮崎莊平著『王朝女流日記文学の形象』（おうふう）
・村井幹子：『紫式部日記』の主題と構造―《作者の憂愁の思い》を担う表現「憂し」と「消息」体跋文との関わり
・川名淳子：「絵」に喩えるということ―『紫式部日記』一条帝行幸の記事を通して
中野幸一編『平安文学の風貌』（武蔵野書院）
・福家俊幸：『紫式部日記』いわゆる三才女批評の位相
伊藤　博・宮崎莊平編『王朝女流文学の新展望』（竹林舎）
・山中　裕：栄花物語と紫式部日記
・守屋省吾：『紫式部日記』小考―人名記述に関連して
・小谷野純一：『紫式部日記』の表現機構
・宮崎莊平：紫式部における「物語」と「日記」―その様相、そして類縁と差異
後藤幸良著『紫式部―人と文学』（日本の作家一〇〇人、勉誠出版）
【二〇〇四年】
石原昭平編『日記文学新論』（勉誠出版）
・永谷　聡：『紫式部日記』における記録と憂愁の叙述―小少将の君・大納言の君との贈答前後の記事をめ

ぐって
・沼田晃一：『紫式部日記』消息文体の問題―語りの機能を中心に
・福家俊幸：『紫式部日記』寛弘五年十月十七日の記事の位相
・後藤祥子：「思ひかけたりし心のひくかた」考―紫式部日記の読み
・中野幸一：『紫式部日記』の欠脱部分
【二〇〇五年】
斎藤正昭著『紫式部伝―源氏物語はいつ、いかにして書かれたか』（笠間書院）
村井幹子：『紫式部日記』の表現と文体（中村明他編『表現と文体』明治書院）
山本淳子：彰子賛美の真情―『紫式部日記』寛弘五年秋（「中古文学」七五号）
河添房江：紫式部の国際意識（河添房江著『源氏物語時空論』東京大学出版会）
【二〇〇六年】
福家俊幸著『紫式部日記の表現世界と方法』（武蔵野書院）
野村倫子：後宮女房（伊井春樹・加納重文編『講座源氏物語研究　二　源氏物語とその時代』（おうふう）
原田敦子著『紫式部日記　紫式部論考』（笠間書院）
【二〇〇七年】
角田文衛著『紫式部伝―その生涯と源氏物語』（宝蔵館）
山本淳子：彰子の学び―『紫式部日記』「新楽府」進講の意味（「国語国文」八六九号）
小谷野純一：語ることへの傾き―『紫式部日記』書簡体部分をめぐって（日記文学研究会編「日記文学研究誌」

九号）

小谷野純一著『紫式部日記』（笠間文庫）

山本淳子著『源氏物語の時代―一条天皇と后たちのものがたり』（朝日新聞社）

久保朝孝：土御門殿と『紫式部日記』―邸宅のパトス（倉田　実編『王朝文学と建築・庭園（平安文学と隣接諸学1）』竹林舎）

福家俊幸：『紫式部日記』と『栄花物語』との距離（山中裕編『栄花物語の新研究―歴史と物語を考える』新典社）

【二〇〇八年】

外山敦子：『紫式部日記』消息文の方法―操作する〈情報〉／操作される〈情報〉（「日本文学」六五五号）

秋山　虔・福家俊幸編『紫式部日記の新研究―表現の世界を考える』（新典社）

・宮崎荘平：『紫式部日記』にみる『源氏物語』―寛弘五年の記述をめぐって

・小谷野純一：切り拓かれるということ―『紫式部日記』の表現をめぐって

・廣田　收：『紫式部日記』の構成と叙述

・石坂妙子：『紫式部日記』の史的記憶―栄花の多層的構図をめぐって

・土方洋一：『紫式部日記』の記述主体

・安藤　徹：『紫式部日記』の社会性―よそ者としての〈紫式部〉

・金井利浩：読まれることへの挑み―『紫式部日記』臆断

・原田敦子：道長と紫式部―『紫式部日記』の一視点

・秋山　虔：紫式部日記一面・断章
・渡辺久寿：『紫式部日記』の私性―「こまのおもとの恥」の表象性を手がかりに
・吉井美弥子：『紫式部日記』の酒宴
・植田恭代：『紫式部日記』の楽描写―寛弘五年十月十六日行幸場面から
・倉田　実：『紫式部日記』里居の述懐と「…人」表現
・鈴木裕子：『紫式部日記』の「笑ふ」人々
・高橋由記：藤原兼隆に関する一考察
・安藤重和：紫式部日記の所謂消息文の執筆時期について
・山本淳子：『紫式部日記』消息体の主張―漢詩文素養をめぐって
・川名淳子：紫式部日記と紫式部日記絵巻―〈例《ためし》〉としての絵画化と日記の物語絵化
・小町谷昭彦：紫式部の自然認識
・横井　孝：紫式部にとって「日記」とは何だったか―「水火の責め」による位相、その序説
加納重文：紫式部と清少納言の官職と文学（日向一雅編『王朝文学と官職・位階（平安文学と隣接諸学4）』竹林舎）
紫式部顕彰会編『源氏物語と紫式部　研究の軌跡　研究史篇』（角川学芸出版）
田渕句美子：『紫式部日記』消息部分再考―『阿仏の文』から（「國語と國文學」一〇二一号）

【二〇〇九年】

小谷野純一著『紫式部日記の世界へ』（新典社新書）

深澤　徹：テキストの〝内〟と〝外〟啓蒙的理性の衰え、もしくは女房集団の文学―「女流日記文学」から「女房日記」へ（深澤　徹著『自己言及テキストの系譜学―平安文学をめぐる七つの断章』〈森話社〉）

【二〇一〇年】

福家俊幸：『紫式部日記』の女房と装束（河添房江編『王朝文学と服飾・容飾（平安文学と隣接諸学9）』竹林舎）

加藤直志：物語作者〈紫式部〉への序章―『紫式部日記』と他テクスト群との語彙用例数比較（「同志社国文学」七三号）

山本淳子訳注『紫式部日記―現代語訳付き』（角川ソフィア文庫・角川学芸出版）

【二〇一一年】

福家俊幸・久下裕利編『王朝女流日記を考える―追憶の風景（考えるシリーズ1）』（武蔵野書院）

・小山清文：〈演出〉される源氏物語・〈再生〉する源氏物語―紫式部日記の中の〈源氏物語〉

・福家俊幸：『紫式部日記』に記された縁談―『源氏物語』への回路

加藤静子：『阿仏の文』を合わせ鏡として『紫式部日記』消息的部分を読む―彰子後宮女房と望まれる女房像（加藤静子著『王朝歴史物語の方法と享受』竹林舎）

池田尚隆：『紫式部日記』の紫式部（山中　裕編『歴史のなかの源氏物語　シリーズ古典再生3』思文閣出版）

【二〇一二年】

高橋　亨編『〈紫式部〉と王朝文芸の表現史』（森話社）

・高橋　亨：〈紫式部〉論への視座―身と心の文芸

・辻　和良：〈紫式部〉と道長周辺文化圏

・安藤　徹：「かきまぜ」る〈紫式部〉―〈パラ〉テクストの多孔性と潜勢力
・久保朝孝：日記文芸史の内なる〈紫式部〉―『紫式部日記』以前
・浅尾広良：〈紫式部〉と『日本紀』―呼び起こされる歴史意識
・外山敦子：〈紫式部〉への史的展開
横井　孝：紫式部日記の「効用」―白詩への架橋をとおして（仁平道明編『源氏物語と白氏文集　新典社研究叢書二二六』新典社）
久保朝孝：『紫式部日記』断片記事三編の行方―白詩「海漫漫」享受を起点として（中野幸一編『平安文学の交響―享受・摂取・翻訳』勉誠出版）

【二〇一三年】
廣田　收：紫式部とその周辺―『紫式部日記』『紫式部集』の女房たち（久下裕利編『王朝の歌人たちを考える―交遊の空間（考えるシリーズ5）』（武蔵野書院）
横井　孝：第四篇　紫式部をめぐる風景（横井孝著『源氏物語の風景』、武蔵野書院）
佐藤勢紀子：紫式部の別れの日―家集冒頭二首に詠まれた年時（『日本文学』六二巻九号）

【二〇一四年】
田中恭子：『紫式部日記』の「若紫」の波紋（『國語と國文學』九一巻一号）
久下裕利：藤原摂関家の家族意識―上東門院彰子の場合（『昭和女子大学女性文化研究叢書　第九集　女性と家族』お茶の水書房）
佐藤有貴：『紫式部日記』における紫式部と漢詩文教養との関わり―〈誦す〉行為者を手がかりに（『國學院

大學大学院文学研究科論集」四一号）
村井幹子著『紫式部日記の作品世界と表現』（武蔵野書院）
増田繁夫著『評伝紫式部―世俗執着と出家願望』（和泉書院）
大津直子：『紫式部日記』の叙述態度―御産の空間における物の怪の描写をめぐって（小山利彦編『王朝文学を彩る軌跡』武蔵野書院）
工藤重矩：紫式部日記の「日本紀をこそ読みたまへけれ」について（工藤重矩著『平安朝文学と儒教の文学観―源氏物語を読む意義を求めて』笠間書院）

【二〇一五年】
原　知里：紫式部と桜の遠望（「金城日本語日本文化」九一号）
斉藤みすず：『紫式部日記』と『紫式部集』における歌の場について―紫式部の憂愁（「金城日本語日本文化」九一号）
浜口俊裕：『紫式部日記』敦成皇子御産養五夜について―文章構成と展開の方法（大東文化大学「日本文学研究」五四号）

【二〇一六年】
佐藤有貴：『紫式部日記』における舞楽―寛弘五年十月十六日条における唐楽と高麗楽（日記文学会編「日記文学研究誌」一八号）
池田節子：「紫式部日記」における容姿描写―「源氏物語」と比較して（「駒沢女子大学研究紀要」二三号）
池田尚隆：藤原道隆死後の中関白家（山梨大学「国語・国文と国語教育」二一号）

山本淳子著『紫式部日記と王朝貴族社会』（和泉書院）
土方洋一：最後の『紫式部日記』（「國語と國文學」九三巻九号）

【二〇一七年】
浜口俊裕：『紫式部日記』敦成皇子御産養九夜について（大東文化大学「日本文学研究」五六号）
久下裕利：大納言道綱女豊子について—『紫式部日記』成立裏面史（昭和女子大学「学苑」九一五号）
助川幸逸郎・土方洋一・松岡智之・立石和弘編『制作空間の〈紫式部〉（新時代への源氏学4）』（竹林舎）
・植田恭代：紫式部考—『源氏物語』の作者をこえて
・桜井宏徳：藤原彰子とその時代—后と女房—
・藤本勝義：紫式部の生涯と家系・交流圏—環境は「作者」を生み出すか
・福家俊幸：『紫式部日記』の言説
久下裕利著『源氏物語の記憶—時代との交差』（武蔵野書院）

【二〇一八年】
久下裕利：『源氏物語』成立の真相・序—紫式部、具平親王家初出仕説の波紋（昭和女子大学「学苑」九三四号）
桜井宏徳・中西智子・福家俊幸編『藤原彰子の文化圏と文学世界』（武蔵野書院）
・山本淳子：敦成親王誕生時の「御物怪」記事—『紫式部日記』と『栄花物語』、各々の意図
・津島知明：『紫式部日記』に描かれた彰子後宮—清少納言批判の水脈を辿って
・加藤静子・曾和由記子：『栄花物語』と『紫式部日記』のあいだ—学習院本がひらく、「初花」巻の新たな読み

【二〇〇〇年】

後藤重郎先生算賀世話人会編『和歌史論叢』和泉書院）
・安藤重和：「おいつしま」考—紫式部集の一考察
・久保朝孝：紫式部集の歌一首—「おぼろけにてや人の尋ねむ」考
小谷野純一：『紫式部集』、物の怪憑依の絵に基づく贈答歌の表象をめぐって（大東文化大学「日本文学研究」三九号）
佐藤和喜：紫式部集と勅撰集（二）（「立正大学国語国文」三八号）
原田敦子：浮きたる舟と近江—紫式部の存在の原感覚をめぐって（「大阪成蹊女子短期大学研究紀要」三七号）
中　周子校注『紫式部集・藤三位集』（『和歌文学大系』二〇巻、明治書院）
野村精一：文芸資料研究所廿周年記念展示会所収「出典書の見どころ」拾遺—1「むらさき式部集」（実践女子大学文学部「紀要」四二集）
工藤重矩：「紫式部集一・二番歌について」「紫式部集四・二八番歌について」（工藤重矩著『平安朝和歌漢詩文新考—継承と批判』風間書房）
後藤祥子：追想・越前国府への道（三田村雅子・河添房江・松井健児編「源氏研究—特集源氏文化の視界」五号、翰林書房）
森　正人：紫式部集の物の気表現（「中古文学」六五号）

張　龍妹：紫式部における「身」と「心」（張　龍妹著『源氏物語の救済』風間書房）
池田節子：紫式部の言葉（池田節子著『源氏物語表現論』風間書房）
【二〇〇一年】
佐藤和喜：紫式部集の表現（佐藤和喜著『景と心―平安前期和歌表現論』勉誠出版）
久保朝孝：『紫式部集』注釈史の忘れもの―第八、九、十番歌の再検討（「愛知淑徳大学論集」二十六号）
藤本勝義：宇治十帖の引用と風土―「武生の国府」の引用（王朝物語研究会編『論叢　源氏物語3　引用と想像力』新典社）
山本淳子：『紫式部集』の主題（片桐洋一編『王朝文学の本質と変容　韻文編』和泉書院）
小山利彦：紫式部越前下向の路程試考（紫式部学会編「むらさき」三八輯）
河野小百合：「心の鬼」と「隋求経」―輔親集の歌をめぐって平安和歌における仏典の影響（「愛知国文研究」五一号）
【二〇〇二年】
南波　浩編『紫式部の方法―源氏物語・紫式部集・紫式部日記』（笠間書院）
・小町谷照彦：和歌という方法―『紫式部集』の憂愁歌をめぐって
・佐藤和喜：紫式部集と勅撰集―転位の有無という観点から
・加納重文：紫式部越前往還の道
・久保田孝夫：『紫式部集』二題―「三尾が崎」・「小塩山」
・久保朝孝：『紫式部集』注釈史の落としもの―「文散らし」の贈答歌をめぐって

・廣田　收：『紫式部集』「数ならぬ心」考
・桑原一歌：『紫式部集』五十四番歌の表現方法―竹にまつわる詠歌
・吉海直人：『紫式部集』「九重に」歌をめぐって
・原田敦子：漂泊の相撲人と紫式部―『紫式部集』一二一・一二二番歌をめぐって
・三谷邦明：物の怪―源氏物語と紫式部集との絆―夕顔巻と紫式部集との新たな関係構造を求めてあるいは現実体験の間テクスト性《インターテクスチュアリティー》
山本淳子：形見の文―上東門院小少将の君と紫式部（「日本文学」五一号）
原田敦子：立ち居につけて都恋しも―紫式部の旅路（「同志社国文学」五七号）

【二〇〇三年】

工藤重矩：紫式部集注釈不審の条々―宣孝関係とされる歌（「福岡教育大学紀要（文科編）」五二号）
徳原茂実：紫式部集巻頭歌二首の詠作事情（藤岡忠美先生喜寿記念論文集刊行会編『古代中世和歌文学研究』和泉書院）
久保朝孝：『紫式部集』注釈史の余りもの―小少将の君との「水鶏」の贈答歌をめぐって（中野幸一編『平安文学の風貌』武蔵野書院）
今井源衛著『今井源衛著作集　第三巻　紫式部の生涯』（笠間書院）
徳原茂実：「紫式部集」四九番歌は夫宣孝の作―喪中求婚者説の否定（「武庫川国文」六二号）
上野辰義：紫式部と藤原宣孝（佛教大学「京都語文」一〇号）
田中新一：原作を守る読み―『紫式部集』について（紫式部学会編「むらさき」四〇輯）

【二〇〇四年】

中島あや子著『源氏物語の構想と人物造型』（笠間書院）

金　鐘徳：紫式部の夢とうつつ（田中隆昭編『日本古代文学と東アジア』勉誠出版）

横井　孝：『紫式部集』実践女子大学本管見―その形態から研究の現状を考える（「実践国文学」六六号）

陣野英則：物語作家と書写行為―『紫式部日記』の示唆するもの（陣野英則著『源氏物語の話声と表現世界』勉誠出版）

徳原茂実：紫式部集四十五番歌の解釈について―ことわりや君が心の闇なれば（「武庫川国文」六四号）

中原裕子：紫式部の「身」と「心」の表現（日本女子大学「瞿麦」一八号）

【二〇〇五年】

山本淳子著『紫式部集論』（和泉書院）

徳原茂実：紫式部夫妻の新婚贈答歌（「武庫川国文」六五号）

飯塚ひろみ：平安朝の和歌にみる「水鶏（くいな）」―紫式部の用例を基軸として（「同志社女子大学大学院文学研究科紀要」五号）

工藤重矩：紫式部集解釈のあゆみ―五五・五六番歌を例として（學燈社「国文学」五〇巻四号）

山本利達：夕顔の「心あてに」の歌の読み方（「滋賀大国文」四十三号）

中野方子：身にしたがふ心―『紫式部集』と仏典（東北大学「文芸研究」一六〇号）

徳原茂実：紫式部集における求婚者たちへの返歌―二十九・三十・三十一番歌をめぐって（「武庫川国文」六六号）

廣田　收：『紫式部集』における和歌の配列と編纂―冒頭歌と末尾歌の照応をめぐって（同志社大学「人文学」一七八号）

【二〇〇六年】

徳原茂実：「西の海の人」からの返歌―『紫式部集』一五番歌からの五首をめぐって（「武庫川国文」六七号）

徳原茂実：「ふみを散らす」ということ―『紫式部集』三二番歌詞書を糸口として（「武庫川国文」六八号）

【二〇〇七年】

横井　孝：実践女子大学蔵『紫式部集』奥書考―年紀への疑惑をめぐって（「國語と國文學」八四巻一号）

安藤重和：「こよみにはつゆきふるとかきたる日」をめぐって―紫式部集試論（愛知教育大学「日本文化論叢」一五号）

土方洋一：文章体としての『紫式部日記』の構造（土方洋一著『日記の声域―平安朝の一人称言説』右文書院）

安藤重和：「いそのはまにつるのこゑごゑなくを」に関する一考察―紫式部集試論（「名古屋大学国語国文学」一〇〇号）

徳原茂実：『紫式部集』自撰説を疑う（「武庫川国文」七〇号）

工藤重矩：紫式部集注釈不審の条々（二）（「福岡教育大学紀要（文科編）」五六号）

【二〇〇八年】

高橋　亨：〈紫式部〉の身と心の思想・序説（紫式部学会編『源氏物語と文学思想　研究と資料』古代文学論叢第十七輯、武蔵野書院）

田中新一：消えた狭筵―紫式部集余話（「名古屋平安文学研究会会報」三一号）
徳原茂実：紫式部の越前往還（武庫川女子大学「日本語日本文学論叢」創刊号）
田中新一著『紫式部集新注　新注和歌文学叢書二』（青簡舎）
久保田孝夫・廣田　收・横井　孝編著『紫式部集大成　実践女子大学本・瑞光寺本・陽明文庫本』（笠間書院）
・実践女子大学本『むらさき式部集』影印・翻刻
・瑞光寺本『むらさき式部集』影印・翻刻
・陽明文庫本『むらさき式部集』影印・翻刻
・廣田　收：『紫式部集』冒頭歌論―歌集構成の原理とともに
・原田敦子：紫式部日記と紫式部集
・横井　孝：紫式部集と源氏物語―研究史の一齣として
・久保田孝夫：紫式部　越前旅程考
・久保田孝夫・廣田收・横井孝：『紫式部集』の旅―写真と地図
・南波　浩・久保田孝夫・横井　孝：紫式部・紫式部集研究年表
・横井　孝：『紫式部集』実践女子大学本と瑞光寺本
・廣田　收：陽明文庫本『紫式部集』解題
原田敦子：「浮きたる舟」「かひ沼の池」から「浮舟」へ――『紫式部集』と『源氏物語』（森一郎・坂本共展・岩佐美代子編『源氏物語の展望　四』三弥井書店）

横井　孝：実践女子大学本『紫式部集』の現状、その他—その擦り消し痕・『紫式部集大成』拾遺など（「実践国文学」七四号）

徳原茂実著『紫式部集の新解釈』（和泉書院）

【二〇〇九年】

横井　孝：実践女子大学本『紫式部集』の現状報告（「実践女子大学文芸資料研究所「年報」二八号）

曾和由記子：『紫式部集』伝本の比較—表現にみられる相違（日本女子大学「目白国文」四八号）

藤本勝義：『紫式部集』越前への旅（倉田実・久保木孝夫編『王朝文学と交通（平安文学と隣接諸学　七）』（竹林舎）

【二〇一〇年】

「中古文学」シンポジウム『紫式部集』研究の現在」（八五号）

・山本淳子：『紫式部集』冒頭歌の示すもの

・徳原茂実：『紫式部集』自撰説の見直し—巻末増補の観点をも視野に入れて

・横井　孝：形態と伝流から『紫式部集』を見る

・工藤重矩：紫式部集解釈の難しさ

・廣田　收：『紫式部集』研究の現在　司会の記

【二〇一一年】

曾和由記子：『紫式部集』陽明文庫本の配列—初出仕四首の位置を中心に（「日本女子大学大学院文学研究科紀要」一七号）

長谷川彩：『紫式部集』第七十三番歌考―卒塔婆の目的から読みとる仏の御顔（「愛知淑徳大学国語国文」三四号）

中西智子：『源氏物語』手習巻の浮舟の〈老い〉と官能性―「袖ふれし」詠の場面と『紫式部集』四六番歌との類似から（『古代中世文学論考』二五、新典社）

笹川博司：鄙なる世界―『紫式部集』二〇～二八番歌と『源氏物語』（森一郎・岩佐美代子・坂本共展編『源氏物語の展望　九』三弥井書店）

横井　孝：『紫式部集』をめぐる風景―「かへし、又のとしもてきたり」（「実践国文学」八〇号）

廣田　收：『紫式部集』離別歌としての冒頭歌と二番歌（同志社大学「人文学」一八七）

【二〇一二年】

廣田　收：話型としての『紫式部集』（高橋亨編『〈紫式部〉と王朝文芸の表現史』森話社）

曾和由記子：『紫式部集』陽明文庫本の配列―小少将の君哀傷歌の位置を視点として（「日本女子大学大学院文学研究科紀要」一八号）

上原作和・廣田收編『**新訂版　紫式部と和歌の世界　一冊で読む紫式部集　訳注付**』（**武蔵野書院**）

廣田　收著『**家集の中の「紫式部」**（**新典社選書55**）』（**新典社**）

贄　裕子：『紫式部集』増補考（古代文学研究会編「古代文学研究　第二次」二一号）

内藤英子：好忠歌と女流文学―『紫式部集』を中心に（古代文学研究会編「古代文学研究　第二次」二一号）

廣田　收著『**『紫式部集』歌の場と表現**』（**笠間書院**）

【二〇一三年】

横井　孝：紫式部集の末尾をめぐる試考―古典作品の終局の相というもの（「実践国文学」八三号）
廣田　收：紫式部とその周辺―『紫式部日記』『紫式部集』の女房たち（久下裕利編『王朝の歌人たちを考える―交遊の空間（考えるシリーズ5）』武蔵野書院）
佐藤勢紀子：紫式部の別れの日―家集冒頭二首に詠まれた年時（「日本文学」六二―九、七二三号）
【二〇一四年】
廣田　收・横井　孝・久保田孝夫編著『紫式部集からの挑発―私家集研究の方法を模索して』（笠間書院）
笹川博司著『紫式部集全釈（私家集全釈叢書　三九）』（風間書房）
【二〇一五年】
横井　孝：『紫式部集』注釈のために―「注解」の方法への試考（「実践国文学」八八号）
佐藤雅代：「心の鬼」考―歌ことばとしての一側面（明治大学「文芸研究―特集〈日本文学〉研究の新生面を開く」一二六号）
【二〇一六年】
佐藤香奈子・清水絢音：『紫式部集』第四〇・四一番歌の再検討―〈恋歌〉としての贈答（「愛知淑徳大学国語国文」三九号）
伊藤　萌・佐藤あゆみ：『紫式部集』における「小少将の君」哀傷歌群―第六一～六六番歌考（「愛知淑徳大学国語国文」三九号）
曾和由記子：陽明文庫本『紫式部集』の回想する配列方法―四九番から五一番の詠者の問題から（日本女子大学「瞿麦」三〇号）

【二〇一七年】
山本淳子：紫式部集の〈物語〉―詞書における過去の助動詞の示すもの（助川幸逸郎・土方洋一・松岡智之・立石和弘編『制作空間の紫式部（新時代への源氏学四）』竹林舎）
河野瑞穂・清水絢音：『紫式部集』第八一・八二番歌考―〈暦月〉・〈節月〉からみる「秋の果て」（「愛知淑大学国語国文」四〇号）
北原圭一郎：『紫式部集』後半部の恋の贈答歌群についての試論（紫式部学会編「むらさき」五四号）
【二〇一八年】
久下裕利：紫式部から伊勢大輔へ―彰子サロンの文化的継承（昭和女子大学「学苑」九二七号）
竹田由花子：『紫式部集』における瓶と花―三六・三七・五四・八六番歌に関する一考察（「学習院大学大学院日本語日本文学」一四号）

◆執筆者紹介（＊編者）

＊横　井　　　孝（よこい・たかし）　　実践女子大学名誉教授

〔主要著書・論文〕『源氏物語の風景』（武蔵野書院・2013年5月）、『源氏物語　本文研究の可能性』（和泉書院・2020年　共著）

上　原　作　和（うえはら・さくかず）　桃源文庫理事

〔主要著書・論文〕『光源氏物語傳來史』（武蔵野書院・2011年11月）、「宇治十帖と作者・紫式部―「出家作法」揺籃期の精神史―」（『宇治十帖の新世界』武蔵野書院・2017年5月）

笹　川　博　司（ささがわ・ひろじ）　大阪大谷大学教授

〔主要著書・論文〕『高光集と多武峯少将物語―本文・注釈・研究―』（風間書房・2006年11月）、『為信集と源氏物語―校本・注釈・研究―』（風間書房・2010年5月）、『紫式部集全釈』（風間書房・2014年6月）

山　本　淳　子（やまもと・じゅんこ）　京都先端科学大学教授

〔主要著書・論文〕『紫式部集論』（和泉書院・2005年3月）、『紫式部日記と王朝貴族社会』（和泉書院・2016年8月）

＊福　家　俊　幸（ふくや・としゆき）　早稲田大学教授

〔主要著書・論文〕『紫式部日記の表現世界と方法』（武蔵野書院・2006年9月）、『更級日記全注釈』（角川学芸出版・2015年2月）

廣　田　　　收（ひろた・おさむ）　　同志社大学教授

〔主要著書・論文〕『文学史としての源氏物語』（武蔵野書院・2014年9月）、『古代物語としての源氏物語』（武蔵野書院・2018年8月）

＊久　下　裕　利（くげ・ひろとし）　　昭和女子大学名誉教授

〔主要著書・論文〕「『狭衣物語』の成立とその作者」（『知の遺産　狭衣物語の新世界』武蔵野書院・2019年2月）、「六条斎院禖子内親王家物語歌合と『夜の寝覚』―『夜の寝覚』の挑発と存亡・序章　その㈡―」（昭和女子大学「学苑」951号・2020年1月）

末　松　　　剛（すえまつ・たけし）　　九州産業大学教授

〔主要著書・論文〕『平安宮廷の儀礼文化』（吉川弘文館・2010年6月）、「平安時代の饗宴―「望月の歌」再考―」（「文学・語学」213号・2015年8月）

川　名　淳　子（かわな・じゅんこ）　　愛知学院大学教授

〔主要著書・論文〕『物語世界における絵画的領域　平安文学の表現方法』（ブリュッケ・2005年12月）、「『紫式部日記』の白の室礼描写―産養時の白綾屏風をめぐって―」（『藤原彰子の文化圏と文学世界』武蔵野書院・2018年10月）

上　野　英　子（うえの・えいこ）　　実践女子大学教授

〔主要著書・論文〕『源氏物語三条西家本の世界―室町時代享受史の一様相』（武蔵野書院・2019年10月）、「紹巴本源氏物語の本文史―野村精一先生と潮廼舎文庫の共同研究を発端として―」（「実践国文学」94号・2018年10月）

知の遺産シリーズ　7
紫式部日記・集の新世界

2020年5月15日 初版第1刷発行

編　　者：横井孝・福家俊幸・久下裕利

発 行 者：前田智彦

発 行 所：武蔵野書院
〒101-0054
東京都千代田区神田錦町3-11 電話 03-3291-4859　FAX 03-3291-4839

装　　幀：武蔵野書院装幀室

印刷製本：シナノ印刷㈱

ISBN 978-4-8386-0489-0　Printed in Japan

考えるシリーズ　全五巻　完結しました！

高度に専門的な内容を含みつつ、初学者や一般の読者にも拓かれた論を展開し、建設的な論争の契機となることを目指したシリーズ。各巻のテーマに沿った約５０本の論文から構成され、四六判という手に取りやすい判型からなる全五巻が完結しました。

各巻とも四六判上製カバー装　定価：本体 3,000 円＋税

考えるシリーズ①
王朝女流日記を考える
——追憶の風景

福家俊幸・久下裕利 編
244 頁
ISBN:978-4-8386-0424-1

『蜻蛉日記』女から贈る歌——『源氏物語』への階梯—— 髙野 晴代
『蜻蛉日記』下巻における養女迎えの時期について / 川村 裕子
道綱母と「高光日記絵巻」（扇流）——「高光日記」が望見できる資料は、『重之子僧集』か—— 松原 一義
追懐の方法——『和泉式部日記』の場合—— 久保木 寿子
『和泉式部日記』における和歌贈答の挫折 / 秋澤　亙
〈演出〉される源氏物語・〈再生〉する源氏物語 ——紫式部日記の中の〈源氏物語〉—— 小山 清文
『紫式部日記』に記された縁談
　——『源氏物語』への回路—— 福家 俊幸
『更級日記』孝標をめぐる風景
　——その大いなる「凡庸」について—— 横井　孝
迷走する孝標女——石山詣から初瀬詣へ—— 久下 裕利
あとがき / 福家 俊幸

考えるシリーズ②
物語絵・歌仙絵を考える
——変容の軌跡

久下裕利 編
224 頁
ISBN:978-4-8386-0426-5

地下水脈の探求
——『伊勢物語』の絵巻・絵本と絵入り版本—— 山本 登朗
伊勢物語絵の異段同図法——二条の后に関する段—— 岩坪　健
木の下で鳥を指さす人——和歌の視覚・絵巻の聴覚—— 菊地　仁
夕霧の物語、徳川・五島本「源氏物語絵巻」と
　その変容 / 原岡 文子
源氏絵の変容——物語と読者の狭間で—— 中川 正美
絵画の中の〈泣く〉しぐさ考——佐竹本三十六歌仙絵と国宝源氏物語絵巻を中心に—— 久下 裕利
枕草子「香炉峯の雪」章段の絵画の軌跡と変容・浜口 俊裕
《資料紹介》
物語絵 ひとつの形象——実践女子大学文芸資料研究所蔵『伊勢物語の哥絵』—— 横井　孝 / 上野 英子
あとがき——歌仙絵の継承と変容 / 久下 裕利

考えるシリーズ③ 源氏物語を考える ──越境の時空

夕顔をめぐる物語の方法──情報の伝達者・惟光、そして右近── 鈴木裕子
正妻葵上の存在価値──悔恨と達成、そして紫上との結婚への影響── 熊谷義隆
須磨退去の漢詩文引用
──光源氏の朱雀帝思慕からの考察── 岡部明日香
光源氏の流離と天神信仰
──「須磨」・「明石」巻における道真伝承をめぐって── 袴田光康
光源氏の「罪」を問う──秘匿の意図── 今井　上
二条東院──越境の邸第としての試論── 秋澤　亙
『源氏物語』若菜下巻の女楽と『とはずがたり』
──演奏されなかった「解釈」── 堀 淳一
夕霧の子息たち──姿を消した蔵人少将── 久下裕利
あとがき・秋澤　亙 / 袴田光康

秋澤　亙・袴田光康 編
240 頁
ISBN:978-4-8386-0431-9

考えるシリーズ④ 源氏以後の物語を考える ──継承の構図

後期物語創作の基点──紫式部のメッセージ── 久下裕利
『夜の寝覚』の女君──かぐや姫と楊貴妃と── 大槻福子
『浜松中納言物語』・『狭衣物語』の終幕──『竹取物語』における〈永訣〉の構図の継承と展開── 井上新子
「むねいたきおもひ」の果て
──『御津の浜松』最終巻読解のための覚書── 辛島正雄
『堤中納言物語』「はいずみ」前半部の機知と諧謔 / 陣野英則
『はなだの女御』の〈跋文〉を考える
──『堤中納言物語』の本文批判と解釈── 後藤康文
頼通の時代と物語文学
──『とりかへばや』から考える── 西本寮子
按察家の人々──『海人の刈藻』を中心として── 横溝　博
『雲隠六帖』は『源氏物語』の何を補うか / 妹尾好信
あとがき──『狭衣物語』の世界 / 久下裕利

久下裕利 編
248 頁
ISBN:978-4-8386-0432-6

考えるシリーズ⑤ 王朝の歌人たちを考える ──交遊の空間

伊勢・中務の交遊と文芸活動 / 尾高直子
雅子内親王と敦忠、師輔の恋 / 松本真奈美
高光とその周辺
──出家をめぐる高光室・愛宮・師氏からの発信 ── 笹川博司
具平親王家に集う歌人たち
──具平親王・公任の贈答歌と『源氏物語』── 福家俊幸
和泉式部の恋・小式部内侍の恋──「かたらふ人おほかりなどいはれける女」とは誰か── 武田早苗
紫式部とその周辺
──『紫式部日記』『紫式部集』の女房たち ── 廣田　收
赤染衛門の人脈 / 田中恭子
後宮の文化圏における出羽弁 / 高橋由紀
宇治殿につどう女房たち
──宇治川を渡る四条宮下野 ──和田律子
定頼交遊録──和歌六人党との接点──久下裕利
あとがき──歌仙絵〈紀貫之〉像の変容 / 久下裕利

久下裕利 編
256 頁
ISBN:978-4-8386-0446-3

考えるシリーズII ② 知の挑発

源氏物語の方法を考える
——史実の回路

田坂憲二・久下裕利 編
416頁
ISBN:978-4-8386-0284-1

源氏物語の記憶
——時代との交差

久下裕利 著

道長から頼通の時代へと引き継がれた政治・文化はサロン文芸を支える女房たちを和歌から物語へと躍動させた。時代背景は〝いま〟となり物語に蘇る。本書は源氏物語以後を時代の中で浮き彫りにした。

A5判上製カバー装・624頁
定価：本体14500円＋税
ISBN:978-4-8386-0701-3